ANGELA ESSER (Hrsg.)
Mords-Töwerland

TATORT TÖWERLAND Auf Juist gibt es jede Menge Wind, Meer und Sand. Idylle pur. Weit und breit keine Autos, nur Fahrräder und Pferdekutschen, die gemächlich durch die Straßen der wunderschönen Nordseeinsel fahren. Und hier sollen sich Verbrechen ereignen? Unmöglich! Doch achtzehn Krimiautorinnen und -autoren haben sich auf Töwerland umgesehen und dabei Erstaunliches aufgedeckt. Warum droht ein Mann im »Lütje Teehuus« mit Pistole? Wieso ist der Geschäftsführer der Sparkasse so verzweifelt? Und welche Verbrechen geschehen am Schiffchenteich? Folgen Sie uns auf die andere, die dunkle Seite der Insel und Sie werden feststellen, dass Sie mit den Autorinnen und Autoren etwas gemeinsam haben. Die Liebe zu einer wunderbaren und vollkommen friedlichen Insel – Juist eben.

Mit Beiträgen von Christina Bacher, Nadine Buranaseda, Jürgen Ehlers, Angela Eßer, Anja Feldhorst, Christiane Franke, Peter Godazgar, Carsten S. Henn, Susanne Kliem, Tatjana Kruse, Gunnar Kunz, Sandra Lüpkes, Gisa Pauly, Elke Pistor, Till Raether, Su Turhan, Regula Venske und Jan Zweyer.

© Sarah Koska

Angela Eßer wurde in Krefeld geboren und studierte Theaterwissenschaft in München. Sie ist Autorin, Herausgeberin, Initiatorin von »Bloody Cover« und veranstaltet Krimi-Kochkurse. Zudem ist sie Mitveranstalterin von »SKRIVA – literatur werkstatt köln« und dem »Barcamp Literatur München«. www.angelaesser.de

ANGELA ESSER (Hrsg.)

Mords-Töwerland

Kriminalroman

GMEINER

Immer informiert

Spannung pur – mit unserem Newsletter informieren wir Sie
regelmäßig über Wissenswertes aus unserer Bücherwelt.

Gefällt mir!

Facebook: @Gmeiner.Verlag
Instagram: @gmeinerverlag
Twitter: @GmeinerVerlag

MIX
Papier aus verantwor-
tungsvollen Quellen
FSC® C083411

Besuchen Sie uns im Internet:
www.gmeiner-verlag.de

© 2020 – Gmeiner-Verlag GmbH
Im Ehnried 5, 88605 Meßkirch
Telefon 0 75 75 / 20 95 - 0
info@gmeiner-verlag.de
Alle Rechte vorbehalten
2. Auflage 2021

Lektorat: Claudia Senghaas, Kirchardt
Herstellung: Mirjam Hecht
Umschlaggestaltung: U.O.R.G. Lutz Eberle, Stuttgart
unter Verwendung eines Fotos von: © Leinemeister / shutterstock.com
Druck: CPI books GmbH, Leck
Printed in Germany
ISBN 978-3-8392-2610-0

Juist ist nicht nur wunderschön, sondern auch inspirierend kriminell. Die Geschichten dieser Anthologie sind ein eindeutiger Beweis dafür und für Sie eine spannende kriminelle Unterhaltung.

Die Insel bedankt sich bei den Autorinnen und Autoren und wünscht Ihnen eine kurzweilige Unterhaltung.

Thomas Vodde
Stellvertretender Bürgermeister
und Marketingleiter von Juist

INHALT

JUIST SEHEN UND STERBEN

SU TURHAN

In dieser Sturmnacht im Februar flackerte der Vollmond wie ein Filmprojektor. Einem Zelluloidstreifen gleich zogen Wolkenberge und Regenzüge an dem Himmelskörper vorüber. Statt einem Knattern begleiteten Donnerschläge und Blitztiraden den Auswurf fahler Strahlen. Doch das Mondlicht fiel auf keine Filmkulisse. Es beleuchtete ein Schnellboot, das, von wütenden Wellen getragen, den Strand erreichte. Sieben erschöpfte Gestalten in Kampfmontur mitsamt ihrem Anführer sprangen aus dem Boot. Knapp waren sie dem Tod auf hoher See entronnen. Zornig und rau war das Meer mit ihnen umgegangen. Wetter und Seegang standen im Bund mit denen, die ihnen auf den Fersen waren. Wie die Technik. Ein Motorschaden hatte ihren Fluchtplan durchkreuzt. Es war ihnen unmöglich gewesen, die Jacht, die sie nach Holland bringen sollte, zu erreichen.

»Weg mit dem Boot!«, schrie der Anführer gegen den Sturm.

Die Männer mobilisierten die letzten Kräfte und zogen das Boot auf das offene Meer zurück. Zwei rannten mit Gewehren im Anschlag zur Düne, um die Aktion abzusichern. Der Anführer folgte ihnen und warf sich in den Sand. »Macht mir das ab, schnell«, raunzte er die zwei Frauen an.

Die eine, groß und kräftig, mit braunen Haaren, die unter der hochgezogenen Sturmhaube hervorlugten, griff zur Zange in der Seitentasche. Ratsch. Ratsch. Das Plastik der Handfesseln war entzwei. Er rieb sich die geröteten Handgelenke.

»Wie heißt du?«, fragte er sie.

»Wie willst du denn, dass ich heiße?«, entgegnete sie mit holländischem Akzent. Regentropfen massierten ihre vor Kälte gestrafften Wangen. Sie wischte sie mit dem Handrücken weg.

Er überlegte, wie er sie nennen könnte.

Seinen Namen wusste jeder, der mit ihm im Boot beinahe ertrunken wäre. Doch er kannte niemanden von der angeheuerten Crew. Da packte ihn die andere Frau, weniger kräftig, dafür sportlich und drahtig, und zog ihn mit sich.

»Wir sollten hier weg«, sagte sie und blickte dabei auf die Karte auf dem Tablet, das sie aus dem wasserfesten Rucksack geholt hatte. »Ein Stück weiter vorne ist ein Aufgang.«

Die Truppe stampfte los und erreichte den Strandweg, der zu einer asphaltierten Straße führte.

Plötzlich, auf Kommando der Sportlichen, warfen sie sich allesamt auf den nach Salz und Muscheln riechenden Sandstrand. Sie klappte das Nachtsichtgerät herunter, um ein Licht in der Ferne in Augenschein zu nehmen.

»Ein Mann mit Taschenlampe auf neun Uhr! Um die 50, 1,80 etwa. Unbewaffnet, so weit ich das bei dem Scheißwetter sehen kann.« Sie duckte sich tiefer. »Er kommt auf uns zu.« Dann zischte sie: »In Deckung, a cubierto, rápido!«

Die Frauen und Männer kauerten sich zusammen und lauschten dem tosenden Unwetter. Die Wellen waren zornig und uneinsichtig. Ununterbrochen versuchten sie, dem Meeresbecken zu entfliehen.

Der Mann mit Taschenlampe legte eine Pause im Kampf gegen die Naturgewalten ein. Er holte Atem und schob sein Gefährt gegen den Sturm. Zwei Schritte später zog ein schwarzer, großer Fleck, der auf den Wellen tänzelte, seine Aufmerksamkeit auf sich. Vermutlich Strandgut, freute er sich. Er ließ Fahrrad samt Bollerwagen zurück und kämpfte sich gegen den Peitschregen aus flüssigen Pfeilen über den Strandweg. Die tänzelnden Konturen auf dem Meer formten sich zu einem Umriss. Ein schnittiges Motorboot erkannte er und blickte sich um. Da war niemand in der stürmischen Nacht. Niemand, außer der dunklen, menschengroßen Seeschlange, die von der Düne her auf ihn zuschlängelte. Starr vor Schreck vergaß er zu atmen. Der Fluchtinstinkt verweigerte ihm den Dienst. Er bemerkte nicht, wie sich jemand in Kampfmontur von hinten näherte. Spürte nur, wie ihm plötzlich der Mund zugehalten wurde und die Schneide eines Messers seinen Hals berührte.

Unfähig, etwas von sich zu geben, schluckte er und ließ sich zu den kauernden Gestalten in der Düne zerren.

»Worauf wartest du?«, zischte der Anführer. »Mach ihn kalt! Sofort! Keine Zeugen!«

In Todesangst versuchte der Mann, sich zu befreien. Die Sportliche übersetzte im selben gehässigen Tonfall wie der Anführer ins Spanische. Augenblicklich stach der Kämpfer zu. Wie durch ein Stück Walseife drang die Messerscheide durch den Brustkorb des Mannes. Über sein Todesröcheln legte sich der schreiende Sturmwind.

*

»Jetzt brauch ich einen SCHNAPS.«

Die Intonation war Mist.

»JETZT brauch ich einen Schnaps.«

Auch Mist.

»Jetzt brauch ICH einen Schnaps.«

Erst recht Mist.

Die Frau in Jeans und Wolljacke warf das Textbuch auf den Wohnzimmertisch. Gleich darauf nahm sie es wieder an sich. Nervös überflogen die braunen Augen die markierten Stellen, die sie auswendig zu lernen hatte. Mist, alles Mist, der viele Dialog und überhaupt alles. In zwei Wochen war Premiere der Laientheatergruppe »Antjemöh« und sie stand zum ersten Mal in ihrem Leben auf der Bühne.

»Schnaps«, seufzte sie. »Ich brauch jetzt wirklich was.«

Tanja Krüger holte eine Flasche aus dem Schrank und stellte sich ans Fenster in ihrer Dienstwohnung. Draußen tobte ein Unwetter, wie sie es auf Juist noch nicht erlebt hat. Am Nachmittag hatte die Sonne noch freundlich auf die Insel geschienen, und sie beim Streifengang durch das Dorf den Reißverschluss der Dienstjacke geöffnet. Und jetzt herrschte draußen Weltuntergangsstimmung.

Der erste Februarmonat als Dienststellenleiterin hatte die einzige Polizeibeamtin auf Juist auf Trab gehalten. Die Dienstzeiten waren ziemlich klar geregelt. 24 Stunden täglich – mehr oder weniger. Schlägerei unter Frauen in der Dienstags-Yogagruppe. Ein Kutscher hatte Juists Straßen mit einer Formel-1-Rennstrecke verwechselt. Zugestellte Pakete hatten sich in Luft aufgelöst. Und da war ein Inselschüler, der im Supermarkt von einem Kumpel gefilmt wurde, wie er Zigaretten und Bierdosen klaute. Das dazugehörige Schulungsvideo für Kaufhausdiebe hatte sie auf YouTube vor dem Einschlafen im Bett entdeckt.

Sie hob die Flasche mit dem Wacholderbrand an die Lippen, merkte, wie ihr übel wurde, und verzichtete auf das Hochprozentige. Ein Blitzschlag ließ sie zusammenzucken.

Mittlerweile war es schon nach Mitternacht geworden. Höchste Zeit, ins Bett zu gehen, entschied sie und fuhr ihrem Border Collie Emma durch das schwarz-weiße Fell. Die junge, verspielte Hündin folgte ihr bis zu den Treppen und jaulte beleidigt, als sie zurück ins Körbchen geschickt wurde.

*

Die sieben Gestrandeten waren am menschenleeren Strand unterwegs. Schwarze Kampfmaschinen, bewaffnet bis an die Zähne. Das unbrauchbare Motorboot trieb auf dem offenen Meer. Irgendwann und irgendwo würde es gefunden werden und die Welt sie für tot halten.

Flankiert von den beiden Frauen trabte der Anführer an der Spitze. Die Holländerin studierte auf dem Tablet die Umgebungskarte. Die einzige Daseinsberechtigung für das Schmuckstück von Nordseeinsel schienen die Vögel zu sein, die hier brüteten und unter Artenschutz standen. Sie hob die Hand, woraufhin die Männer dahinter stoppten. Alle waren durchfroren und hungrig, alle wollten aus den durchnässten Klamotten und Stiefeln und sehnten sich nach einem Bier und ein paar Stunden Schlaf.

Der Anführer blickte mit auf die Karte. In der Nähe befand sich das »Seeferienheim«, das aus mehreren Backsteingebäuden bestand und einer Kaserne ähnelte. Er wandte sich der Sportlichen zu: »Nimm zwei mit und spähe das Areal aus.«

Die Dreiergruppe trabte zum Strandweg vor. Der frei

zugängliche Grund lag im Dunkeln, aus keinem der Fenster schien Licht.

In dem Ferienheim, las der Anführer auf dem Tablet, machten Schulklassen und Erwachsenengruppen Urlaub. 17 Kilometer Sandstrand, eine verdammte Naturidylle mit Meer drum herum, auf der sie gestrandet waren, fluchte er. Was ihn besonders störte, war der stolz vorgetragene Hinweis, dass die Insel autofrei sei. Er liebte motorisierte Fahrzeuge in jedweder Form.

Die Späher zeigten sich. Die Luft war rein. Die Truppe marschierte weiter. Als der Anführer zur Sportlichen aufschloss, informierte sie ihn, dass der Hausmeister sie entdeckt habe.

»So eine Scheiße!«, krakelte er. »Wehe, du hast das Problem nicht beseitigt!«

»Dafür werde ich doch bezahlt, oder?«, antwortete sie seelenruhig.

Er grinste zufrieden. »Weißt du was? Ich nenne dich Carmen, das passt zu dir«, sagte er und entschied: »Wir verbringen die Nacht dort.«

*

Am nächsten Morgen wütete das Unwetter unverändert weiter. Tanja Krüger saß vor einer Tasse Kaffee am Küchentisch. Die ersten dienstlichen Telefonate hatte sie hinter sich. Die Seenot berichtete, Thomas Koch, der das Monopol auf Buchhandlungen auf Juist innehatte, schlafend über einen Krimi in seinem Motorboot vor dem aufziehenden Sturm gerettet zu haben. Fährverbindungen waren bis auf Weiteres abgesagt. Der Flugverkehr war zum Erliegen gekommen. Die Handvoll Touristen, die sich in der Vorsaison auf der Insel aufhielt, waren dazu verdammt zu bleiben. Dieses Schicksal teilten sie jetzt mit den Insulanern.

Tanja war freiwillig gekommen. Nachdem sie sich auf der Insel umgesehen hatte, entschloss sie sich, in der Mitte ihres Lebens eine Weiche zu stellen. Seit einem halben Jahr war die Oberkommissarin der Arm der Gerechtigkeit auf Juist. Sie allein sorgte für Recht und Ordnung. Zwischen ihrem Hoheitsgebiet und dem Festland lag die unberechenbare Nordsee. Dass vom Festland und den umliegenden Inseln keine schnelle Hilfe zu erwarten war, sollte sich ein Vorfall ereignen, den sie nicht selbst regeln konnte, hatte sie inzwischen gelernt. Allen voran das Missgeschick verwirrter Kontinentalplatten namens Norderney.

Bei der zweiten Tasse Kaffee läutete das Telefon. An dem Samstag hatte sie offiziell keinen Dienst. Aber was hieß das schon. Rufbereitschaft nannte sich das, wenn sie keinen Dienst schob, aber arbeiten sollte. Imke Jacobs, eine aufgeregte ältere Insulanerin, war am Apparat. Tanja kannte sie von Abenden im Heimatverein und hörte sich ihr Anliegen an. Die Dame bemühte sich trotz ihrer Aufgeregtheit um ein verständliches Hochdeutsch.

»Jan?«, fragte Tanja nach. »Der Barmann aus der ›Spelunke‹?«

»Ja, genau, mein Sohn«, verfiel die ältere Dame ins Plattdeutsch. »Ich habe geläutet, er macht nicht auf.«

»Warst du denn im Haus?«

»Natürlich«, antwortete sie. »Ich weiß doch, wo der Schlüssel liegt. Aber oben war ich nicht, Treppen schaffe ich mit dem Rollator nicht.«

»Ist Jan vielleicht unterwegs?«, fragte sie aufs Geratewohl.

»Bei dem Sturm? Wo soll er da hin?«, erwiderte Imke. »Jan bringt mir freitags Brötchen. Immer. Jeden Freitag.« Die Dame überlegte. »Seit 23 Jahren.«

Tanja redete beruhigend auf die besorgte Mutter ein und versprach, bei Jan im Loog nach dem Rechten zu sehen. Mit Thermounterwäsche und Wetterzeug bestieg sie das Dienstfahrrad. Auf der Billstraße nach Westen trieb sie Rückenwind an. Die Augen tränten. Den zwei Menschen, die ihr auf dem Dammweg entgegen kamen, schenkte sie in der Eile keine Beachtung.

Der Anführer und die Holländerin, die er auf den Namen Antje getauft hatte, waren zum Dorf unterwegs. Er fühlte sich pudelwohl in den Klamotten. Die Schirmmütze mit »Juist sehen und sterben«-Schriftzug war eine Zumutung, aber wichtig, um nicht erkannt zu werden. Die Jacke war etwas weit, die Ärmel etwas zu lang, aber alles in allem hatte er einen guten Fang gemacht. Antje hatte weniger Glück beim Durchstöbern der Kleidungsstücke, die von Urlaubern im Seeferienheim zurückgelassen oder vergessen wurden. Mit der zu engen Windjacke und den Jeanshosen kam sie sich sonderbar deutsch vor. Waffe und Messer lagen griffbereit in der Gürteltasche.

»Ich halte mich zurück, du redest«, wies er sie an. »Nicht, dass mich einer der Inselaffen erkennt.«

*

Die Polizistin hatte Jans Häuschen erreicht und läutete. Sie kannte ihn als flinken, trinkfreudigen, höflichen Barmann aus der »Spelunke«. Wie die verstörte Mutter gesagt hatte, war er nicht daheim. Sie ging um das Häuschen, sah im Garten nach und griff den Schlüssel unter dem einzigen Blumentopf auf der Terrasse. Es musste einen Grund geben, eine 23-jährige Tradition zu unterbrechen. Beim Eintreten machte sie sich bemerkbar und schritt durch die Räume. Jan schlief nirgends einen Rausch aus. Nichts Ungewöhnliches fiel ihr auch im oberen Stockwerk auf, sodass sie das Haus verließ und das Dienstrad wieder bestieg.

Zurück ins Dorf strampelte sie gegen den Wind und traute ihren Augen nicht, als sie Imke entdeckte. Sie versuchte, mit dem Rollator über den Strandaufgang zum Meer zu gelangen. Tanja bremste mit quietschenden Reifen und wischte das Gesicht ab. Der Rollator mitsamt der alten Dame schwankte im Sturm gefährlich hin und her. »Imke! Warte!«, rief sie.

Aber die Dame reagierte nicht. Innerlich fluchend stellte sie das Dienstrad ab und lief zu ihr. »Wo willst du denn hin?«, fragte Tanja sie.

»Hier gehen wir immer spazieren, Jan und ich«, erwiderte sie verwirrt.

»Weißt du was«, schlug Tanja vor. »Ich bringe dich heim, dann sehe ich am Strand nach.«

Die Polizistin war sich nicht sicher, ob die alte Frau sie verstanden hatte. Deshalb hakte sie sich bei Imke Jacobs energisch unter und brachte sie nach Hause. Goss ihr noch einen Tee auf und machte sich auf den Weg zum Strand.

Was sie dort aber vor sich sah, bedeutete noch mehr Arbeit. Sie rief Peter von der Freiwilligen Feuerwehr an, um ihm ein gestrandetes Motorboot zu melden.

Im heulenden Sturm hatte das falsche Touristenpaar den Hafen erreicht. Die Leuchtanzeige der Fährgesellschaft war ausgefallen. Die Geschäftsstelle und das Hafenrestaurant waren geschlossen.

»Zum Flugplatz?«, fragte Antje.

»Schwachsinn!«, fluchte der Anführer. »Willst du etwa direkt in die Hölle fliegen bei dem Sturm?« Beide sahen, wie im Eiltempo Wolkengebilde über ihnen vorbeizogen, und gingen weiter.

»Wir fragen bei der Touristeninformation nach«, beschloss der Anführer.

Im Dorfkern begegneten sie niemandem in der Bahnhofstraße, wo sie vergeblich nach einem Bahnhof Ausschau hielten. Am Kurplatz herrschte auf den Parkbänken gähnende Leere. Sie passierten geschlossene Geschäfte. Hoffnung keimte beim Anführer auf, als er die Abbildung einer Currywurst in der Fensterscheibe von »Frankies Grillrestaurant« erspähte. Doch auch der Laden hatte an dem Samstagmorgen geschlossen. Direkt gegenüber trat aus dem »Friesenhof« gerade ein distinguierter Herr in perfekt sitzendem Anzug unter dem Mantel. Höflich stellte er sich ihnen als Herr Peters vor. Sie erkundigten sich nach dem Touristeninformationscenter, während der Wind sie durchrüttelte. Mit stoischem Lächeln, unbeeindruckt vom Sturm, deutete Peters mit ausgestrecktem Arm zum Rathaus auf der anderen Straßenseite.

»Moin, die Töwercard schon bezahlt?«, grüßte die Angestellte des Informationscenters hinter der Theke.

Antje brachte mit gespielter Aufregung ihr Anliegen vor. Sie fabulierte von ihrem Vater, der im Sterben liege, sodass sie dringend auf das Festland müsse.

Die Angestellte bedauerte, ihr bei dem Unwetter nicht

helfen zu können.»Aber andersherum wäre es kein Problem«, erklärte sie der vermeintlichen Touristin.»Bei einem Notfall ist in zehn Minuten der Rettungshubschrauber auf Juist. Einfach die 112 wählen. Das Wetter müsste nur etwas besser sein.«

Antje bedankte sich für die Auskunft, versprach, die Bezahlung des Gästebeitrages nicht zu vergessen, und trat zurück auf die Straße. Der Anführer erwartete sie unter dem Dach einer Ladenpassage auf der anderen Seite.

»Ich weiß, wie wir von der Drecksinsel kommen«, unterrichtete sie ihn.»Wenn der Wetterbericht stimmt, sind wir am Nachmittag in Holland.«

Erleichtert über die Aussicht betraten sie eine Bäckerei und kauften für das Frühstück ein. Die Schirmmütze tief ins Gesicht gezogen, nahm der Anführer von der appetitlich lächelnden Polin die Tüten entgegen. Auf dem Rückweg über den Kurplatz beobachteten sie eine Frau auf einem Fahrrad mit beachtlichem Tempo in die Wilhelmstraße einbiegen. Reflektierende Buchstaben prangten auf der Dienstjacke. Die beiden drehten sich ab. Der Anführer grinste Antje dreckig an.»Sag bloß, die haben Bullen auf der Insel? Ist doch ein Witz, oder?«

Mit durchgeschwitzter Thermounterwäsche parkte die Polizeibeamtin das Fahrrad vor der Dienststelle. Im Flur knuddelte sie Emma und lief, ohne weiter Zeit zu verlieren, mit dem Spurensicherungskoffer zum Feuerwehrhaus. Peter und zwei seiner Kameraden erwarteten sie bereits. Peter saß am Steuer und brachte das Martinshorn zum Heulen.»Mach den Lärm aus«, sagte sie außer Puste. »Das Boot steht doch nicht in Flammen!«

Als Stille einkehrte, hörten sie ein Kläffen und Bellen.

Tanja ahnte, wer aus dem Haus gebüxt war und Einlass verlangte.

Mit Emma auf ihrem Schoß rückte der Feuerwehrtransporter aus. Peter schaltete das Radio ein, sanfte Klänge eines Popsongs erfüllten den Fahrerraum, ehe der Sprecher für eine Sondermeldung das Programm unterbrach. »Nach Aufhebung der Nachrichtensperre wird jetzt öffentlich, dass Hannes Dengel, bekannt als deutsche Faust des kolumbianischen Drogenkartells, eine spektakuläre Flucht gelungen ist. Eine schwer bewaffnete paramilitärische Einheit von sechs Kämpfern hat am gestrigen Freitag den Justizwagen auf dem Weg von der JVA Celle zur Gerichtsverhandlung in Bremerhaven mit Waffengewalt gestoppt. Drei Justizvollzugsbeamte schweben nach dem Schusswechsel in Lebensgefahr. Mit einem Schnellboot gelang Dengel die Flucht über die Nordsee. Doch mit dem Aufkommen eines Sturms hatten die Gewalttäter nicht gerechnet. Die sieben Flüchtigen, inklusive des Schwerverbrechers, sind aller Wahrscheinlichkeit nach auf hoher See ertrunken. Wo das Boot und die Leichen ans Ufer gespült werden, kann bei der Wetterlage nicht vorhergesagt werden. Die Polizei bittet die Bevölkerung ...«

Mit nachdenklichem Gesicht schaltete Tanja das Radio aus.

Kurz darauf fuhr Peter vorsichtig den Strandaufgang vor und parkte den Transporter. Emma sprang heraus und rannte los. Glücklich schnüffelte sie den Boden ab, während Tanja und die Feuerwehrleute rot-weiße Absperrgitter um das Motorboot stellten. Mit einem daran befestigten polizeilichen Absperrband war die Fundstelle ordentlich gesichert. Das Plastik flatterte und pfiff im Sturm, als sie das Polizeikommissariat Norden über den

Fund informierte und per Handy Fotos schickte. Wie Tanja schon vermutete, der Rückruf eines diensthöheren Beamten ließ auf sich warten. Als die Kameraden von der Feuerwehr mit der Arbeit fertig waren, wäre sie am liebsten mit ihnen zurückgefahren. Doch Emma war wie vom Erdboden verschluckt. Weit und breit konnte sie die Hündin nicht entdecken. Wohl oder übel musste Tanja den Sicherungskoffer an Peter und seine Leute weitergeben. Sie verabschiedete die Helfer, wartete, bis der Motorenlärm verebbt war, und rief im Rauschen des Sturmes nach ihrem Border Collie.

Die Hundedame war in den Dünen beschäftigt. Aufgeregt buddelte sie mit den Pfoten im Sand. Der Geruch, den sie wahrnahm, beflügelte sie. Wie von Sinnen grub und grub sie, weit weg von Frauchen, die nach ihr suchte. Keine Menschenseele spazierte am Strand, der in der Hochsaison Scharen von Touristen und Juistliebhabern anlockte. Unwirtlich zeigte sich der Polizeibeamtin die Heimat, die sie sich ausgesucht hatte. Die Hände in die Jacke vergraben, suchte und rief sie weiter nach Emma. Alles gäbe sie dafür, jetzt im Warmen zu sein, zu Hause einen ostfriesischen Tee zu trinken. Selbst für den Preis, das ganze Textbuch zu lernen.

＊

Die vier Männer in der Gemeinschaftsdusche schnatterten in ihrer Muttersprache, bewunderten gegenseitig ihre Tattoos und teilten sich eine zurückgelassene Shampooflasche.

Am Flur vor der Dusche hielt Carmen Wache. »Beeilt euch«, schrie sie auf Spanisch. »Wir sind nicht auf einer Ferienfahrt!«

Dengel und Antje kehrten mit Frühstück und einem genialen Fluchtplan zurück. Beim Frühstück saßen alle sieben in einem der Säle an einem langen Tisch zusammen und gingen den Plan durch.

»Ist mir zu unsicher«, sagte Carmen. »Boote gibt es genug, mit denen wir rüberkommen.«

»Und uns abschießen lassen von der Marine?«, zischte Dengel mit vollem Mund. »Also, welcher von den Jungs sollte uns nach Rotterdam fliegen?«

Carmen nickte zu einem der Männer, der keine Ahnung hatte, worüber gestritten wurde. Dengel grinste ihn an. »Guter Junge! Wenn der Sturm nachlässt, fliegst du uns mit dem Hubschrauber von dem Scheiß Inselkaff.«

*

Der Polizeibeamtin wurde leicht ums Herz, als sie ihre Hündin in der Düne endlich entdeckte. Sie war froh, dass niemand mitbekommen hatte, wie sie den Collie verbotenerweise ohne Leine am Strand laufen gelassen hatte.

»Emma!«, rief sie. »Bei Fuß, lass uns nach Hause gehen!«

Die Hündin reagierte nicht. Sie hatte offenbar ihren Spaß. Die Beamtin lief zu ihr und blieb nach einigen Metern erschrocken stehen. Emma schleckte die Hand eines Mannes ab, der rücklings im Sand lag.

»Emma!«, schrie sie erzürnt. »Aus! Weg da. Bei Fuß.«

Die Hündin gehorchte, wenn auch unwillig und kam gelaufen. Tanja kniete sich zu ihr und streichelte sie. Groß gewachsen war der Mann, der halb im Sand verschüttet lag. Sie dachte an den geflohenen Schwerverbrecher, der irgendwo als Wasserleiche an Land gespült werden sollte. Als sie näher trat, nahe genug war, um das Gesicht zu sehen, starb die Hoffnung, Hannes Dengel vor sich zu haben. Im Sand lag der Barmann aus der »Spelunke«, Jan, der seiner Mutter keine Brötchen gebracht hatte. Die Jacke war auf Höhe des Brustkorbs mit Blut getränkt. Sie sah sich die Leiche genauer an und starrte in eine klaffende Wunde.

»Gut gemacht, Emma«, lobte sie wie unter Schock ihre Hündin.

An Ort und Stelle rief sie nochmals im Polizeikommissariat an und verhaspelte sich bei dem mündlichen Bericht.

»Hab ich richtig verstanden?«, höhnte der Beamte am Telefon. »Du hast einen Toten auf Juist? Gratuliere, damit gehst du in die Geschichtsbücher ein!«

»Ich habe einen Mord auf Juist!«, erwiderte sie entnervt. Im Stress dachte sie erst jetzt daran, ein Handyfoto zu schicken, und erhielt nach einigen Sekunden den Hinweis, sich ruhig zu verhalten.

»Ruhig bin ich«, schrie sie angestrengt. »Aber ich erfriere hier! Was soll ich tun?«

»Vor allem und ganz besonders ruhig bleiben«, wiederholte der Beamte. »In paar Stunden soll der Sturm nachlassen. Sobald es geht, ist die Tatortgruppe unterwegs. Sicher die Fundstelle, vor allem deck den armen Mann zu.«

»Womit denn?«, schrie Tanja leicht hysterisch und besann sich wieder. »Wie es aussieht, ist Jan erstochen worden. Mitten ins Herz. So was macht kein Juister!«

»Worauf willst du hinaus?«

»Was weißt du über die paramilitärische Truppe, die Dengel befreit hat?«, fragte sie.

»Nichts«, erwiderte der Beamte erstaunt. »Warum auch? Die Nordsee hat sie geholt …«

»Und wenn sie doch nicht ertrunken sind?«, unterbrach sie ihn.

»Bei dem Seegang?«, machte er sich lustig. »Du glaubst doch nicht, die schweren Jungs hängen bei dir auf Juist ab! Den Barmann hat Frau, Freundin oder Saufkumpane nach einem Streit niedergestochen.« Er machte eine kurze Pause. »Du bleibst schön ruhig, ja? Wenn der Sturm nachlässt, schicke ich …«

Die Verbindung brach ab. Tanja blickte auf das Display, das vom Regen nass gespritzt wurde. Es war schwarz. Der Akku war leer. Eine Bö peitschte ihr wie eine Ohrfeige Regentropfen vermischt mit Sandkörnern ins Gesicht.

»Komm, Emma«, sagte sie. »Lass uns Jan wenigstens wieder vergraben. Was anderes fällt mir jetzt auch nicht ein.«

Mit beiden Händen schaufelte sie den Leichnam zu und merkte sich die Stelle, wo Jan zur vorläufigen Ruhe gebettet lag.

Erschöpft setzte sie sich einige Meter entfernt in den Sand und starrte aufs Meer. Sie kämpfte damit, ob sie der Mutter gleich Bescheid geben sollte oder nicht. Natürlich hatte Imke das Recht zu erfahren, was mit ihrem Sohn geschehen war. Während sie ihren Gedanken nachhing, merkte sie, wie das Wetter umschlug. Der Wind ließ nach, die Wolken zogen etwas langsamer über die Insel hinweg, und ab und an zeigte sich sogar die Sonne. In vielleicht drei Stunden würde Verstärkung vom Festland kommen, aber der Strand von Menschen besiedelt sein. Sie fasste den Entschluss, im nächstgelegenen Haus zu klingeln und sich aufzuwärmen. Dem Notarzt würde sie Bescheid geben, um offiziell Jans Tod feststellen zu lassen, Männer von der Feuerwehr als Leichenwache abkommandieren, den Bürgermeister informieren.

Sie raffte sich auf. »Emma, bei Fuß.«

Mit ihrer Hündin erreichte sie den Aufgang, der zu den Häusern in der Billstraße führte. Der schwächer werdende Wind trieb Stimmen durch die Luft. Mit Erstaunen vernahm sie eine Sprache, die auf der Insel nicht geläufig war. Männer hörte sie. Wortfetzen. Leise von der Brise zu ihr getragen. Mehr als eine Stimme jubelte »Gol!«.

Verwundert und behutsam näherte sie sich von der Straße her dem »Seeferienheim«. In der von der evangelischen Kirche betriebenen Anlage hatte sie vor einigen Wochen einen Einsatz in einer Jugendgruppe wegen eines gestohlenen Handys. Kurzerhand hatte sie trotz lautstarker Proteste alle Geräte konfisziert. Auf wundersame Weise war das gestohlene darunter gewesen. Nur eines aus der Ansammlung, das funktionierte, hätte sie jetzt gerne gehabt, um jemandem Bescheid zu geben, wo sie gerade war. Sie versteckte sich hinter einer Mülltonne und machte ihre Arbeit. Allein. Wie immer.

Sie beobachtete den Innenhof, wo sich zwischen Verwaltungsgebäude und Gruppenunterkünften Männer tummelten. Sie trugen eng anliegende T-Shirts und schwarze Kampfhosen. Schusswaffen und Messer hingen an ihren Gürteln. Mit Militärrucksäcken war ein Tor auf dem gepflasterten Hof markiert. Wie Schuljungen spielten sie mit einem Plastikball, der im Wind hin- und hergetrieben wurde.

Ruhig bleiben, mahnte sie sich. Sie hatte recht behalten. Die Elitekämpfer waren putzmunter auf Juist gestrandet. Sie zählte vier Männer. Drei fehlten, wenn die Nachrichtenmeldung richtig war.

Sie überlegte fieberhaft, was sie tun könnte. Die Inseljäger fielen ihr ein. Sie hatten Gewehre, mit denen sie Kaninchen jagten. Unversehens tauchte Emma in ihrem Blickfeld auf. Kläffend und bellend beteiligte sich ihre Hündin am Fußballspiel. Die Männer schöpften keinen Verdacht. Sie klatschten Beifall, weil Emma in luftiger Höhe mit ihrer Nase den Ball kickte. Gleich darauf tauchte aus dem Gebäude mit der Aufschrift »Dellert-Haus« eine uniformierte Gestalt auf. Nummer fünf, zählte Tanja.

Fuchsteufelswild schimpfte die drahtige Frau: »Seid ihr verrückt! Wenn euch jemand sieht!« Dann setzte sie auf Spanisch nach und trieb die Fußballspieler ins Haus. Ein Mann mit zu weiter Jacke und einer Schirmkappe erschien neben ihr. Nummer sechs war niemand anderer als Hannes Dengel. Sie erkannte ihn von Fahndungsfotos aus ihrer ehemaligen Polizeistation. Und wo war die siebte Person?, fragte sie sich.

Die Antwort erhielt sie postwendend. Mit voller Wucht jagte die hinter ihr stehende Holländerin einen Gewehrkolben an Tanjas Hinterkopf. Juists einzige Polizeikraft sackte zusammen und blieb auf den Pflastersteinen liegen. Verschwommen sah sie, wie Emma zu ihr lief und mit erhitzter Zunge über ihr bleich gewordenes Gesicht schleckte.

Dengel und Carmen liefen zur Holländerin, die mit dem Kampfstiefel Tanjas Hals niederdrückte.

»Sie hat sicher nach Verstärkung telefoniert«, schrie der geflohene Schwerverbrecher, als er die Polizeibeamtin erkannte.

Antje widersprach. »Ich habe sie beobachtet, als sie mit dem Hund vom Strand hochgekommen ist. Sie hat nicht telefoniert und …«

»Mir scheißegal, erschieß sie!«, drängte Dengel aufgeregt. »Keine Zeugen! Ist das so schwer zu verstehen?«

Emma bellte, als Carmen die Waffe aus der Gürteltasche

holte und sie ihrem Frauchen an den Kopf hielt. Aus dem Augenwinkel sah Tanja, wie Dengel mit einem brutalen Tritt dafür sorgte, dass sich ihre Hündin trollte. »Worauf wartest du? Schieß!«

»Sie ist Polizistin«, gab Carmen zu bedenken. »Gibt schlechtes Karma, und sie jagen doppelt so viele Bullen hinter uns her.«

Dengel spürte sanften Wind über sein Gesicht streicheln und änderte mit Blick in den klarer werdenden Himmel seine Meinung. »Ok, Planänderung. Sie verständigt den Notruf für den Hubschrauber, dann stellt niemand dumme Fragen. Sperrt sie weg.«

Im selben Augenblick schreckten klackende Hufe die Flüchtigen auf. Hastig zogen sie die Beamtin hinter die Mülltonne.

Dengels Gesicht strahlte beim Anblick der Plankutsche, die auf sie zusteuerte. »Das Schicksal meint es gut mit uns, Mädels. Genau damit fahren wir zum Landeplatz.« Er griff Carmens Hand und kontrollierte die Zeit auf ihrer Armbanduhr. »In einer halben Stunde Abmarsch. Lasst alles zurück, was nicht gebraucht wird. Wir dürfen nicht zu schwer sein.«

Der Kutscher mit Zigarette im Mund hatte die Personen beim Seeferienheim nicht bemerkt. Als aus dem Nichts ein Plastikball zwischen die Hinterbeine der Lastpferde schoss, ahnte er nicht, was ihn erwarten würde. Die Tiere bäumten sich erschrocken auf und wieherten. Mit Peitsche und guten Worten brachte er das Gespann zur Ruhe. Doch statt die Fahrt fortzusetzen, hob er die Arme, denn zwei maskierte Gestalten mit Gewehren bedeuteten ihm, vom Bock abzusteigen.

Tanja Krüger fand sich in einem Schlafraum mit Etagen-betten wieder. Der Kopf brummte ihr vom Schlag, den ihr die siebte Person verpasst hatte. Sie schleppte sich zum vergitterten Fenster. Das Stück Himmel, das sie sehen konnte, war trüb und grau, aber kein Sturm tobte mehr über die Insel. Am anderen Ende des Hofes entdeckte sie ihre Hündin. Emma lag bewegungslos in einer Blutlache. Sie haben Emma getötet, dachte sie, genauso, wie sie Jan getötet haben. Tränen rannen ihr über die Wange. Voller Wut eilte sie zur Tür, die plötzlich vor ihr aufgerissen wurde. Die spanisch sprechende Frau betrat mit überge-zogener Sturmhaube den Raum. Sie reichte Tanja das aus-gefallene Diensthandy, das in ihrer Jacke gesteckt hatte.

»Akku ist geladen«, sagte Carmen knapp. »Dreh dich um.«

Durch das Fenster sah Tanja, wie zwei Kämpfer einen übel zugerichteten Mann durch den Hof schleiften.

»Wer ist das?«, fragte sie entsetzt.

»Ein hübscher Kerl, dem die Gäule durchgegangen sind und ihn halb tot getrampelt haben«, bekam sie zur Antwort. »Du wählst jetzt die 112, sagst, wer du bist, und forderst einen Rettungshubschrauber an. Sonst stirbt der Kutscher.«

Unter vorgehaltener Waffe tätigte die Beamtin den Not-ruf. Die Einsatzzentrale erkundigte sich nach der Verlet-zung, beruhigte sie, dass der Rettungsdienst die Erstver-sorgung übernehme, und schickte den Hubschrauber los. In zehn Minuten würde er auf der Wiese beim Hafen ein-treffen. Zufrieden nahm Carmen der Polizistin das Handy weg und öffnete die Tür. Zwei Männer kamen herein, war-fen den Kutscher vor Tanjas Füße und verschwanden. Aus der Nase tropfte Blut, mehr an Verletzungen entdeckte sie bei ihm nicht. »Geht's?«, vergewisserte sie sich.

Der Kutscher nickte und deutete zum Fenster. Nun hörte auch Tanja, wie sich der Planwagen in Bewegung setzte. Sie sprang zur verschlossenen Tür und rüttelte. Eine Zeit lang sah der Verletzte ihr dabei zu und wischte sich das Gesicht mit einem herumliegenden Bettlaken ab. Dann rappelte er sich auf, öffnete die Fensterladen und stieß von innen das Gitter auf.

»Danke«, sagte Tanja perplex. »Bleib hier, ich schicke Hilfe, ja?«

Mit einem Sprung war sie draußen auf dem Hof. Doch Emma lag nicht mehr dort, wo sie sie gesehen hatte. Sie starrte sekundenlang auf die Blutlache auf dem Asphalt, wieder rannen Tränen über ihre Wangen. Was sollte sie bloß tun? Die Verbrecher hatten einen Vorsprung, der Hubschrauber landete in wenigen Minuten. Weit und breit keine Inseljäger, geschweige denn Verstärkung. Schweren Herzens rannte sie los und stolperte über den Militärrucksack, der als Tormarkierung hergehalten hatte. Rasch öffnete sie ihn und staunte. »Perfekt!«, machte sie sich Mut und erinnerte sich, wie sie bei der Polizeiausbildung mit einem G3 Schnellfeuergewehr Trainingseinheiten absolviert hatte.

Gleich darauf schlug sie das Fenster des Gebäudes mit der Aufschrift »Büro und Kiosk« ein. Sie fand ein vorsintflutliches Scheibentelefon und alarmierte die Feuerwehr. »Rückt sofort zum Hafen aus«, befahl sie. »Ich bin auf dem Weg.«

Sie war bereits davongeeilt, als der Kutscher in den Hof trat.

*

Die Plankutsche erreichte den Hafen zusammen mit den Löschzügen und den Rettungswagen. Das Sirenengeheul des Großeinsatzes trieb Juister und Touristen hinaus zum Hafengelände. Menschenmassen wie zur Hochsaison fanden sich zusammen, ohne zu wissen, was vor sich ging. Der Kolumbianer auf dem Bock trieb unbeeindruckt die Pferde voran. Unsichtbar unter der Plane saß Dengel mit der bewaffneten Mannschaft.

Mit dem gesicherten Gewehr im Bollerwagen eines konfiszierten Fahrrads näherte sich die Inselpolizistin dem Hafen. Der Hubschrauber landete gerade auf der Wiese neben dem Leuchtturm. Im Rotorwind sprangen Notarzt und Sanitäter heraus und blickten sich nach dem Schwerverletzten um. In dem Moment wurde die Kutschenplane weggezogen. Dengel und die bewaffneten Kämpfer sprangen heraus und verscheuchten die zwei zu Tode erschrockenen Helfer. Die Zuschauer, die augenblicklich die Gefahr erkannten, riefen und winkten sie zu sich, bis Dengel eine Salve in die Luft abfeuerte. In Todesangst suchten die Schaulustigen Schutz in den umliegenden Gebäuden. Nachdem der Rettungspilot vom Sitz gezerrt war, sprangen die Verbrecher in den Hubschrauber.

Tanja Krüger erreichte den Einsatzort. Sie stieß das Fahrrad von sich, schnappte das Gewehr und lief auf den aufsteigenden Helikopter zu. Sie schrie. Doch die Lautstärke des Propellerwirbels machte ihre Worte nutzlos. Niemand verstand auch nur eine Silbe von dem, was sie in die Luft brüllte. Dennoch rief sie: »Halt, Polizei! Landen Sie sofort! Oder ich schieße.«

Trotz Sichtkontakt zur Beamtin mit G3 im Anschlag hob die Maschine unter ohrenbetäubendem Geratter ab. Tanja spürte, wie in dem infernalischen Lärm sich absolute

Ruhe in ihr breitmachte. Der Hubschrauber stieg beständig in die Luft. In etwa 50 Meter Höhe lenkte der Pilot die Maschine um die eigene Achse. Da erschien Hannes Dengel in ihrem Blickfeld. Direkt im Lauf des Gewehrs. Er grinste durch die Scheibe wie der Teufel auf dem Flug zur Hölle. Er war schuld, dass drei Polizeibeamte im Sterben lagen. Jan lag tot im Sand vergraben, Emma hatte er zu Tode getreten. Sie allein war der Arm der Gerechtigkeit. Jetzt und hier auf Juist. Sie zielte auf den Rotorkopf und gab mehrere Feuerstöße ab. Als die von Einschlägen getroffene Mechanik beschädigt wurde, geriet der Hubschrauber ins Trudeln und stürzte in Sekundenschnelle herab. Knapp neben dem Leuchtturm krachte die Maschine zu Boden und kippte auf die Seite. Die Rotorblätter schlugen tiefe Furchen in die Wiese, ehe sie in Stücke zerbrachen und durch die Luft jagten. Tanja Krüger duckte sich rechtzeitig und ließ sich fallen. Sie reagierte als Erste, als der donnergleiche Knall des Aufpralles verebbt war. »Los!«, schrie sie den Rettungskräften zu. »Seht nach ihnen!«

Feuerwehrleute und Sanitäter stürmten zu dem millionenteuren Wrack. Mit schwerem Werkzeug gelang es ihnen, die verkeilten Türen aufzubrechen. Ein silbern schimmerndes Metallstück ragte aus Dengels Kopf. Über seinen leblosen Augen war die Schirmmütze mit dem Sinnspruch »Juist sehen und sterben« lesbar geblieben. Auch keiner der anderen Insassen hatte den Abschuss überlebt.

So ruhig Tanja noch vor ein paar Minuten gewesen war, so sehr zitterte sie jetzt am ganzen Körper. Sie konzentrierte sich auf ihre Atmung und auf das, was eigentlich im Moment so überflüssig wie nur sonst was war. Aber unumgänglich. Den notwendigen Bericht an das Polizeikommissariat in Norden. Doch als sie plötzlich den Kutscher entdeckte, der Emma im Arm hielt, war ihr vollkommen egal, wie viele Berichte sie zu schreiben hatte. Sie rannte einfach nur zu ihm und starrte glücklich auf ihre Hündin.

»Ich dachte, Emma sei tot«, brachte sie mit brüchiger Stimme hervor.

Der freundlich lächelnde Retter reichte ihr die Hündin. Wortkarg wie das Juister Seezeichen, das in den aufkommenden Sonnenstrahlen glänzte, streichelte er das Tier.

»Jetzt brauche ich einen Schnaps«, hörte sie sich sagen. Sie war überrascht über die gelungene Intonation. »Du auch?«

DER MÖRDER VOM SCHIFFCHENTEICH

GISA PAULY

Juist ist in der Nacht verdammt dunkel. Und ich bin ganz allein. Weit und breit kein Mensch. Wenn ich ehrlich bin, fürchte ich mich ein bisschen im Dunkeln auf der Insel. Außerdem ist es viel zu spät, um irgendwo um Hilfe zu bitten. Die Restaurants sind geschlossen, sogar in der »Spelunke« ist schon alles dunkel. Und die schließt immer als Letzte. Es muss also schon weit nach Mitternacht sein. Irgendwie habe ich total mein Zeitgefühl verloren. Das passiert mir oft, wenn um mich herum etwas Aufwühlendes geschieht. Herbert bäuchlings im Schiffchenteich! Mein Herbert! Wenn das nicht aufwühlend ist! Mit dem Gesicht im Wasser! Und er rührt sich nicht mehr. So was von aufwühlend!

Mein geliebter Herbert! Wie konnte das passieren? Was soll ich nur ohne ihn machen? Und wie soll ich in die Ferienwohnung kommen? Den Schlüssel hat er garantiert in der Hosentasche, aber da gehe ich nicht ran. Ums Verrecken nicht. Eigentlich müsste ich wohl die Polizei verständigen. Gibt's auf Juist überhaupt eine Polizeistation? Mein Gott, ich bin total durcheinander. Doch, halt – als wir das letzte Mal auf Juist waren, hat Herbert seine Geldbörse verloren. Da waren wir gemeinsam auf dem Revier. Das war gar nicht weit von hier. Aber ich bin viel zu aufgeregt, um jetzt im Dunkeln den Weg zu finden. Und wahrscheinlich ist da auch keiner mehr wach. Auf Juist schläft doch alles. Hätte ich mich bloß nicht verleiten lassen, die alte Frau Sönksen zu besuchen. Aber die ist ja immer so allein, die freut sich über Gesellschaft. In ihrer Keksdose hat sie immer dieses herrliche Schwarz-Weiß-Gebäck, das ich so gerne mag. Und Herbert konnte ja wirklich mal zwei, drei Stunden ohne mich zurechtkommen, oder?

Doch da sieht man's mal wieder: Wenn ich nicht auf ihn aufpasse, passiert etwas. Ausgerutscht und unglücklich gestürzt? Dachte ich auch zuerst, aber nun hatte ich Zeit, mir das gründlich zu überlegen. Nein, nein, das glaube ich einfach nicht. Nicht nach dem Ärger heute Nachmittag. Das kann kein Zufall sein …

Ich liebe Kurkonzerte. Noch mehr als Herbert. Eigentlich geht er nur mir zuliebe hin, das weiß ich. Und das habe ich ihm immer hoch angerechnet. Mir gefällt die Musik, die auf Kurkonzerten zu Gehör gebracht wird. Nicht diese schnellen Rhythmen mit den lauten Bässen, sondern zarte Weisen mit vielen Geigen. Am besten sind die Walzermelodien. Herrlich! Ich singe dann auch sehr gerne mit. Ganz leise nur, ziemlich zurückhaltend. Und es macht mich traurig, wenn Herbert sagt, mein Gejaule sei kaum zu ertragen. Das tut mir weh, obwohl er dabei lächelt. Aber wenn dann diese Schunkelmelodien erklingen, kann ich einfach nicht anders. Nein, ich schunkele nicht, das mag ich nicht, aber ich singe gern mit. Der Dirigent hatte sogar ausdrücklich dazu aufgefordert. Also habe ich nicht nur leise, sondern auch ein bisschen lauter gesungen. Aber was passiert? Herbert und ich werden angemacht. Auf ganz hässliche und gemeine Weise. Das wäre ja nicht anzuhören. Ich träfe keinen Ton. Und dieses schreckliche Gejaule ... Ja, die Leute haben meinen Gesang tatsächlich auch so genannt. So wie Herbert! So was von herzlos!

Aber auf meinen Herbert kann ich mich verlassen, er ist immer loyal. Obwohl ich weiß, dass er meinen Gesang nicht schätzt, stand er felsenfest an meiner Seite. »Ich liebe es, wenn Walli singt«, hat er gesagt und eine alte Frau mit lila gefärbten Haaren bitterböse angesehen. »Glauben Sie wirklich, dass Ihr schriller Altfrauensopran schöner klingt?«

Jetzt hatte Herbert aber was gesagt. Ein Riesentumult brach aus. Die alte Frau mit den lila gefärbten Haaren verteidigte ihren Sopran mit aller Kraft. Und davon hatte sie noch eine Menge auf Lager, das muss man sagen. Meine Güte, ist die auf uns losgegangen!

»Unverschämtheit! Dreistigkeit! Diese Jugend von heute!« Was sie noch alles gesagt hat oder besser gekreischt hat, das weiß ich gar nicht mehr so genau. Auf jeden Fall musste das Kurkonzert abgebrochen werden.

Das Lager der Besucher spaltete sich daraufhin. Einige schlugen sich auf die Seite dieser schrecklichen Frau, nicht wenige aber waren der Meinung, dass ich nicht schlechter singe als sie. Der Dirigent wollte nicht in den Streit hineingezogen werden und verschwand mit seinem Ensemble derart eilig, dass der Cellist über sein Instrument stolperte und in die Kesselpauke fiel. Eine an sich bestürzende Tatsache, die aber große Heiterkeit erzeugte und von den Streitigkeiten vorübergehend ablenkte.

Herbert war danach sogar richtig gut drauf. Ich glaube, er hatte das Gefühl, einen Sieg errungen zu haben. Jedenfalls holte er sich von dem Stand, der hinter dem Konzertpavillon aufgebaut worden war, ein weiteres Bier und sah mit dem Glas in der Hand zu, wie die Konzertbesucher in alle Richtungen davonströmten.

Und nun liegt mein Herbert im Schiffchenteich und rührt sich nicht mehr. Dass ich in der Stunde seines Todes nicht bei ihm war, macht mir schwer zu schaffen. Ach, Herbert …

Was jetzt? Warten, bis die Sonne aufgeht? Irgendwann wird hier jemand auftauchen, der die nötigen Schritte einleitet, klar. Will ich dann überhaupt noch hier sein? Natürlich müsste ich die alte Frau beschuldigen, die von ihren Freundinnen Thea genannt wurde. Sie hat meinen Herbert auf dem Gewissen, keine Frage. Wahrscheinlich hat sie auch schon ihren Ehemann abgemurkst, als er es wagte, ihr zu widersprechen. Wer ihr Kurkonzert stört und noch dazu ihren Sopran kritisiert, den schickt sie ins Jenseits. So eine ist das! Anders kann das gar nicht gewesen sein.

Vermutlich hat sie uns lange aufgelauert, bis es zu dunkeln begann, bis niemand mehr auf der Straße zu sehen war. Das geht schnell auf Juist. Vor allem in der Nebensaison, wenn auf der Insel fast nur alte Leute Urlaub machen. Herbert und ich gehen dann gerne spazieren, wenn die Dunkelheit vom Meer herüberkommt und sich über die Insel stülpt, wenn es still wird, wenn auch das Hufgeklapper nicht mehr zu hören ist, wenn die Urlauber in ihren Hotels und Pensionen oder in den Ferienwohnungen sitzen und zu Abend essen. Leider konnte Herbert sich heute nicht entschließen, wo wir essen wollten. Mir ist ja am liebsten, wenn wir zu Moni gehen, bei ihr schmeckt es mir immer. Aber Herbert hat mir erklärt, dass ein Bratkartoffelverhältnis nicht unbedingt etwas damit zu tun hat, dass dort täglich Bratkartoffeln serviert werden. Überhaupt geht Herbert lieber in den »Friesenhof« oder ins »Hafenrestaurant« als zu Moni. Jedenfalls, wenn er Hunger hat. Dass er aber auch immer so lange braucht, um sich zu entscheiden! Hätte er einen schnellen Entschluss gefasst, dann wäre diese schreckliche Sache vermutlich gar nicht passiert. Aber Herbert hatte zunächst keinen rechten Appetit und überlegte dann so lange hin und her, bis es in keinem Restaurant mehr einen freien Tisch gab. Und dann war ich es leid. Ich hatte keine Lust, bis zum Schlafengehen mit Herbert zu überlegen, wo wir essen gehen wollen. Ich habe mich dann einfach verdrückt. Umgedreht und abgehauen! Zu Frau Sönksen. Von dem Schrei, den Herbert mir nachschickte, habe ich mich nicht zurückholen lassen. Manchmal muss man einem Mann eben zeigen, dass man sich nicht alles bieten lässt.

Ich gehe zum Hafen, aber da ist nichts zu sehen und zu hören, schaue im Strandhotel nach, wo es nie ganz dunkel ist. Doch ich brauche mir nur den Nachtportier anzusehen, der vor seinem Monitor döst ... Nein, von dem habe ich keine Hilfe zu erwarten. Kann ich auch verstehen. Was hat der mit meinem toten Herbert zu tun?

Also doch das Polizeirevier! Aber Pustekuchen! Da ist es genauso dunkel wie überall, nur das Schild, auf dem »Polizei« steht, ist beleuchtet. Die Tür ist zu, hinter den Fenstern brennt kein Licht. Verdammt, ich will in mein Bett. Wenn ich Herbert nicht mehr helfen kann, gibt es keinen Grund, am Schiffchenteich sitzen zu bleiben. Am besten, ich gehe zu Moni. Dass sie mir Herbert abspenstig machen wollte, muss ich dann allerdings vergessen. Kann ich das? Eifersucht ist ein Gefühl, das sehr wehtut. Und immer, wenn Moni meinen Herbert angesehen hat, habe ich unter diesem Schmerz gelitten. Tief in mir drin. Ausgehalten habe ich das nur, weil ich Moni trotz allem mag. Und weil sie immer nett zu mir ist.

Der Weg zu ihr ist nicht weit. Ein paar Hundert Meter Richtung Loog, dann das kleine Haus auf der rechten Seite. Klar, da ist auch alles dunkel. Aber der Strandkorb steht noch im Vorgarten, und darin liegt eine Decke. Dort werde ich es den Rest der Nacht aushalten.

Dass ich so tief und fest geschlafen habe, kann nur daran liegen, dass ich von den Geschehnissen des vergangenen Tages fix und fertig war. Der eine kommt nach solch schrecklichen Ereignissen nicht in Schlaf, bei mir ist es anders, ich falle glatt ins Koma. Also … gewissermaßen. Ich komme erst zu mir, als die Gartenpforte knirscht und Schritte zu hören sind. Himmel, ich weiß zunächst gar nicht, wo ich bin. Als ich endlich klar denken kann, haben die beiden Polizeibeamten schon den Vorgarten durchquert und an Monis Tür geschellt. Mich haben sie im Strandkorb gar nicht gesehen. Und ich glaube, es ist besser, wenn ich jetzt erst mal abwarte. Besonders freundlich gucken die beiden nicht. Denen traue ich zu, dass sie denjenigen, der Herbert am nächsten gestanden hat, am ehesten verdächtigen. Und das wäre natürlich ich.

Moni ist noch ziemlich verschlafen, als sie die Tür öffnet. Und als sie hört, dass Herbert tot im Schiffchenteich gefunden worden ist, fängt sie gleich an zu schreien und zu weinen.

»Das kann doch nicht wahr sein!«

Das stöhnt sie immer wieder, und ich will schon aufstehen und ihr zur Seite springen. Aber da sagt sie mit einem Mal: »Wo ist überhaupt Walli?«

Die Polizisten gucken sich fragend an und bitten darum, eingelassen zu werden. Die Tür fällt hinter ihnen ins

Schloss, und ich sitze im Strandkorb wie gelähmt. Wieso hat Moni gleich nach mir gefragt? Will sie mich etwa verdächtigen?

Ich schleiche ums Haus herum und stelle fest, dass die Terrassentür nicht ganz geschlossen ist. Ich kann hören, wie einer der Polizisten sagt: »Kann sein, dass er über irgendwas gestolpert und dann in den Schiffchenteich gefallen ist. Möglich, dass er sich dabei den Kopf aufgeschlagen hat, ohnmächtig geworden und ertrunken ist. Kann aber auch sein, dass er gestoßen wurde. Jedenfalls hat er eine klaffende Stirnwunde.«

Gestolpert? So ein Blödsinn! Natürlich wurde er niedergeschlagen, brutal gestoßen. Und ich weiß auch, von wem. Von dieser Thea, die es nicht verwinden konnte, dass Herbert ihr hohes C mit dem Alarm einer alten Lokomotive verglichen hat.

»Hatte er Feinde?«

Oh ja, die hatte er. Oder besser … eine Feindin. Thea mit den lila Haaren.

»Nein«, antwortet Moni. »Herbert war ein lieber Mensch. Den mochten alle.«

Klar, sie war heute Nachmittag ja nicht dabei. Kurkonzerte mag sie nicht. Da lässt sie uns immer allein hingehen.

»Wir haben bereits sein Ferienapartment gesichtet und dabei einige interessante Entdeckungen gemacht«, höre ich jetzt. »Sie hatten Schulden bei Herbert Faber. Und zwar beträchtliche.«

»Na und?«, fängt Moni an zu kreischen. »Deswegen bringe ich ihn doch nicht um.«

»Es sind schon Menschen wegen weniger Geld ermordet worden. 20.000 sind kein Pappenstiel. Wollte er das Geld zurück? Und Sie konnten es ihm nicht geben?«

20.000! Davon hatte ich keine Ahnung. Das ist ja unge-heuerlich.

»Außerdem sollen Sie sehr eifersüchtig sein«, ergänzt der andere Polizist.

»Wer sagt das?«, fragt Moni mit zitternder Stimme. Und als sie keine Antwort bekommt, heult sie los: »Herbert hat mich geliebt. Ich hatte keinen Grund zur Eifersucht.«

Geliebt? Nun bin ich aber ziemlich konsterniert. Mich hat Herbert geliebt, nur mich! Was redet Moni denn da?

Als die Polizisten gehen, liegt mir nichts mehr daran, mich zu Moni zu flüchten und mich von ihr trösten zu las-sen. Die Sache ist mir zu heikel. Dass sie Schulden bei Her-bert hatte, wusste ich nicht. Und dass sie glaubte, er habe sie mehr geliebt als mich, habe ich auch nicht für möglich gehalten. Mein Gott, ich glaube, ich habe mich noch nie in einem Menschen so getäuscht. Moni! Hast du meinen Herbert auf dem Gewissen? Ein schrecklicher Gedanke! Andererseits ... der Verdacht, den die Polizisten geäußert haben, kann nicht schwerwiegend sein, sonst hätten sie Moni mitgenommen. Aber sicherlich sind sie schon längst auf der Suche nach Beweisen. Und sobald die gefunden sind, wird Moni verhaftet. Es sei denn, meine ursprüng-liche Vermutung stimmt und Thea mit den lila Haaren steckt hinter Herberts gewaltsamem Tod.

Nur – die Beweislage könnte schwierig sein. Diese Thea wird natürlich alles abstreiten, ihre Freundinnen werden sich vermutlich auf ihre Seite stellen. Und dann? Dann wird die Polizei von Verleumdung reden und sich nicht weiter um die Dame kümmern. Nein, ich brauche hieb- und stichfeste Beweise. Allermindestens schwerwiegende Indizien. Nur ... wo kriege ich sie her? Ich muss mir was einfallen lassen.

Das Wichtigste wird sein, mich unauffällig zu verhalten. Die Polizei hat sicherlich meinen Namen notiert, aber ob man mich suchen wird? Ich weiß es nicht. Könnte natürlich sein. Dass ich verschwunden bin, spricht unter Umständen gegen mich. Wer abhaut, ist immer verdächtig. Andererseits … sobald ich die Beweise gegen Thea zusammen habe, wird niemand mehr auf die Idee kommen, mir etwas anzuhängen. Ich habe ja auch überhaupt kein Motiv. Ich habe Herbert geliebt! Und er mich auch! Allerdings … wenn Moni dabei bleibt, dass ihr der erste Platz in Herberts Herzen gehört hat, könnte den Polizisten die Idee kommen, dass ich es bin, die aus Eifersucht gemordet hat. Nein, nein, besser, ich halte mich zurück. Anscheinend werde ich noch gar nicht vermisst. Nur von Moni. Und solange niemand nach mir sucht, kann ich mich umhören, ohne aufzufallen.

Ich ziehe mich an den Strandaufgang am Strandhotel zurück. Da ist immer viel los, ich werde nicht weiter auffallen. Auch wenn man schon nach mir suchen sollte. Das Problem ist nur: Ich habe Hunger. Durst habe ich auch. Aber kein Geld, um mir etwas zu besorgen. Was mache ich nur? Wenn mir vor lauter Hunger die Beine zittern, wie soll ich dann Herberts Tod aufklären?

Strandaufgänge sind in solch einem Fall immer das Beste. Taschen werden zum Strand oder zurück geschleppt, oft abgesetzt, um zu verschnaufen oder einem Kind die Nase zu putzen, da muss man nur schnell und entschlossen sein. Sich einen Leckerbissen schnappen und dann nichts wie weg. Niemand wird gern zum Dieb, aber was soll ich machen? Normalerweise hätte ich mich bei Moni eingefunden, aber auf die kann ich mich ja nicht mehr verlassen.

Der kleine Junge hat eine große Packung mit Zwiebäcken in sein Plastikauto geladen. Er hat genug damit zu tun, es durch den tiefen Sand zu ziehen. Dass seine Zwiebäcke verschwunden sind, als er mit seinen Eltern und seiner großen Schwester endlich an der Wasserkante ankommt, wird sich keiner von denen erklären können. Das ist super gelaufen. Wer will schon gern als Dieb erkannt oder gar verfolgt werden? Es wäre mir ganz schön peinlich gewesen, wenn man mit Fingern auf mich gezeigt und gerufen hätte: »Haltet den Dieb!«

Als ich sämtliche Zwiebäcke verputzt habe, geht es mir schon wesentlich besser. Ich fühle mich stark genug für meine Aufgabe. Wasser habe ich auch getrunken, es gibt ja einige Zapfstellen in der Nähe des Strandaufgangs, also bin ich jetzt ziemlich gut drauf. Rein körperlich gesehen. Wie es in meinem Herzen und meiner Seele aussieht … na, das kann sich wohl jeder denken. Darum werde ich mich später kümmern, wenn Herberts Mörderin hinter Schloss und Riegel sitzt. Jetzt will ich mich erst mal in der Sonne ausstrecken und darauf warten, dass das Kurkonzert beginnt. Da wird Thea mit den lila Haaren garantiert auftauchen, und dann werden wir mal sehen, wie ich sie überführe. Vielleicht macht sie einen Fehler. Und dann …

Als die Musiker noch ihre Instrumente auspacken und stimmen, kommen schon die ersten Konzertbesucher. Viele bleiben erst mal am Schiffchenteich stehen und betrachten gruselnd das Wasser, wundern sich vielleicht sogar, dass es nicht rot gefärbt ist von Herberts Blut.

Ehrlich gesagt, ich wundere mich auch. Dass jemand so umsichtig war und das Wasser gewechselt hat, habe ich nicht erwartet. Bravo! Es gibt auch auf Juist Menschen, die mitdenken. Vermutlich der Besitzer des Spielzeugladens, der die Schiffchen verkauft, die die Kinder hier so gerne schwimmen lassen. Er schreibt immer liebevoll den Namen des Kindes auf das Segel, ehe das Boot über die Ladentheke geht. Der weiß natürlich, dass er kein einziges Schiffchen loswird, wenn das Wasser im Schiffchenteich nicht klar, sondern rot gefärbt ist.

»Es hilft ja nichts«, höre ich jemanden sagen. »Das Leben muss weitergehen.«

Eine Freundin von Thea! Wo die ist, wird auch Thea nicht mehr weit sein.

Da! Ich erkenne sie schon von Weitem. Ihre lila Haare sind ja nicht zu übersehen. Sie kommt in der Begleitung ihrer Freundinnen, das habe ich ja erwartet. Ich setze mich auf den Rasen, wie es viele tun, die nicht nur die Musik hören, sondern währenddessen auch für frische Bräune sorgen wollen, tue gelangweilt, habe aber in Wirklichkeit Thea und ihre Freundinnen fest im Blick.

»Da drinnen ist er gefunden worden«, sagt eine mit viel Pathos in der Stimme. »Schrecklich!«

Thea hat tatsächlich die Stirn, dies zu bestätigen. »Ja, ganz fürchterlich. Obwohl … ein sympathischer Mensch war das nicht. So was gönnt man ja seinem ärgsten Feind nicht.«

Diese Heuchlerin!

»Wo mag er jetzt sein?«, fragt eine andere mit Gänsehaut auf der Stimme, als wollte sie hören, dass mein Herbert im Kühlhaus des Kurhauses gelandet sei. »Auf Juist gibt's doch keine Pathologie.«

»Er wird dort sein, wo auch die toten Juister hinkommen, die eines natürlichen Todes sterben. Auf der Insel werden die Menschen ja auch mal krank und müssen irgendwann den Löffel abgeben. Trotz des guten Klimas.«

Theas Freundin kommt sich sehr schlau vor mit diesem Satz. »Und beerdigt werden sie hier auch.«

Aber Thea weiß es besser. »Ein Mordopfer wird erst beerdigt, wenn der Mord aufgeklärt und der Mörder gefunden ist.«

»Ehrlich?« All ihre Freundinnen sind entgeistert. »Und wenn das Wochen dauert?«

»Er muss nur gut gekühlt werden.«

Ich kann mir das nicht anhören. Die Vorstellung, dass mein Herbert irgendwo gekühlt wird wie ein Brathähnchen, das spätestens in drei Tagen verzehrt werden muss, macht mir schwer zu schaffen. Herbert war immer so stark, so klug, hat mich beschützt, stand immer an meiner Seite und war stets loyal. Das hat man ja gesehen, als die lilafarbene Thea mich beim Kurkonzert beleidigt hat.

Während am Schiffchenteich darüber gerätselt wird, wer Herbert auf dem Gewissen haben könnte, und Thea so tut, als könne sie es sich nicht erklären, wird mir übel. Gut, dass ich noch nichts Vernünftiges gegessen habe, sonst hätte ich womöglich dem Dirigenten des Kurorchesters vor die Füße gekotzt, der gerade die Bühne betritt.

Zum Glück werde ich jedoch abgelenkt. Wen sehe ich da auf den Schiffchenteich zukommen? Die alte Frau Sönksen! Was für eine Freude! Obwohl sie ja gewissermaßen schuld an Herberts Tod ist. Nein, sie ist nicht schuldig, höchstens mitschuldig. Wenn sie nicht dieses wahnsinnig leckere Schwarz-Weiß-Gebäck produzierte, dann wäre das alles nicht passiert, das muss mal ganz klar gesagt werden.

Ich hätte Thea daran hindern können, meinen Herbert in den Schiffchenteich zu stoßen. Okay, okay, ich habe noch immer keine Beweise, aber Theas Verhalten zeigt doch, dass sie schuldig ist. Wie harmlos sie tut! Wie mitfühlend sie sich gibt! Dahinter erkennt man doch gleich ihr schlechtes Gewissen.

»Walli!«

Nun hat Frau Sönksen mich auch gesehen. Mich hält jetzt nichts mehr. Aufgeregt laufe ich zu ihr, um sie zu begrüßen. Meine liebe Frau Sönksen! Herbert mochte sie genauso gern wie ich. Er ließ mich immer allein zu ihr laufen, der Weg war ja nicht weit, und er vertraute mir. So wie gestern Abend. Wie oft hat er gesagt: »Meinetwegen mach einen Besuch bei Frau Sönksen …« Gestern Abend allerdings nicht. Da habe ich den Entschluss gefasst, ohne auf Herberts Aufforderung zu warten. Wäre er doch nur mit mir in den »Friesenhof« gegangen! Dann hätte mich der Hunger nicht zu Frau Sönksen getrieben.

Ich setze an zu einem großen Sprung, will Frau Sönksen auf den Schoß hüpfen, aber mit einem Mal werde ich zurückgerissen, jemand hält mich, etwas hält mich, irgendwas …

»Vorsicht! Die Leine!«, höre ich jemanden schreien.

In diesem Moment komme ich keinen Schritt weiter. Straff gespannt ist sie, meine Leine, irgendwo fest verhakt. Sie zerrt an mir, zieht mich zurück … da höre ich einen weiteren Schrei. Dann einen riesigen Platsch, das Wasser spritzt bis auf meinen Rücken. Und schließlich dieses ausgesprochen hässliche Geräusch, wenn ein Knochen knirscht und zerbirst.

Ich reiße mit aller Kraft, und zum Glück gibt die Leine endlich nach. Es wäre mir durchaus recht gewesen, wenn sie sich vom Halsband gelöst hätte. Sie ist mir den ganzen Tag schon sehr lästig. Es wäre besser gewesen, Herbert hätte sie mir abgenommen, bevor ich zu Frau Sönksen gelaufen bin. Das wollte er eigentlich auch, weil ja auf

den Straßen nichts mehr los war und ich keinem Pferdefuhrwerk in die Quere kommen konnte. Er hat sich zu
mir hinabgebeugt, aber ich war viel zu aufgeregt, weil ich
an Frau Sönksens Schwarz-Weiß-Gebäck dachte, wollte
nicht warten, bin einfach losgerannt, so wie gerade eben ...
Dann habe ich etwas Ähnliches gehört. Auch da hat sich
meine Leine verfangen, hat sich ruckartig gespannt, und
es hat ein Platschen gegeben, Wasser ist aufgespritzt, aber
ich hatte nur das Schwarz-Weiß-Gebäck von Frau Sönksen
im Kopf und habe mich nicht weiter darum gekümmert.
Auch jetzt hält sie es in der Hand, die gute Frau Sönksen.
Wie lieb von ihr, dass sie daran gedacht hat.

Brav setze ich mich vor sie hin, mache Männchen,
bereit zuzuschnappen, wenn mir ein Gebäckstück vor die
Schnauze gehalten wird. Aber Frau Sönksen scheint mich
plötzlich nicht mehr zur Kenntnis zu nehmen. Irgendwas
hat sie erschüttert. So gewaltig, dass ihr nun die Tüte mit
dem Gebäck aus der Hand fällt. Nun gut, das ist mir recht.
Noch lieber fresse ich natürlich alles auf einmal auf, als für
jedes Gebäckstück Männchen zu machen.

Erst als das ganze Schwarz-Weiß-Gebäck verputzt ist,
kümmere ich mich um das Theater, das am Schiffchenteich herrscht.

»Polizei!«

Schon wieder? Warum? Ich dränge mich durch die vielen Beine, die um den Schiffchenteich herum stehen, und
da sehe ich die Bescherung. Thea mit den lila Haaren liegt
im Wasser. So wie Herbert. Bäuchlings! Es dauert verdammt lange, bis endlich ein Mann ins Wasser steigt und
sie umdreht. Ihre Freundinnen kreischen, der Mann drückt
mal hier und mal da, horcht an ihrer Brust und schüttelt
dann den Kopf. »Ich nehme an, Schädelbasisbruch«, sagt

er, als verstünde er etwas davon. Ich habe keine Ahnung, was damit gemeint ist.

»So muss auch der Mann gestern zu Tode gekommen sein!«, höre ich eine Stimme und habe mit einem Mal das Gefühl, das es besser ist, mich zu verdrücken. Am besten ziemlich schnell, ehe jemand auf meine Leine tritt und mich stoppt, so wie das stachelige Gebüsch am Schiffchenteich.

Ich renne los, so schnell ich kann.

Zu Moni!

Jetzt ist es mir egal, dass sie behauptet hat, Herbert habe sie mehr geliebt als mich. Moni war immer gut zu mir, dass sie Herbert auf dem Gewissen hat, kann ich nicht mehr glauben. Und Thea mit den lila Haaren? So zu Tode gekommen wie Herbert? Das verstehe, wer will.

Ich jage die Straße hinab, die Leine flattert hinter mir her. Jetzt aber so schnell es geht zu Moni! Da Frau Sönksens Schwarz-Weiß-Gebäck verzehrt ist, wird es mir bei Moni am besten gehen. Sie wird mir hoffentlich die Leine vom Halsband lösen.

Sonst passiert am Ende noch ein Unglück …

RIETWURM*

VON TILL RAETHER

*Aktennotiz: Kriminalakte Jansen, Jutta, geb. 27.09.1941 auf
Juist, Anlage 23/2 zu Aktenzeichen 23-███████ 1: Hand-
schriftliche Einlassung der Beschuldigten, Beweismittel
im Rahmen des kriminalpolizeilichen Ermittlungsver-
fahrens zum Tötungsdelikt gegen Kleinhans, Theo, geb.
12.03.2009 in Norden, und andere.*

   Fundort: Nordseeinsel Memmert, D-26571 Juist

   *Aufnehmender Beamter: PHK Behler, Jürgen, LKA Nie-
dersachsen, Dienstnr. B78███6*

Nun will ich also Bericht ablegen über meine Kindheit, um
zu verstehen, was mit dem kleinen Theo geschah. Renn-
autos hat er gemocht und Gummibärchen und sein T-Shirt,
wo drauf stand: »Brummi wünscht gute Fahrt«, mit einem
Lastwagen in Menschengestalt.

   Aber ich bin alt geworden bis fast zum Tode, und vielleicht bin ich allein deshalb bereit, an meine Kindheit zu
denken und von ihr zu berichten: Weil sie mir, je älter ich
werde, immer näher kommt. Alle sind tot, meine Mutter
schon seit vielen Jahren. Mein Mann ist gegangen, weil er

---

* plattdeutsch: unruhiges Kind – Handschriftlicher Vermerk, gez. PHK
  Behler, Jürgen

die Eckenwesen nicht mehr ertragen konnte, im März sind es zehn Jahre, tot ist er inzwischen auch.

Eckenwesen, das Wort ist von meiner Mutter. Ich war ihr ganzer Stolz. Weil ich fast alles war, was sie hatte. Sie hatte nur mich und die Eckenwesen. Und den Kiosk an der Strandpromenade, darum waren die Winter uns lang. Als sie starb, sagte der Pfarrer der Inselkirche: Sie war eine einfache Frau. Womit er wohl meinte: Sie war eine von uns. Aber was ich darin hörte, war etwas anderes, ich hörte: dass sie ungebildet war, keine Rücklagen und nichts aus ihrem Leben gemacht hatte.

Aber einfach? Nein. Sie war der schwierigste Mensch von allen.

Für sie gab es keinen Unterschied zwischen Traum und Wirklichkeit, darum sagte sie, wenn ich in meinem kratzenden Kleid am weißen Küchentisch saß und nach meinem Vater fragte: »Deinen Vater habe ich im Traum gekannt, von ihm nie wieder ein Wort.«

Ich denke, sie meinte: Er kam mit der Fähre und er ging mit der Fähre.

Doch wenn ich dann fragte, woher ich käme, wenn sie ihn doch nur im Traum gekannt hatte, dann schlug sie mich mit der Faust. Als ich auf die Schule am Schoolpad kam, hörte ich, dass andere Eltern mit der flachen Hand schlugen und die Lehrer auch. Meine Mutter nahm immer die Faust. Aber sie liebte mich sehr. Manchmal öffnete sie danach die Faust und zeigte mir, während sie mich in den Arm nahm, dass eine Leckmuschel darin war für mich zum Trost.

Wenn ich mich versteckte vor ihrer Faust, zerrte sie mich aus dem hintersten Winkel und zwang mich in die Küchenbank.

»Allein«, sagte sie, »bist du nur auf der Vogelinsel.«

Memmert, und wenn sie es sagte, klang es wie Memme, und als meinte sie mich damit. Die Vogelinsel wurde bei ihr zum geflügelten Wort: Wenn du allein sein willst, geh zur Vogelinsel.

Bedeuten sollte es: Hier bist du nie allein. Das verstand ich noch nicht. Aber ich wusste, die Vogelinsel war unerreichbar, sichtbar zwar, aber zwei Stunden mit dem flachen Boot durch Sandbänke, Schlickflächen und Wasserläufe, entlang an den Pricken, die den tückischen Fahrweg markieren.

Wie sehr meine Mutter mich liebte, wurde mir klar, als die Eckenwesen zu mir kamen. Ich hatte den Freischwimmer, eine Puppe, die ich im Sommer abends am Strand gefunden hatte, als die Kurgäste in ihren Hotelzimmern waren, und einen dicken Zopf hatte ich, und ich liebte Leckmuscheln und Waldmeister-Brausepulver. Eines Nachts wachte ich auf und spürte, dass jemand in meinem Zimmer war.

»Wenn du in die Schule kommst«, hatte meine Mutter gesagt, »bekommst du dein eigenes Zimmer. Dann bist du ein großes Mädchen. Und ich schlafe im Wohnzimmer, wir bitten Onkel Heini um Geld für ein Schrankbett.«

Ich war stolz, weil ich nun ein großes Mädchen war, aber ich glaube, meine Mutter gab mir das Zimmer, in dem wir all die Jahre zusammen geschlafen hatten, weil sie mich den Eckenwesen überlassen wollte oder umgekehrt, mir die Eckenwesen.

Jemand war also in diesem Zimmer, oder etwas. In der Ecke, die am dunkelsten und von meinem Bett am weitesten entfernt war. Ich lag unter der Decke und dachte nicht daran, mich zu rühren. Damals, in jenem Moment, lernte ich, auf die einzige Art zu atmen, auf die ich heute noch atmen kann. Flacher als flach, sodass man noch lautlos Sauerstoff ziehen kann aus dem kleinsten Rest Luft. Damit einen niemand hört, damit niemand aufmerksam wird darauf, dass es einen gibt.

Aber ich war ja ein Kind. Wer Kinder gesehen hat, weiß, dass sie sich bewegen müssen. Lange stillhalten konnte ich nie. Rietwurm, hat meine Mutter mich genannt, weil ich immer hibbelig war. Jetzt, als die Anwesenheit in der Ecke war, versuchte ich, meinen Atem ganz flach zu machen und mich nicht zu rühren, damit das, was da war, mich nicht bemerkte. Aber ich war eben der Rietwurm, ich musste mich bewegen.

Aber es ging. Ich konnte atmen und die Augäpfel bewegen in ihren Höhlen, zur Dunkelheit, die nichts verriet, in der Zimmerecke, aber es war mir unmöglich, meinem Rumpf, den Armen und den Beinen eine Bewegung abzuringen. Aufspringen und wegrennen, zu meiner Mutter, ohne Rücksicht auf die Faust: Nichts wünschte ich mir sehnlicher in diesem endlosen Moment, aber ich konnte nur atmen und liegen, starr.

Mein Körper war ein Fleischgefängnis. Auch das Wort habe ich später gelernt von meiner Mutter. Es kommt auch aus der Kirche. Gefangen im Fleischgefängnis. Gelähmt durch diese Anwesenheit. Noch konnte ich sie nicht erkennen, nur spüren.

Versuchte ich zu schreien? Irgendwann schon. Es dauert. Man schreit nie gleich. Und wenn man es dann versucht, kommt nichts, es geht nicht. Doodstill. Kein Laut dringt aus dem Fleischgefängnis.

Nun fühle ich mich aufgefordert, Auskunft zu geben über meine Kindheit, aber gezögert habe ich damit lange, vielleicht auch, weil ich keine genauen Erinnerungen habe an exakte Daten und Orte, und ich hasse Ungenauigkeit.

Wann also diese Anwesenheit sich zum ersten Mal gezeigt hat mit Gesicht, vermag ich nicht zu sagen. Viele Male spürte ich sie, sie zeigte sich mir erst später. Und als sie es tat, kam es mir vor, als hätte ich sie schon immer gekannt und schon immer von ihr gewusst.

Eine alte Frau, die bei einem in der Ecke sitzt oder steht. Oder, in den Worten der vielfältigen Literatur darüber aus den vergangenen Jahrhunderten: ein altes Weib. In schwarzen Kleidern, bei denen ich den Übergang von Rock oder Kleid zu Umhang und Kopftuch nicht erkennen konnte im dunklen Zimmer.

Ein altes Weib, das von da an jede Nacht bei mir im Zimmer war, in der Ecke des Kinderzimmers des kleinen Schulmädchens, das ich war. Bis das alte Weib zu mir ans Bett kam.

Aber das war später.

Noch einmal möchte ich an dieser Stelle meine Enttäuschung über die Ungenauigkeit festhalten, niemand leidet darunter mehr als ich.

Das alte Weib also, in einem schwarzen, groben Kleid wie seit unsterblicher Zeit. Die Haare verborgen unter einem ebenso dunklen Kopftuch, eng gewickelt, das Antlitz im Dunkeln des Zimmers reduziert auf das Allernötigste: den Abhang des Kinns, den Vorsprung der Nase, die Fläche der Stirn ins Dunkel des Kopftuchs und von den Zügen des Gesichts nur Falten zum Erahnen. Lange Ärmel, Strumpfhosen wie aus Drillich.

Zu deutlich? Für etwas, von dem ihr sagt, das gibt es nicht?

Nun, ich fühlte die alte Frau mehr, als dass ich sie sah, später, als sie auf mir saß und mich niederdrückte in die Kissen und Decken mit den knochigen Fingern und der dem Tode geweihten Endkraft der wirklich Alten. Ihr Atmen, der roch wie die Dunkelheit der Welt selbst, wie etwas, das von innen stirbt. Und ich, das Kind, unter ihr, unfähig, mich zu rühren, mich zu wehren, ihr zu entkommen.

Kinder, heißt es immer, ich habe es später oft gelesen und gehört, Kinder sind robust, stärker als man denkt. Ihr Geheimnis ist, dass sie sich an alles gewöhnen.

Jede Nacht. Was sollte ich tun, als mich zu gewöhnen, wenn das alte Weib jede Nacht zu mir kam.

Nun wagte ich nicht mehr zu schlafen in meinem Bett und in der Nacht. Ich schlief in der Schule, im Sonnenlicht hinter dem Netzschuppen in Onkel Heinis Garten. Beim Abendessen weinte ich in Erwartung meines Bettes und des alten Weibes und der mir bevorstehenden Nacht im Fleischgefängnis. Tränen mochte meine Mutter nie, darum dann wieder die Faust. Bis ich ihr erzählte in der Sprache, die ich aus der Schule kannte und von den anderen Mädchen, die einander Freundinnen nannten: de sware Drööm. Albträume. Wie schlecht ich träumte, jede Nacht. Und von der alten Frau.

Meine Mutter umfing mich zärtlich, als wäre ich gerade zum zweiten oder in Wahrheit überhaupt zum ersten Mal geboren worden, endlich zur Welt gekommen.

Zu ihrer Welt.

Viel später habe ich eine undeutliche Vorstellung davon bekommen, wie andere Eltern reagiert hätten auf ein Kind meines Alters, das mit diesen Bildern zu ihm kam. Sie hätten gesagt: Es ist nur ein Traum. Du hast schlecht geträumt.

Ein böser Traum. Aber jetzt ist alles wieder gut. Alles wird gut. Mama ist ja da. Papa ist ja da. Du hast nur geträumt, min Deern.

Die Worte aber, die meine Mutter an mich richtete, waren mir vertraut, bevor sie sie aussprach. Ja, während ich sie hörte, wurden sie ein Teil von mir, und kaum waren sie verklungen, fühlte ich mich, als wären sie ein Teil von mir. Wenn du Kind bist, besteht deine Welt aus den Worten und den Taten deiner Eltern.

Meine Mutter sagte: »Oh, du hast sie getroffen, du hast sie getroffen. Ich bin so froh, dass sie zu dir gekommen ist.« Sie nahm mich in den Arm, ohne Faust, dabei hätte ich, wie ich jetzt zugeben kann, so gern eine Leckmuschel gehabt. »Du hast eine alte Frau gesehen?«, fragte meine Mutter, als sollte ich eine Landschaft beschreiben, die sie auch schon bereist hatte, die ihr aber durch meine Beschreibung noch einmal lebendiger wurde, wie bei ihrem ersten Male. »Und was hast du noch gesehen?«

Ich weinte. Vielleicht, weil ich auf die Faust mit der Leckmuschel hoffte, denn manchmal kam sie, wenn ich weinte. Vielleicht, weil ich erleichtert war. Vielleicht, weil ich nun noch mehr Angst hatte vor den Träumen, die keine waren, weil meine Mutter das sagte.

»Ich weiß es nicht«, sagte ich, »eine ... als ob noch jemand da wäre. In der Zimmerecke.«

»Aber du kannst nicht sehen, du kannst noch nicht sehen, wer es ist?«, fragte meine Mutter, ihre Stimme gesenkt. Sie hatte sich vor mich gekniet auf das hellgelbe Küchenlinoleum, und weil sie so leise sprach, hörte ich fast nur, wie draußen auf dem Wäscheplatz eine der Nachbarinnen die Teppiche über der Stange ausklopfte, und weil Sommer war und alle Fenster offen und die Wohnung klein und der Wäscheplatz nah, trieb der Staub aus einem anderen Leben in unsere Wohnung.

Ich schüttelte den Kopf.

»Hast du deinen Vater gesehen?« Meine Mutter flüsterte jetzt, aber woran hätte ich ihn erkennen sollen. Und ein Mann war nicht gekommen. Meine Mutter ballte die Faust, atmete tief und öffnete sie dann, sie schob mir eine Strähne, die sich aus dem Zopf gelöst hatte, aus der Stirn und schob mich von sich fort. »Vielleicht kommt er noch.«

Die alte Frau kam nun jede Nacht. Andere Kinder hatten Albträume, aber ich hatte gelernt von meiner Mutter, dass ich Besuch hatte. »Eckenwesen«, sagte sie morgens beim Frühstück, ohne Fragezeichen, und ich nickte immer.

Je älter ich wurde, desto mehr kämpfte ich gegen das alte Weib, das nachts auf meinem Brustkorb saß. Im Kampf fiel ich in tiefen, toten Schlaf, und wenn ich aufwachte am Morgen, waren meine Finger wund und meine Haut aufgeschürft, wo das alte Weib mich gehalten hatte.

Als mein Körper und meine Seele sich zu verändern begannen, fürchtete ich meine Mutter, dann fing ich an, sie zu hassen, und die Eckenwesen noch mehr. Pubertät, sagte die Lehrerin, das Wort war uns noch fremd, es klang nach einer Krankheit, in der Familie sagte man: Das Mädchen wird zur Frau. Ich entglitt meiner Mutter und genoss, dass sie es spürte, ohnmächtig, wie sie nicht mehr wagte, die Faust zu erheben gegen die 13-, 14-Jährige, die Faust, die sie dem kleineren Kind geschenkt hatte.

Vor ihrer Ohnmacht und vor meinem Hass floh ich an Orte, die anders waren als unser Zuhause hinter der Teppichklopfstange. Die Kneipe am Hafen mit Glücksspielautomaten, wo der Wirt mich Cola mit Rotwein trinken ließ und hinauswarf, wenn Gäste kamen. Der Fährhafen, weil die Menschen dort wegkamen. Die Inselbücherei, denn da gab es Bücher. Meine Welt war längst zerfallen in zwei Teile: Flucht bei Tageslicht, bei Nacht Gefangenschaft in meinem Körper, gelähmt vor den Anwesenheiten in meinem Raum und auf meiner Brust.

In einer Augenblicksverzweiflung suchte ich Rat in einem alten Handbuch über Träume: was in ihnen wiederkehrt und was es bedeutet.

»Dies ist eine Bibliothek, wenn ich Sie um Ruhe bitten darf«, sagte jemand scharf durchs Regal, als ich schluchzte an meinem Tisch, der erste ehrliche Ton, den ich in meinem Kinderleben der Lähmung entrissen hatte. Denn es gab ein ganzes Kapitel im Buch über das, was mir widerfuhr und meiner Mutter wohl auch.

Sie nannten es »Schlaflähmung« und beschrieben, wie es war und wie ich es kannte, zu träumen und doch wach zu sein, sich nicht rühren zu können, nicht schreien zu können, und eine Anwesenheit war im Zimmer. Viele Kulturen auf der ganzen Welt beschrieben das gleiche Phänomen, in alten Schriften seit den Sumerern und Assyrern, und fast immer waren es an den unterschiedlichsten Orten der Welt alte Weiber, die zu denen kamen, die an Schlaflähmung litten. Also, warum nicht auch zu uns auf die Insel? Und wie lange hatte ich gedacht, wir wären damit allein, ich wäre allein mit den Eckenwesen.

Doch sie waren überall und jede Nacht, und Menschen verzweifelten daran und wurden unfähig zu arbeiten, und Eltern machten sich Vorwürfe, weil sie, woran sie selber litten, an ihre Kinder vererbten. Genetisch war das bedingt. Genetisch, damals noch ein großes Wort.

Und wie überzeugt die Leidenden waren von der Wirklichkeit ihrer Besucher, sodass sie gegen sie kämpften im Traum und morgens Schürfungen und Druckstellen an ihrem Körper fanden wie von einem Kampf, Würgemale gar, sich selber beigebracht im Schlaf. Manchmal lief ich, wenn die Flut mit dem Morgengrauen gekommen war, nach dem Aufstehen ins Meer, um das Salz dort zu spüren, wo ich mich gewehrt hatte gegen die Eckenwesen.

Aber nun wusste ich mehr, als meine Mutter je gewusst hatte. Sie war eine einfache Frau.

Im Triumph kehrte ich zurück zu meiner Mutter, ein unerhörtes Gefühl, zum ersten Mal in meinem Leben. Sie nahm mir das Buch aus der Hand, und noch während sie es schloss, traf mich ihre Faust. Ich sehe den Spülstein noch vor mir und den hellgrünen Schwammstofflappen, mit dem ich das Blut anzuhalten versuchte von meiner Unterlippe, während meine Mutter vom Tisch sagte: »Das ist es, was wir glauben sollen. Dass es nicht wahr ist. Dass es nur in unseren Köpfen ist. Begreifst du es denn nicht? Seit Tausenden von Jahren. Auf der ganzen Welt. Wir gehören zu denen, die ausgesucht sind von den Eckenwesen. Begreifst du es denn nicht? Wir sind die Ausgesuchten, wir sind etwas Besonderes. Aber die, die deine Bücher schreiben, wollen uns das ausreden, damit wir elend und klein sind wie alle anderen.«

Ich schluckte mein Blut hinunter, weil ich nicht zu spucken wagte. Ich war 14, und meine Mutter war gestorben für mich. Ich ging aus der Küche, ohne sie anzuschauen.

Das nächste Mal, als ich sie sah, war sie tot und ausgebreitet auf dem Bett, als wäre ihr das Aufstehen zu schwer geworden, und es war am nächsten Morgen. Ihr Körper im beigefarbenen Nachthemd unter der dünnen Decke, ein Fuß sah heraus, zur Pediküre ging sie immer, aber an ihrem Hals Würgemale.

Die Mama, hat Onkel Heini gesagt, die Mama ist an einer Allergie erstickt im Schlaf. Das neue Nachthemd, man hat es ja nicht gewusst. Ihre Luftröhre ist zugeschwollen, sie hat dagegen angekämpft. Die Würgemale sollen daher gekommen sein. Eine Nachbarin sagte zur anderen unterm Reetdach, und der Wind trug ihre Stimme zu mir, sie dachten wohl, ich wäre weit genug weg: »Hat sie versucht, sich die Kehle rauszureißen. So ein grausamer Tod. Und das arme Mädchen.«

Aber ich wusste es besser. Die Eckenwesen mussten meine Mutter getötet haben. Weil sie nicht verhindert hatte, dass ich anfing, die Lügen in den Büchern zu glauben.

Onkel Heini hat dann auf mich aufgepasst. Und die Eckenwesen.

Denn ich habe danach nie mehr an ihnen gezweifelt. Und ich habe nie mehr eine Nacht geschlafen, ohne Besuch von dem alten Weib und von der Anwesenheit in der Ecke. Der größte Schrecken kann ein Trost sein, wenn er vertraut ist. Und auch, wenn ich kämpfte: Ja, etwas Besonderes wollte ich sein, etwas Besonderes wie meine Mutter.

Manchmal kam Onkel Heini, weil er mich schluchzen und stöhnen und kämpfen gehört hat. Er setzte sich auf meine Bettkante und sagte leise: »Nu is ja man gut«, und hielt meine Hand, und ich vertrieb mir die Zeit, bis er ging, indem ich seine Finger zur Faust faltete.

Niemand war mir je wirklich nah außer dem alten Weib, das jede Nacht auf mir sitzt und mir die Luft abdrückt.

Ich habe trotzdem einen Mann vom Festland getroffen, ihn dort geheiratet und ihm da einen Haushalt geführt. Obwohl ich nachts gelähmt war und nicht schreien konnte, war ich weniger gefangen als der Mann, der meiner war, und der glaubte, das Leben würde aus Geburt, Schule, Arbeit und Tod bestehen und nicht auch noch aus Unbegreiflichem, das sich seit Jahrtausenden in den Ecken der Nächte zeigte. Bis er mich und mein Sprechen von den Eckenwesen nicht mehr aushielt und wegging über die Straße zu seinen Eltern, bis er dort eines Nachts in seinem Kinderzimmer starb, einfach so. Seine Füße, sagten die Nachbarn, hingen blau über die Kante hinten, so kurz war das Bett.

Wie soll ich erklären, dass ich nach dem Tod meines Mannes vorm Spiegel stand, die Friedhofserde für die Blumen noch unter den Fingernägeln, und dachte: Alt bist du jetzt geworden. Jetzt bist du ein altes Weib.

Und dann bin ich zum ersten Mal zurückgefahren auf die Insel, auf der ich gelebt hatte mit meiner Mutter. In unserer Einliegerwohnung lebte jetzt der kleine Theo mit seiner Familie. Vater, Mutter, Kind.

Der kleine Theo hat immer gegrüßt, wenn ich von da an meine alte Straße besucht habe, die Wohnung im Erdgeschoss, in der meine Mutter und ich wohnten, zum Strandhafer raus.

Wo ich herkomme, vergehen die Jahrzehnte schnell, weil sie einander gleichen, und die Zeit steht trotzdem still. Der kleine Theo hat im Strandhafer gespielt und war immer allein, er hat mich an mich erinnert, als ich Kind war.

Nun will ich allein sein, wenn ich an den kleinen Theo denke. Fort von ihm, fort von den Eckenwesen. Aber, sagt meine Mutter mir im Schlaf, allein bist du nur auf der Vogelinsel.

Ich glaube nicht, dass der kleine Theo mich je erkannt hat, wenn ich nachts mit dem alten Schlüssel kam, den meine Mutter mir an die Hose gebunden hatte früher und der noch immer passte in die Wohnungstür von früher. Wenn ich nachts kam, während seine Eltern im Wohnzimmer schliefen. Er sah mich zwar tagsüber, wie ich ihm winkte im Strandhafer, aber nachts kann ich nur ein altes Weib aus der Ecke gewesen sein für ihn.

Wem hilft es, wenn ich sage, dass niemandem nachts ein altes Weib auffällt in Schwarz, immer blieb ich unbehelligt auf meinen Wegen?

Wem nützt ist, wenn ich beschreibe, wie ich in seiner Zimmerecke stand, während der kleine Theo schlief, und wie ich Monate wartete, wie ich zehrte von seiner Angst, die mir köstlich wurde wie einst die Leckmuschel, bis ich zum ersten Mal auf ihm saß und ihn das flachste Atmen lehrte?

Allein, er konnte das flachste Atmen nicht lernen. Er war schwach, und ich hörte, er hat einen Rennauto-Sarg bekommen, und wenn man mich nun also auffordern sollte, Bericht abzulegen über meine Kindheit, dann möchte ich eigentlich nur eines sagen: dass ich ein starkes Kind war, weil die Eckenwesen mich stark machten.

Auf die Vogelinsel habe ich es doch noch geschafft, im Bauch des Vogelwartschiffes, denn der erwartet keinen Besuch und keine blinden Passagiere. Ich lag so dicht und so kalt auf dem Schiffsboden, den Kiel unterm Leib, dass ich spürte, wie der Vogelwart beim Anlegen auf Schlick aufsetzte, und die Taue gingen mir beim Palstek durch und durch, als winde sich etwas tief in mir.

Wenn ihr den kleinen Theo beerdigt, bin ich endlich allein, denn der Vogelwart ist fort mit seinem Boot, und ich habe bei Ebbe den Pfahlbau der alten Wärterfamilie in der Nordsee erreicht. Hier nun finden die Eckenwesen mich nicht, wir haben uns nicht voneinander verabschiedet, und meine Mutter findet mich nicht, und die, die den kleinen Theo gefunden haben und ihm den Rennautosarg gegeben haben, werden mich auch nicht finden. Und wenn, dann nur nachts, und sie werden sich nicht rühren können, und kein Laut wird dringen aus ihrem Fleischgefängnis.

Handschriftlicher Vermerk: Die Verdächtige Jansen, Jutta wurde tot aufgefunden im ehemaligen Wärterhäuschen 250 Meter von der Westküste der Insel Memmert in der Nordsee; die Leiche war in einer Zimmerecke des Gebäudes zusammengekauert und bereits weitgehend skelettiert durch Witterungs- und Fauna-Einflüsse (weiteres siehe Obduktionsbericht). Vorliegendes Schriftstück wurde zusammengerollt in einer Wandritze im Holz gefunden und vom LKA Niedersachsen in Hannover transkribiert. Weitere Informationen in der elektronischen Akte.

  gez. PHK Behler, Jürgen

Handschriftlicher Vermerk 2: Der Kollege PHK Behler, Jürgen wurde vor Fertigstellung seines angekündigten ausführlichen elektronischen Vermerks aufgrund gesundheitlicher Probleme (Schlafstörungen) für längere Zeit krankgeschrieben und schließlich vom Dienst befreit. Die Kriminalakte bleibt unvollständig, die Ermittlungen ruhen.

  gez. (unleserlich)

ZWEI FLIEGEN MIT EINER KLAPPE

CHRISTIANE FRANKE

Dicht gedrängt sitzen die drei Juister um den runden Tisch, gleich neben dem Eingang der »Spelunke«, der legendären Kneipe im Herzen des Inseldorfes. Der Inhalt ihrer Biergläser geht nicht zum ersten Mal an diesem Abend zur Neige, auch etliche Korn haben dazu beigetragen, die Gemüter zu erhitzen.

»Was für den einen gilt, muss auch für den anderen gelten!«, brüllt Lüder Janssen, der älteste Wattführer der Insel, in die Runde.

»Genau!« Hinrich Edzards, dem die gleichnamige Bäckerei gehört, nickt eifrig mit dem Kopf, und auch Hark Harms, einer der Fahrradverleiher, knallt mit der Faust auf den Tisch. »Bloß nicht verscheißern lassen!«

Zustimmendes Gemurmel der anderen. Seit über fünf Jahrzehnten sind sie eine eingeschworene Gemeinschaft. Insulaner eben. Waschechte. Hier geboren wie auch schon ihre Eltern. Und ihre Großeltern. Und die Urgroßeltern. Ein echter Insulaner ist nur, wessen Wurzeln sich über Generationen tief in den Sand der Insel eingegraben haben.

Lüder nimmt die Brille ab und wischt sich über die Augen. »Guckt euch doch an, wohin das führt! Der stiehlt mir die Gäste. Die Wattführungen sind mein Leben. Mein Einkommen! Kommt einfach und macht sich hier breit.

Aber nicht mit mir!« Lüder hustet, nimmt den letzten Schluck aus seinem Glas und ruft dem Wirt zu: »Deti, noch 'ne Runde!«

Deti nickt. Die »Spelunke« ist gut besucht, wie eigentlich immer. In der Hauptsaison allerdings treffen sich die Insulaner anderswo, da kriegt man hier kein Bein an Deck. In der Hauptsaison haben sie ihre eigene Kneipe. Nach außen nicht als solche zu erkennen, damit keiner der Touristen hereinkommt. Hinrich, der nicht nur die Bäckerei, sondern auch schon lange die Pension seiner Eltern übernommen hat, in der überwiegend Stammgäste Urlaub machen, sagt immer: So gern er die Stammgäste auch hat, aber sie bleiben eben Gäste. Keine Freunde. Und man möchte sich ja schließlich auch mal privat unterhalten. Das geht die Gäste nichts an. Weder das Private noch das Wesentliche, was die Insel betrifft.

Deti tritt an den Tisch, stellt das Tablett ab. Während die Männer nach Bier und Schnaps greifen, hält Lüder ihm den Bierdeckel hin. Routiniert macht Deti die Striche. »Na, denn man Prost«, sagt er und wendet sich wieder ab.

»Nich lang schnacken, Kopp in Nacken.« Lüder setzt das Glas mit dem Korn an die Lippen.

»Prost!« Auch die anderen trinken, dann setzen sie mit einem ordentlichen Knallen die Gläser auf dem Holztisch ab.

»Du musst was unternehmen«, stellt Hinrich fest, dessen Stimme schon etwas wackelig klingt. »Du musst dich wehren«, er holt noch einmal tief Luft. »Und wir unterstützen dich dabei. Stimmt's, Männer?«

Es ist schon nach 23 Uhr, als Lüder durch die beinahe menschenleeren Straßen des Ortes nach Hause läuft. Der

Vollmond strahlt wie eine große Laterne am dunkelblauen Nachthimmel. Sterne glitzern. Lüder kennt einige Sternbilder, zumindest die über seinem Kopf: Den großen und den kleinen Wagen, den Bärenhüter, den Polarstern. Aber auch bei den Sternen findet er nicht die Antwort, die er so dringend braucht.

Die Haustür seines alten Backsteinhauses quietscht, als er sie aufschließt. Schiete. Er wollte sie längst schon geölt haben.

»Na, ist ja mal wieder spät geworden«, stellt seine Frau Vera nörgelnd fest, als er im Schlafanzug ins Bett schlüpfen will. Sie sitzt noch ans Kopfteil gelehnt und liest. Vera liest grundsätzlich vorm Schlafen. Stundenlang. Manchmal auch nachts. Wenn sie wach wird und nicht wieder einschlafen kann.

»Du hast aber auch immer was zu meckern«, antwortet Lüder und überlegt nicht zum ersten Mal, ob er einfach eines der beiden Zimmer, die sie in der Hochsaison an Gäste vermieten, zu seinem eigenen Schlafzimmer erklären soll. Da hätte er wenigstens seine Ruhe. Aber sie brauchen das Geld aus der Vermietung. Ein kleiner Seufzer entfährt ihm. »Die anderen unterstützen mich im Kampf gegen den Neuen.« Lüder beugt sich zu ihr hinüber und drückt ihr den üblichen Gute-Nacht-Kuss auf die schmalen Lippen.

»Du hast deine Zähne noch nicht geputzt«, beschwert sie sich, was Lüder mit einem »Is heute egal« quittiert. Mit wohligem Stöhnen kuschelt er sich unter die Bettdecke. Alles wird gut. Seine Freunde werden ihm helfen, einen Schlachtplan zu entwickeln. Er wird den Neuen in seine Schranken weisen.

Am nächsten Tag lässt die Tide nur gegen Mittag Wattführungen zu. Im Unterschied zu den anderen Ostfriesischen Inseln nimmt Juist eine Sonderstellung ein. Meistens gibt es nur einmal täglich Fährverkehr, sodass Tagesgäste höchstens ein- bis zweimal pro Monat die Insel überfallen können. Die Juister und ihre Urlauber lieben diese Exklusivität, die noch jene Beschaulichkeit bietet, die früher allgemein das Inselleben verkörperte. Doch genau diese Art von Abgeschiedenheit bedeutet für Lüder auch eine begrenzte Anzahl von Gästen, die seine Wattführungen zwischen Insel und dem Festland buchen. Die man nicht einfach von jedem Punkt der Insel aus starten kann. Schließlich gibt es nur wenige Einstiegspunkte, da kann man nicht einfach loslaufen, wie man gerade will, wenn das Wasser weg ist.

Und genau da liegt das Problem.

Denn seit einiger Zeit drängt sich Michael in seinen Bereich.

Lüder hat ihm zunächst nichts Hinterhältiges zugetraut, als er nebenan das kleine Häuschen von Tante Anneliese gekauft hat und dort eingezogen ist. Tante Anneliese musste ja ins Heim. Um sich das Häuschen leisten zu können, muss er gut verdient haben. So, wie die Grundstückspreise auf den Inseln in den letzten Jahren explodiert sind, ist das heute wahrlich nicht jedem möglich. Vera hat gesagt, dass Michael auf dem Festland IT-Spezialist war, davon aber die Nase voll hat und auf Juist ganz neu anfangen will. Auch, dass er seine Frau und die drei kleinen Kinder verlassen hat, hat er ihr über den Gartenzaun hinweg erzählt. Einfach so. Als Vera an ihren Blumen rumhantierte. Die hegt und pflegt sie ja wie ihre Augäpfel. Vielleicht hätte Lüder da schon stutzig werden sollen.

Früher, als er noch für die Gemeinde gearbeitet hat, hat Vera die Wattführungen gemacht. Heute unterstützt sie ihn lediglich in der Hochsaison hin und wieder. Aber immer weniger. Hauptsächlich kümmert sie sich um den Garten. Allerdings, und das muss Lüder ihr lassen, hat Vera den schönsten Garten auf Juist. Auf Töwerland, wie die Insel liebevoll genannt wird. Sie hat das Stück Erde in einen Töwergarten – einen Zaubergarten – verwandelt. Ständig blüht etwas, den Beginn im Februar machen die Schneeglöckchen, im Frühsommer erstrahlen Rosen und Pfingstrosen in üppigen Rosétönen, und im Herbst leuchten Dahlien und Astern in verschwenderisch intensiven Farben um die Wette. Lüder würde im Sommer gern mit einem guten Krimi im Schatten des Kirschbaumes auf der Liege liegen, doch Vera hat ihn samt Liegestuhl in die Ecke zum Komposthaufen verbannt. Die Füße der Liege würden ihren englischen Rasen ruinieren, behauptet sie. Das Einzige, was er im Garten machen darf, ist, den Rasen zu mähen. Und auch damit ist bald Schluss. Vera wünscht sich zum Geburtstag einen schweineteuren Mähroboter, damit er mit seinen »Quadratlatschen« den Rasen nicht kaputt tritt. Rigoros wie sie ist, hat sie den auch gleich schon im Internet bestellt.

Er seufzt. Das ganze Elend fing vor acht Monaten an. Da hat Vera ihm beim Essen brühwarm berichtet, was der Neue auf Tante Annelieses Grundstück plant.

»Der will Gemüse anbauen! Aber nicht nur für den Eigenbedarf. Nein, er will dieses Öko-Gemüse hier anbieten.« Vera war außer sich. »Das musst du dir mal vorstellen! Kohl, Radieschen, Brokkoli, Tomaten, Zucchini und Salat. Eigentlich hab ich ja nichts dagegen. Aber jätet er dabei auch Unkraut?« Vera hatte die Arme verschränkt und weiter lamentiert. »Wie oft hat man das schon gehört: Diese Jungen fangen irgendwas an, reden endlos von Nachhaltigkeit, aber wenn es um die Arbeit geht, ist das mit der Begeisterung schnell vorbei. Und wenn ich nicht aufpasse, habe ich wahrscheinlich bald wieder Unmengen Giersch und Co in meinem Garten ...«

»In unserem Garten«, hat Lüder sie verbessert, doch Vera hat das mit einer abfälligen Handbewegung beiseitegefegt.

Zu Lüders Überraschung baut Michael das Gemüse mit Erfolg an. Er scheint einen grünen Daumen zu haben. Lüder linst natürlich immer mal wieder über die Ligusterhecke. Genau wie Vera. Manchen Abend, wenn der junge Nachbar sich an der oberen Strandpromenade bei der »Schirmbar« auf ein Bierchen zu den Touristen gesellt, gucken sie gemeinsam auf Zehenspitzen über die Hecke. Einmal ist Vera sogar schon nebenan gewesen. Um zu überprüfen, ob wirklich alles sauber und ordentlich ist. Gibt ja kein abgeschlossenes Tor zwischen ihren Gärten. Natürlich hatte sie was zu nörgeln. Er würde die kleinen Triebe bei den Tomaten nicht richtig auszwicken. So könnte das ja nichts werden.

Wird es aber doch. Und seit Kurzem verhökert Michael das Gemüse in seinem eigenen Hofladen. Außerdem hat er sich Hühner angeschafft. Grüne Eierleger. Die machen richtig Krach. Lüder kann sich oft gar nicht mehr aufs Lesen konzentrieren. Die grünen Eier, die angeblich cholesterinarm sein sollen, verkauft der Neue auch. Im Internet hat er sich ein Emailleschild bestellt, wusste Vera zu berichten, die einen guten Draht zur Ilse von der Post hat.

Das Schild prangt nun, an einen Holzpfahl gehämmert, neben Lüders Wattführer-Schild auf dem Bürgersteig.

»Michas Hofladen. Nachhaltig. Bio. Alles mit Liebe gezogen«.

Genau genommen ist dieser Hofladen das ehemalige Esszimmer von Tante Anneliese. Der Neue lässt die Haustür sperrangelweit offen stehen, hat draußen einen kleinen Holzstand mit ein paar Tomaten, Gurken und Salat aufgebaut und Tante Annelieses Esszimmer selbst angestrichen. Mit dieser Maltechnik, die sich »Shabby Chic« nennt. Neu angepönt, damit es aussieht wie alt. Dazu ein paar Regale und die alte Kommode, die der Ladentresen sein soll.

Lüder beobachtet genau, wer von den Insulanern in diesem sogenannten Hofladen einkauft, wenn er vor oder nach seinen Wattführungen mit einem Pott Tee in der Hand auf der Holzbank vor seinem Haus sitzt. Anfangs war das ja noch witzig. Mit den Insulanern hat er den einen oder anderen Plausch gehalten. Richtig lebhaft ging es plötzlich in der Straße zu. Das hat ihm durchaus gefallen. Nur Vera hat gemault, dass man ja überhaupt nicht mehr seine Ruhe hätte. Denn der Neue hat auch in der Mittagszeit geöffnet, wenn sie im Inselmarkt Pause macht.

Lüder hat versucht, sie zu beruhigen. Da hat er von der Hinterhältigkeit des neuen Nachbarn ja noch nichts geahnt. In Schutz genommen hat er ihn sogar, denn so ein Hofladen macht sich auch im Inselmarketing prima, hat er zu Vera gesagt. Lüder muss das schließlich wissen, hat er doch bis vor 15 Jahren bei der Gemeindeverwaltung gearbeitet. Inzwischen verdient er sein Geld ja mit den Wattführungen. Das läuft richtig gut. Und weil er sich im Internet über alles informiert, hatte er sogar Online-Anmeldungen zu den Wattführungen möglich gemacht. Die dann aber schnell wieder abgeschafft. Nee, Anrufe sind besser. Sich Namen, Teilnehmeranzahl und Unterkunft auf der Insel durchgeben lassen, das schafft eine engere Verpflichtung, tatsächlich zur Führung zu erscheinen. Sogar sein junger Nachbar hat sich bei ihm angemeldet. Kam eine ganze Woche lang jeden Tag zu den Wattführungen. Lüder hielt das für echtes Interesse an der Insel und hat sich tatsächlich darüber gefreut. Wie hat er sich nur so täuschen können!

Dass Michael ein falscher Fuffziger ist, hat er dann vor zwei Monaten mitgekriegt, als der hinterhältige Bastard mit zwei Flaschen eisgekühltem Festländer »Jever Pils« – auf Juist trinken schließlich alle »KÖPI« – angestiefelt kam.

»Kannst mir gratulieren«, hat er breit grinsend gesagt. »Ich bin ab heute staatlich geprüfter Wattführer für Juist. Hatte heute das Prüfungsgespräch mit der Nationalparkverwaltung Niedersächsisches Wattenmeer in Wilhelmshaven. Darauf möchte ich mit dir anstoßen. Hab bei deinen Führungen jede Menge über die Insel und das Wattenmeer gelernt. Damit konnte ich heute ordentlich glänzen.«

»Wieso willst du Juister Wattführer sein?«, hat Lüder ihn stirnrunzelnd gefragt und seine Überraschung über diese Neuigkeit erst mal runtergeschluckt. »Du hast doch deinen Bio-Gemüse-Laden.«

»Der wirft nicht genug ab. Da musste ich mir was einfallen lassen.«

»Wattführer ist mein Job.« Lüder war sauer. Stinksauer.

»Nun stell dich mal nicht so an«, hat Michael zwinkernd gesagt. »In der Saison gibt es jede Menge Touristen, die kannst du doch gar nicht allein bewältigen. Sind doch nur maximal 30 Personen pro Gruppe vom Gesetzgeber gestattet, und durch die Tide sind die Führungen ja nicht den ganzen Tag über möglich. Da kann ich dir Gäste abnehmen. Vor allem das Trinkgeld kann ich gut gebrauchen. Das muss man bei der Steuer ja nicht angeben. Außerdem«, er hatte eine kurze Pause eingelegt und ihn dabei treuherzig angesehen, »wird es Zeit, dass du über einen Nachfolger nachdenkst. Wo dein Sohn aufs Festland gezogen ist und nicht in deine Fußstapfen treten will, wie Vera mir erzählt hat. Dass die Juister Wattführungen aussterben, darüber musst du dir keine Gedanken mehr machen. Prost.«

»Jetzt reicht's!« Schroff hat Lüder Michael die geöffnete Flasche in die Hand gedrückt, ohne auch nur einen Schluck getrunken zu haben. »Nix da! Ich bin der Insel-Wattführer. Außerdem läuft meine Lizenz noch ein Jahr, bevor ich sie verlängern muss. Und ich schaff das alles seit Jahren allein. Bislang hat das sogar in der Hochsaison super geklappt. Die Gäste, die nicht mehr in die Gruppe passen, kommen eben am nächsten Tag wieder. Läuft alles wie am Schnürchen. Manche kommen auch mehrmals. Weil sie sich nicht alles merken können, was ich ihnen über das Watt erzähle. So wie du, scheinheiliger Kerl. Hätte ich geahnt, was dein eigentlicher Grund dafür ist, meine Wattwanderungen mitzumachen, hätte ich dich gleich rausgeschmissen.« Lüder hatte schon lange nicht mehr so viel an einem Stück geredet. Aber wenn einem die Hutschnur platzt, dann platzt sie eben. Und am meisten ärgerte ihn, dass Vera Michael von Max erzählt hat.

»Nun reg dich mal nicht so auf.« Michael hat ihm die Flasche wieder in die Hand gedrückt. »Trink man erst einen Schluck.«

»Und ob ich mich aufrege! Das ist keine Unterstützung! Das ist Gästeklau! Du stiehlst mir meinen Lebens-

unterhalt! Bleib du bei deinem Gemüse!« Lüder war auf
180 und musste sich dringend etwas einfallen lassen.

Leider bleibt Michael nicht bei seinem Gemüse. Im Gegenteil. Er scheint im Internet und bei der Touristeninformation der Insel nachzugucken, wann Lüder die Wattführungen anbietet und zack ... steht er ebenfalls an der
entsprechenden Stelle. Allerdings 50 Meter *vor* dem ver-
einbarten Treffpunkt. Dreist hält er ein Schild in die Höhe,
auf dem »Wattführung« steht. Auf Lüders Schild steht
»Juister Wattführung«. Doch diesen kleinen Unterschied
bemerken die Gäste nicht. Wenn sie sich nähern, fragt
Michael scheinheilig: »Zur Wattführung?« Und schwupps
bleiben die Gäste bei dem Neuen hängen. Auf diese Art
hat Lüder schon erhebliche finanzielle Einbußen hinneh-
men müssen. Die Gäste zahlen ja erst bei Beginn der Wattwanderung. Nicht schon im Vorfeld. In den Ferienzeiten
ist das nicht das Problem, da gibt es genügend Touristen,
die sich das Weltnaturerbe Wattenmeer und die Vielfalt
von Flora und Fauna erklären lassen wollen, doch jetzt
in der Nebensaison ist Lüder auf jeden einzelnen Gast
angewiesen. Seit er vor 15 Jahren den Bandscheibenvor-
fall in Kombination mit einem Burn-out hatte – der Bür-
germeisterwechsel hat ihm stark zu schaffen gemacht –, ist
er berufsunfähig und muss sehen, dass er sich ein finan-
zielles Polster zulegt, zumal Vera gern und kostspielig im
Internet bestellt. Sie hat ihm deswegen erst letztens dringend dazu geraten, die Wattführungstickets doch wieder
online anzubieten. Und per PayPal im Vorfeld bezahlen
zu lassen. Dann wäre es doch wurscht, ob Lüder die Gäste
führt oder Michael. Das Geld hätte er auf jeden Fall. Hat
er versucht. Doch es hat nicht funktioniert. Wer ist schon

so dumm und bezahlt im Vorfeld für eine Wattwanderung, wenn er nicht mal weiß, wie das Wetter am gebuchten Termin ist? Es hilft alles nichts. Michael muss verschwinden. Irgendwie.

Drei Tage später sitzt Lüder wieder mit seinen Kumpels bei Bier und Korn in der »Spelunke«.

»Michael muss weg von der Insel«, fordert er. »Der passt nicht zu uns. Mein Einkommen stiehlt der mir jetzt schon! Aber das reicht ihm nicht. An die Kunden deiner Frau will er auch ran, Hark. Er hat sich jede Menge Fahrräder bestellt und will einen Fahrradverleih aufmachen. Sogar E-Bikes hat er sich bestellt. Hat Vera erzählt, die hat es von der Post-Ilse.«

»Der will uns allen das Wasser abgraben«, beschwert sich Hark. »Und du hast recht, Lüder. Das dürfen wir uns nicht gefallen lassen. Der muss weg von der Insel. Deti! Noch 'ne Runde.«

Kaum hat der Wirt die Getränke gebracht, stecken sie wieder ihre Köpfe zusammen.

»Man muss geschickt vorgehen«, sagt Lüder. »Nur: wie?«

»Ich weiß, wie man Michael den Acker so verseuchen kann, dass der da über Jahre hinweg kein Gemüse mehr ziehen kann.« Hinrich beugt sich vor und flüstert: »Ich sag nur … Kohlhernie.«

»Kohlwas?«, fragt Lüder.

»Pssst!«, mahnt Hinrich und wispert verschwörerisch: »Kohlhernie. Das ist eine ganz hinterhältige Pilzkrankheit, die die Pflanzen verwelken lässt. Die Wurzeln verdicken sich und werden knollenartig. Da können die das Wasser nicht mehr richtig aufnehmen. Wo die Krankheit einmal ausgebrochen ist, darf über Jahre hinweg nichts mehr angebaut werden, weil die Sporen lange in der Erde bleiben.«

»Und wie soll ich diese Pilze bei Michael einschleusen? Kann man die im Internet kaufen?«, fragt Lüder.

»Unsinn. Natürlich nicht! Die lass ich dir von meinem Cousin schicken. Mit dem hab ich vorgestern telefoniert. Der hat darüber gestöhnt, dass sein Blumenkohl in diesem Jahr von der Krankheit befallen ist. Tammo hat einen Schrebergarten auf dem Festland. Und als er das alles so ausführlich erklärt hat, kam mir die Idee, du könntest Michael damit den Garten verseuchen. Tammo schickt dir einfach ein büschen Erde von dem Beet, in dem sein Kohl war.« Hinrich grinst breit. »Ich hab im Internet recherchiert. Man muss nur das Gießwasser mit den Pilzsporen verseuchen, das reicht schon. Und das kriegst du locker hin.«

»Aber wenn der kein Gemüse mehr anbauen kann, wird er mir noch mehr Gäste wegnehmen«, gibt Lüder zu bedenken.

»Und kauft vielleicht noch mehr Fahrräder für den Verleih. Das darf nicht passieren«, protestiert Hark.

Grübelnd kneift die Stammtischrunde die Augen zusammen.

»Ach was«, sagt Lüder schließlich. »Wegen der Fahrräder lassen wir uns dann was einfallen. Das mit der Pilzkrankheit für sein Gemüse ist schon mal ein guter Anfang. Und wegen der Wattführungen sag ich ihm auch den Kampf an. Das lass ich mir nicht länger bieten. Habt ihr gesehen, dass der sich ebenfalls ein dunkelblaues Poloshirt mit Aufdruck hat machen lassen? Genau dasselbe Blau wie mein T-Shirt. ›Wattführer Michael‹, steht da drauf.« Lüder bebt vor Wut und reckt den Bauch vor. Auf seinem eigenen Poloshirt prangt in weißen Buchstaben: »Lüder weiß, wat Watt is«.

»Nee, Leute, es nützt nix. Michael muss weg.«

Als Tammos Paket mit der pilzsporenverseuchten Erde ankommt, pfeift Lüder fröhlich vor sich hin.

»Was willste denn damit?«, fragt Vera ihn skeptisch.

»Och, das ist so 'ne Erdprobe von Hinrichs Cousin Tammo. Die soll sich super für die Aufzucht von Kräutern eignen. Das will ich mal ausprobieren. Für Petersilie.«

»*Du* willst Petersilie anpflanzen?«

»Jo. Beim Komposthaufen. Damit ich was eigenes Grünes hab.«

Vera schüttelt verständnislos mit dem Kopf. »Apropos grün: Sag mal, was ist eigentlich mit meinem Mähroboter? Der müsste doch längst angekommen sein. Haben die Lieferschwierigkeiten?«

Schiet. Aber war ja klar, dass Vera irgendwann nach dem Mäher fragt. »Genau. Die haben Lieferschwierigkeiten«, sagt er nun, erleichtert darüber, dass sie ihm diesen Ball zuspielt. Dabei hat er die Bestellung einfach nur rückgängig gemacht. Das Ding kostet über 2.000 Euro. So viel Geld hat Lüder im Moment einfach nicht.

»Dann bestellen wir ihn eben woanders.«

»Der wird wohl erst mal gar nicht mehr hergestellt. Da trat ein technischer Defekt auf, sie müssen die Konstruktion überprüfen.«

»Dann bestellen wir ein anderes Gerät. Du hast gestern schon wieder tiefe Abdrücke im Rasen hinterlassen.« Sie dreht ihm den Rücken zu und er streckt ihr heimlich die Zunge raus. Blöde Nuss.

Am Abend gibt er etwas von der verseuchten Erde in die große grüne Plastikgießkanne und füllt sie mit Wasser auf. Den Rest der Erde schüttet er in Michaels Regentonne, als der sich auf den Weg zur »Schirmbar« gemacht hat. Michael gießt seine Pflanzen gern mit Regenwasser. Lüder hat in der Wetter-App seines Handys gesehen, dass für die nächsten Tage kein Regen angekündigt ist. Also werden sich die Pilzsporen im Wasser verteilen, nicht weiter durch Niederschlag verwässert, sodass Michael seine Pflanzen beim Gießen selbst vernichten wird.

Perfekt. Teil eins des Michael-Vertreibungsplanes lüppt, denkt Lüder, während er sicherheitshalber die Gießkanne über den ersten Gemüsebeeten von Michael entleert.

Teil zwei gestaltet sich schwieriger. Immerhin möchte er nicht wirklich Menschen in Gefahr bringen. Aber wenn er es klug anstellt, kann er selbst noch zum Retter werden.

Michaels noch ziemliche Unerfahrenheit, Wetter und Gezeiten als Binnenländer richtig abzuwägen, bietet Möglichkeiten genug.

Als Insulaner, der seit Jahr und Tag mit den Gezeiten lebt, passt er selbst natürlich die Strecken den Gegebenheiten an. Beim Blick auf den Himmel kann er einschätzen, ob sich überraschend ein Unwetter zusammenbrauen könnte – da benutzt er inzwischen zusätzlich auch die App des Deutschen Wetterdienstes zur Unterstützung. Und die ständigen Veränderungen des Wattenmeeres berücksichtigt er ebenfalls in seinen Führungen.

Michael müsste das eigentlich auch wissen. Schließlich spricht Lüder bei seinen Wattwanderungen bewusst über die Gefahren, damit die Gäste nicht glauben, sie seien einmal mit Lüder gelaufen und könnten das künftig allein hinkriegen.

Mitnichten! Als Unkundiger eine weite Wattwanderung zu machen, ist nicht nur purer Leichtsinn. Da begibt man sich schnell in Lebensgefahr!

Und genau damit kriegt er Michael zu fassen.

Im Krieg und in der Liebe ist bekanntlich alles erlaubt, soll kein Geringerer als Napoleon gesagt haben. Lüder hält sich an diesen Spruch. Schließlich geht es um seine Existenz.

Ganz sorgsam hat er eine neue Wattführung ausgearbeitet.

Eine, die er nie gehen würde, weil sie lebensgefährlich ist.

Doch genau richtig, um Michael zu ködern. Lüder hat neue Stellen markiert, an denen er vorgeblich mit den Gästen nach Herzmuscheln graben möchte, um sie dann in eine kleine Pfütze zu legen. Das ist für die Gäste und vor allem deren Kinder höchst spannend.

Lüder weiß, dass Michael das weiß. Nicht umsonst wirbt er bevorzugt Familien als Gäste ab. Weil die Väter besonders großzügiges Trinkgeld geben, wenn ihre Kinder gesehen haben, wie die Muscheln nach einer Weile vorsichtig ihre Schalen öffnen und Blasen im Wasser aufsteigen, bevor sie sich dann wieder in den Boden eingraben, um sich vor Feinden zu schützen und bei Flut nicht weggespült zu werden.

Ihm ist nicht ganz wohl dabei, als er den Ausdruck der neuen Wattführung laminiert und ihn wie zufällig auf dem Tisch vor seinem Haus liegen lässt. Und weil er sich nicht wohlfühlt, trinkt er zum Feierabendbier einen Schnaps. Und noch einen. Vera ist ja beim Doppelkopf, da kann sie ihm den Schnaps nicht verbieten. Irgendwann ist die Flasche leer und er torkelt ins Bett.

Am nächsten Morgen erwacht er mit brummendem Schädel. Ein Blick auf den Wecker lässt ihn aufschrecken. Verdammt. Er hat verpennt. Dabei hätte ihm das gerade heute nicht passieren dürfen!

Wo er seinen falschen Wattführungsplan als Lockvogel hat liegen lassen. Und die Wattwanderung eigentlich vor einer halben Stunde hätte beginnen sollen.

Ob Michael den Plan gesehen und eingesteckt hat? Ob er jetzt mit einer Gruppe Touristen auf dem Weg in den Tod ist?

Hastig springt Lüder aus dem Bett. Wo steckt Vera nur? Die scheucht ihn doch sonst immer aus den Federn. Er spart sich das Duschen und schenkt sich einen Kaffee aus der Thermoskanne ein, die auf dem Küchentisch steht. Eile ist geboten. Menschenleben stehen auf dem Spiel!

Im Flur stutzt er. Neben seinen Wattstiefeln liegt ein DIN-A4-Bogen. *Hast wieder mal zu viel gesoffen*, steht da in Veras Handschrift. *Drum übernehme ich heute deine erste Tour. Die angepasste Strecke habe ich draußen auf dem Tisch gefunden. Einer von uns muss ja sehen, dass das Geld reinkommt. Hab übrigens rausgekriegt, dass du den Mähroboter abbestellt hast. ---- Du Kluntjeknieper!*«

Ha! Als ob er kleinkariert und geizig wäre!

Es regnet, als er das Haus verlässt und auf sein Fahrrad steigt. Außer Atem kommt er am Ausgangspunkt der Wattwanderungen an. Er stutzt, als er dort Michael im blauen Wattführer-Shirt unter der ebenso bedruckten Regenjacke mit Blick übers Wattenmeer stehen sieht.

»Was machst du denn hier?«, fragt er argwöhnisch.

»Gucken«, entgegnet Michael lakonisch. »Bei dem Wetter sind keine Gäste gekommen. Haste dir wahrscheinlich auch gedacht, oder?«

»Nee. Hab verpennt«, gibt Lüder zu.

»Aha.« Michael hebt ein Fernglas an die Augen. »Sag mal, ist das da draußen nicht Vera?«

»Hä?«

Michael reicht Lüder das Glas.

Der blickt hindurch. Tatsächlich. Nur Vera. Ist niemand bei ihr. Gott sei Dank. »Jo.« Lüder überlegt. Wie soll er nun reagieren? Eigentlich müsste sie doch wissen, dass die neue Strecke voller Risiken steckt. Andererseits: Hat sie sich in den letzten Jahren um ihn und seine Interessen gekümmert? Hat sie sich weiter für Wattführungen interessiert? Ihren Wattführerschein verlängern lassen? Nein! Im Gegenteil! Sie hat ihn aus seinem Garten an den Komposthaufen verbannt. Wirft ihm ständig seine Unfähigkeit in allen möglichen Bereichen vor. Hätte sie ihn weiter bei den Wattführungen während der Saison unterstützt, hätte Michael keine Chance gehabt, ihnen die Gäste zu klauen.

Lüder seufzt und gibt Michael das Fernglas zurück. »Ach, die Vera. Immer eigenwillig hoch zehn. Erst gestern hat sie mir gesagt, dass sie eine neue Strecke für die Wattführungen ausgetüftelt hat. Wahrscheinlich will sie gerade die genaue Dauer testen. Sind ja zumindest keine Gäste dabei, also lassen wir sie.«

»Aber das Wasser kommt«, sagt Michael beunruhigt. »Und der neue Priel … Sie ist in Gefahr!«

Gespielt überrascht guckt Lüder seinen Konkurrenten an. »Du hast recht! Der neue Priel!« Er hält die Hände wie eine Flüstertüte neben den Mund. »Vera! Komm zurück! Vera!«

»Wir müssen was tun. Wir müssen sie retten!«, ruft Michael und blickt erwartungsvoll zu Lüder.

Der gibt sich hilflos. »Aber wie? Die Feuerwehr rufen? Mit meinem lädierten Rücken schaff ich es nicht, den Priel zu meistern. Schon gar nicht mit Vera auf dem Arm.«

»Ich mach das.« Entschlossen läuft Michael los. »Ruf du die Feuerwehr!«

»Alles klar!« Lüder beobachtet Michael dabei, wie er zügig in Richtung Vera läuft. Sein Handy lässt er noch in der Jackentasche. Nicht, dass die Feuerwehr schneller vor Ort ist, als er es gebrauchen kann. Genüsslich steckt er sich eine Zigarette an.

Manchmal meint das Schicksal es dann doch gut mit einem. Zufrieden atmet er ein und lässt den Rauch langsam durch die Nase entweichen. Ach ja, wenn man dem Leben eine Chance gibt, erledigen sich manche Probleme ganz von allein. Und manchmal erwischt man sogar zwei Fliegen mit einer Klappe.

WIE EIN FLÜSTERN
IN DUNKLER NACHT

GUNNAR KUNZ

Sie soll Mama zu ihr sagen, aber das will sie nicht. Sie hat nur *eine* Mama, und die ist im Himmel. Papa möchte auch, dass sie Mama zu ihr sagt, deswegen überwindet sich Lia manchmal. In Gedanken nennt sie sie jedoch nur Jette. Und wenn sie richtig wütend ist, sogar bloß *die Frau*. Das traut sie sich allerdings nur selten. Weil sie Angst hat, dass Jette sehen kann, was sie denkt. So kommt es ihr jedenfalls manchmal vor. Immer wenn sie ihr was richtig Schlimmes wünscht: dass sie ausrutscht und sich wehtut, zum Beispiel, oder dass sie so krank wird, dass sie keine Kraft mehr hat, gemein zu ihr zu sein, sagt Jette: »Ich weiß genau, was du denkst.« Und dann schlägt sie sie wieder.

Lia hat schon ein paarmal versucht, Papa zu erzählen, wie böse die Frau ist, aber dann sagt Jette immer, dass Lia ungezogen war und eine lebhafte Fantasie hat oder sogar, dass sie lügt, und dann glaubt Papa immer Jette. Bloß weil Lia Mama nach ihrem Tod gesehen hat. Papa hat gesagt, sie bildet sich das nur ein, weil sie ihre Mama vermisst. Es stimmt auch, dass sie sie vermisst, aber sie hat sie wirklich gesehen, das war keine Einbildung. Mama hat gelächelt und versucht, etwas zu sagen. Ihre Lippen haben sich bewegt, doch es war nichts zu hören. Ein Geist kann nicht sprechen, weil er keine Stimmbänder mehr hat. Das hat Aaron ihr erklärt.

Lia hat schon immer Dinge gehört oder gesehen, die andere nicht wahrnehmen. Zum Beispiel kann sie manchmal das Licht sehen, das Menschen ausstrahlen. Nicht bei jedem, aber bei denen, die ihrem Herzen nahestehen. Mamas Krankheit hat sie gesehen, wie sie grau und trüb und mit schwarzen Schlieren um ihren Körper waberte. Schrecklich sah das aus. Zu Anfang hat Lia geglaubt, jeder könnte das erkennen, bis sie herausgefunden hat, dass sie die Einzige war, die mit ansehen musste, wie das Licht um Mama immer schwärzer und schwärzer wurde.

Aaron glaubt ihr, dass sie Mama nach ihrem Tod gesehen hat. Zuerst hat er gesagt, sie spinnt, aber als sie ihm alles genau beschrieben hat, ist er unsicher geworden. Aaron hat auch versucht, Papa zu erklären, dass Jette böse ist, trotzdem glaubt Papa der Frau. Ihr habt den Verlust eurer Mutter nicht verwunden, deshalb lehnt ihr Jette ab, hat er gesagt. Wenn ihr sie erst länger kennt, werdet ihr sie mögen. Aber Lia wird sie nie mögen, nie, nie, nie.

Am schlimmsten ist es, wenn Lia mit ihr allein ist. Papa arbeitet auf dem Festland und kommt erst am Wochenende nach Haus, und Aaron geht zur Schule und ist den ganzen Vormittag fort. Dann zwingt Jette sie zu fegen und den Fußboden zu wischen und Teller abzuwaschen und die Betten zu machen und noch Hunderttausend Sachen mehr. Und immerzu schimpft sie mit ihr, dabei gibt sich Lia richtig Mühe. Aber sie ist doch erst fünf! Der Besen ist so groß und die Küchenspüle so hoch, selbst wenn sie auf dem Stuhl steht. Und es gibt so viel Fußboden im Haus, dass sie am Ende keine Kraft mehr in den Armen hat, wenn sie wischen muss.

Außerdem hat sie die ganze Zeit Angst, dass Jette sie wieder schlägt. Das tut sie dauernd, weil sie immer etwas findet, weswegen sie wütend wird. Nie kann Lia ihr etwas recht machen. Zur Strafe wird sie manchmal in die Rumpelkammer gesperrt, stundenlang. Da ist es dunkel, und es knistert und knackt. Dann fürchtet sich Lia und weint, aber Jette lässt sie nicht raus. Wenn sie hört, dass sie weint, lässt sie sie extra lange da drin, deswegen weint Lia meist nur leise.

Wenn Jette noch irgendwo einen Krümel am Boden findet oder einen Schmutzfleck auf dem Teller, bekommt Lia kein Frühstück. Nicht mal ein Stück Brot. »Wer böse war, braucht nichts zu essen«, sagt Jette dann. Dabei war Lia gar nicht böse. Jette ist böse. Sie hasst Lia. Und ihren Bruder auch. Aaron sagt, das ist, weil sie keine Kinder bekommen kann. Einmal hat Lia mit Papa darüber gesprochen, und er hat gesagt, man muss Verständnis dafür haben, dass Jette manchmal ungerecht ist, weil sie unter ihrer Unfruchtbarkeit leidet, wo sie doch Kinder so liebt. Aber Lia will kein Verständnis haben. Außerdem stimmt es gar nicht, dass Jette Kinder liebt.

Einmal hat Lia gesehen, wie sie absichtlich Krümel auf den Boden gestreut hat, damit sie sie ausschimpfen und bestrafen kann. Und als Jette gemerkt hat, dass Lia sie durchschaut hat, da wurde sie erst recht wütend und hat sie mit einer Rute vom Busch aus dem Garten gehauen. Das hat so schlimm wehgetan, dass Lia dachte, sie müsse sterben. Papa kam erst zwei Wochen später vom Festland zurück, da war von den Striemen nichts mehr zu sehen, aber sie kann sie heute noch spüren.

Lia hält in ihrer Arbeit inne – eine Schüssel voll Teller und Tassen soll sie abtrocknen – und überzeugt sich davon, dass Jette sie nicht etwa beobachtet und ahnt, was sie denkt. Zum Glück ist sie gerade oben mit irgendwas beschäftigt.

Jette ist nicht von Juist. Papa hat sie auf dem Festland kennengelernt. Zu Anfang hat sie so getan, als würde sie sich freuen, dass Papa Kinder hat. Lia verzieht das Gesicht, als sie daran denkt, wie Jette sie und Aaron geküsst und »Ach, wie goldig!« gesagt und ihnen über den Kopf gestreichelt hat. Sie konnte die Frau gleich nicht ausstehen. Aaron auch nicht.

Ein Teller rutscht ihr aus der Hand und zerschellt auf dem Boden. Lia zuckt zusammen und zittert. Das Klirren war so laut, dass man es bestimmt bis ans Ende von Juist gehört hat. Jette wird sie schlagen, vielleicht sogar mit der Rute wie letzten Monat!

Ein wütender Aufschrei von oben, Schritte poltern zur Treppe. Jette kommt!

Lia lässt das Handtuch fallen, läuft nach draußen und versteckt sich im Gebüsch. Sie kann Jette schreien hören.

»Wo steckst du, du verdammtes Gör? Warte nur, wenn ich dich erwische!«

Lia wimmert und verkriecht sich tiefer im Gebüsch.

Jette kommt aus dem Haus. Sie hat die Rute in der Hand.

»Lia! Komm sofort her! Auf der Stelle!«

Lia beißt sich auf die Lippen, um nicht loszuweinen.

Jette entdeckt sie. »Das nützt dir gar nichts, dich zu verstecken!«, schreit sie und kommt auf sie zu, die Rute zum Schlag erhoben.

»Lass meine Schwester in Ruhe!«, tönt es von der Gartenpforte.

Aaron ist aus der Schule zurück! Vor Erleichterung wird Lia ganz schlecht.

Aaron wirft seine Schultasche zu Boden und stellt sich schützend vor sie. »Wag es nicht, meine Schwester anzurühren!«

»Du hast keine Ahnung, was sie wieder angestellt hat, du dummer Bengel!«, schreit Jette. Aber sie lässt die Rute sinken.

Sie hasst Aaron noch mehr als sie, das weiß Lia. Weil er sich von ihr nichts gefallen lässt. Weil sie sich vor ihm fürchtet. Sie wagt es nicht, ihn zu schlagen. Sie hat Angst, dass die Lehrer etwas merken. Oder dass er es herumerzählt. Ihm würde man vielleicht glauben. Er wird bald zehn, deswegen kann sie ihn nicht so leicht herumschubsen wie Lia.

Jette murmelt etwas Abfälliges und stampft ins Haus zurück.

Lia kommt hinter dem Busch hervor.

Aaron dreht sich zu ihr um. »Du brauchst keine Angst mehr zu haben, Lia. Alles ist gut.« Er lächelt sie an. »Komm, wir gehen zu den Hügeln.«

Lia legt ihre Hand in die ihres Bruders. Wenn er bei ihr ist, fürchtet sie sich nicht länger. Wenn er bei ihr ist, fürchtet sie sich vor gar nichts.

Sie gehen zum Holzbohlenweg. »Otto-Leege-Pfad«, heißt der, hat Papa gesagt. Im Winter haben sie ihn gebaut, obwohl es so viel Frost und Schnee gab. Aaron kommt gern hierher. Er findet es spannend, den Arbeitern zuzusehen, und freut sich besonders auf die Windharfe, die demnächst aufgestellt werden soll. Er hat ihr erklärt, was das ist: so ein Ding, mit dem der Wind Musik macht.

Sie setzen sich ins Gras. Lia lehnt sich an ihren Bruder. Er legt seinen Arm um sie. Erst jetzt, wo der Druck nachlässt, fängt sie an zu schluchzen. Wie dumm, jetzt zu weinen, wo alles vorüber ist! Aber sie kann nicht anders, ihr Körper wird regelrecht geschüttelt.

Aaron hält sie fest. »Ist ja gut«, sagt er. »Sie kann dir hier nichts tun.«

Und dann erzählt er ihr eine Geschichte. Wie Mama früher. Jeden Abend hat sie sich zu Lia ans Bett gesetzt und sich ein Märchen ausgedacht, einfach so. Dann hat sich Lia innen drin immer ganz warm gefühlt und gewusst: Alles ist gut. Seit Mama im Himmel ist, erzählt Aaron ihr manchmal eine Geschichte, wenn sie unglücklich ist. Es ist nicht dasselbe wie damals, als ihre Mama noch lebte, aber fast.

Lia kuschelt sich bei ihrem Bruder an, schließt die Augen und lässt sich von seinen geflüsterten Worten forttragen. Zu Elfen und Zwergen, Prinzessinnen und Rittern. Zu einem Ort, an dem es kein Geschrei gibt, keinen Hass und keine Lüge. Einem Ort, an dem ihr niemand Schmerz zufügen kann.

*

Der Plan ist langsam in ihr gereift. Zuerst war sie selbst darüber erschrocken, welche Wege ihre Gedanken nahmen, doch je länger sie darüber nachdenkt, desto mehr behagt ihr die Vorstellung. Jette Olsen nickt, wie um ihren Entschluss zu bekräftigen. Der Junge muss weg. Das Mädchen vielleicht auch eines Tages, aber im Moment kann man sie noch für die lästige Hausarbeit gebrauchen. Außerdem würde es Fragen provozieren, wenn gleich beide Kinder verschwinden. Doch der Rotzlöffel wird allmählich lästig. Sie hat schließlich nicht Hauke Olsen geheiratet, obwohl er 15 Jahre älter ist als sie und nicht gerade der begehrenswerteste Mann auf der Welt, um sich mit seinen Blagen abzugeben. Die dann womöglich nach seinem Tod alles erben werden, während sie mit einem Apfel und einem Ei abgespeist wird. Nein, so weit wird sie es nicht kommen lassen.

Sie ist in ihrem Leben immer auf die Füße gefallen, und das soll auch so bleiben. Hauke ist der beste Beweis dafür. Es war nicht einfach, ihn so kurz nach dem Tod seiner Frau dazu zu bringen, sie zu heiraten. Aber sie hat gleich seine Schwachstelle erkannt. Darin ist sie gut: anderer Leute Schwachstellen herauszufinden. »Die Kinder brauchen eine Mutter«, hat sie gesagt. Das hat ihn letztlich überzeugt.

Hauke ist Dachdecker, ein gefährlicher Beruf. Die Chancen, dass er eines Tages einem tödlichen Unfall zum Opfer fällt, stehen nicht schlecht. Dann gehört ihr das Haus und das Geld auf dem Konto und das Auto drüben auf dem Festland. Und wenn er keinen Unfall hat … Nun, man wird sehen. Jedenfalls wird sie sich von zwei Blagen nicht ihren sorgfältig aufgebauten Lebensentwurf kaputt machen lassen.

Zuerst muss der Junge weg. Zwei praktische Fragen sind zu beantworten: wie und wohin?

Wie soll sie es anstellen? Sie hat kein Interesse daran, einen Haufen Blut in ihrem Haus zu haben, nicht nur, weil man ihr dann auf die Schliche kommen kann. Deshalb scheidet so etwas wie ein Messer aus. Zwei Tage denkt sie darüber nach, bis ihr die Lösung einfällt. So simpel. Und perfekt, weil es zudem kaum Geräusche verursacht. Ja, so muss es gehen!

Für das Wohin braucht sie länger. Die Möglichkeiten, auf einer kleinen Insel wie Juist eine Leiche verschwinden zu lassen, sind nicht gerade üppig. Natürlich kann man sie ins Meer werfen, aber dann wird sie wieder an Land gespült oder von einem Boot entdeckt. Besser wäre es, der Rotzlöffel würde nie wieder auftauchen. Ohne Leiche kann man ihr nichts nachweisen. Den richtigen Einfall gibt ihr schließlich eine Bemerkung Aarons ein, an die sie sich erinnert. Sie lächelt, als sie darauf kommt.

Nachdem sie beide Fragen für sich beantwortet hat, macht sie sich an die Ausführung. Heute Nacht muss es geschehen. Das Wetter ist günstig: ein leichter Nieselregen, der etwaige Neugierige in die Häuser oder Kneipen treibt. Hauke wird erst morgen nach Juist zurückkommen, zu spät, um noch etwas zu ändern, und gerade rechtzeitig, dass sie ihm die Verzweifelte vorspielen kann. Sie bereitet alles vor: leert die hölzerne Wassertonne vor dem Haus, bis sie nur noch zu etwa einem Drittel gefüllt ist, stellt einen Schemel wie zufällig daneben und sorgt dafür, dass das Mädchen frühzeitig zu Bett geht. Der Junge bleibt wie immer länger auf, um Computerspiele zu spielen oder mit wer-weiß-wem zu chatten.

Gegen zehn überzeugt sich Jette davon, dass Lia schläft. Dann geht sie mit einer Gießkanne zu Aaron, der auf dem Bett liegt und Comics liest.

»Hol mir mal Wasser aus der Tonne«, sagt sie. »Die Blumen im Wohnzimmer sind schon welk.«

»Jetzt?«

»Ja, jetzt. Nun mach schon!«

Der Junge verzieht das Gesicht, erhebt sich aber, nimmt die Kanne und geht nach draußen. Jette folgt ihm heimlich. An der Hintertür bleibt sie stehen und späht vorsichtig um die Hausecke. Wie sie geplant hat: Das Wasser in der Tonne ist zu tief, als dass er es erreichen könnte. Sein Blick fällt auf den Schemel. Gut so, Bursche! Nimm ihn dir!

Aaron stellt den Schemel an die Tonne, steigt darauf und beugt sich hinunter, um die Kanne zu füllen.

Mit drei Schritten ist Jette bei ihm, packt ihn an den Beinen und lässt ihn kopfüber in die Tonne stürzen. Es klatscht, als sein Kopf unter die Wasseroberfläche gleitet. Der Beginn eines überraschten Aufschreis, vom Wasser abgeschnitten, verweht in der Nacht. Augenblicklich fangen Aarons Beine an zu zappeln, aber Jette hält sie mit aller Kraft umschlungen und drückt zugleich die Tonne mit ihrem Körper gegen die Hauswand, damit die bei seinen hektischen Bewegungen nicht etwa umkippt. Ein Gurgeln ist zu hören, Blubbern, dumpfe Laute, wenn Knochen gegen Holz prallen. Der Bursche windet sich wie ein Aal, beinahe entgleiten ihr die Beine, aber Jette presst ihre Arme zusammen, um ihm keine Bewegungsfreiheit zu gestatten. Wasser schäumt, im Todeskampf versucht der Junge, sich freizustrampeln, seine Ellbogen stoßen innen gegen Kanne und Tonnenwand, sein zuckender Körper lässt das Wasser platschen, aber Jette gibt nicht nach. Selbst, als sie beinahe einen Tritt gegen die Nase bekommt, hält sie seine Beine umklammert.

Schließlich werden die Bewegungen schwächer, ein Zittern durchläuft seinen Körper, dann hören seine Beine auf zu zappeln und erschlaffen. Jette hält ihn weiter fest, nur um sicherzugehen, und lauscht in die Dunkelheit, ob jemand aufmerksam geworden ist. Alles bleibt still. Lia ist offenbar nicht aufgewacht, und Nachbarn können sie hinterm Haus nicht sehen.

Jetzt erst lässt Jette den leblosen Körper des Jungen in die Tonne gleiten und deckt diese mit einem Deckel zu. Ein paar Stunden muss der Bursche da drin bleiben, bis sie den zweiten Teil ihres Plans in die Tat umsetzen kann.

Jette lehnt sich an die Hauswand, bis sich ihr Herz beruhigt. Sie hat es getan! Und es war gar nicht schwer gewesen. Sie erforscht ihr Inneres. Verspürt sie Gewissensbisse? Nein. Sie hat getan, was nötig ist. In dieser Welt überleben nur die Starken, die Schwachen gehen unter.

Jette kehrt ins Haus zurück und schließt die Hintertür. Leise schleicht sie in Lias Zimmer. Das Mädchen schläft immer noch. Gut. Sie betrachtet das arglose Gesicht. In ein paar Jahren, wenn sie zu aufmüpfig wird, wird es vielleicht nötig sein, sie ebenfalls loszuwerden. Dann müsste es allerdings wie ein Unfall aussehen, damit kein Verdacht auf sie fällt. Nun, damit kann sie sich zu gegebener Zeit befassen.

Jette verlässt das Zimmer des Mädchens, setzt sich ins Wohnzimmer und schaltet den Fernseher ein. Sie erwartet, dass sie dem Geschehen auf der Mattscheibe kaum folgen kann, dass sie viel zu aufgeregt ist, aber ihr Puls schlägt regelmäßig, der Film ist spannend, und nach einer Weile holt sie eine Tüte Chips und macht es sich gemütlich.

Gegen zwei Uhr früh beschließt sie, dass es an der Zeit ist. Jetzt ist die Chance gering, draußen einen Menschen zu treffen. Außerdem nieselt es immer noch. Sie zieht sich eine Regenjacke über, geht hinters Haus, ohne das Licht draußen anzumachen, und kippt das Fass um, damit das Wasser ablaufen kann. Dann zieht sie die Leiche heraus und schiebt sie in einen vorbereiteten Sack, bindet ihn zu und hievt die Last auf eine Schubkarre. Anschließend holt sie das Werkzeug, das sie benötigt, und Aarons Schultasche und legt alles dazu.

Ehe sie aufbricht, hält sie noch einmal inne. Wäre es nicht doch einfacher, den Jungen ins Meer zu werfen? Er ist unzweifelhaft ertrunken, das würde die Geschichte, die sie sich ausgedacht hat, umso plausibler machen. Allerdings im Regenwasser, nicht im Salzwasser. Kann der Unterschied bei der Obduktion festgestellt werden? Jette weiß es nicht. Nein, besser, die Leiche verschwindet für immer.

Außerdem findet sie den Gedanken amüsant, dass sich der Junge sein Grab selbst ausgesucht hat. Jette kichert. Tagelang hat er ihnen mit der Windharfe in den Ohren gelegen, ganz erpicht war er darauf, sie zu sehen, seit sie in der Schule darüber gesprochen haben. Nun, dann soll er seinen Willen bekommen!

Jette öffnet die Gartenpforte, sieht nach recht und links, und als niemand zu entdecken ist, schiebt sie die Schubkarre mit der Leiche Richtung »Otto-Leege-Pfad«. Wie erwartet ist auch dort niemand unterwegs, nicht um diese Zeit und bei Nieselregen. Als sie an der Stelle ankommt, an der demnächst die Windharfe aufgestellt werden soll, ist sie außer Atem. Sie stellt die Schubkarre ab und besieht sich den Ort.

Der einstige Wanderweg ist an einigen Stellen verbreitert worden, auch hier oben auf der Anhöhe. Morgen soll die Harfe eingelassen und anschließend ringsherum eine Pflasterung in den Sand gelegt werden, eine Art Mosaik, das einen Tiefdruckwirbel darstellt, so wurde es erzählt. Wer sollte schon auf den Gedanken kommen, dass dieses Kunstwerk eine Leiche verbirgt? Selbst wenn sie die gesamte Insel umgraben, würden sie nie und nimmer das Pflaster wieder entfernen.

Ein gewisses Risiko ist dabei, das gesteht sie sich ein. Die größte Gefahr besteht darin, dass einer der Arbeiter morgen merkt, dass der Boden aufgegraben wurde. Aber wer nicht wagt, gewinnt auch nicht. Und sie setzt darauf, dass die Männer zu beschäftigt sind, um darauf zu achten.

Jette fängt an zu graben. Es ist eine mühselige Arbeit, doch nach einer Stunde ist das Loch tief genug. Sie legt die Schaufel beiseite, zerrt den Sack mit der Leiche heran, öffnet ihn und wirft Aaron mitsamt seiner Schultasche in die Grube. Du wirst mich nicht mehr ärgern, denkt sie, und fängt an, das Loch wieder zuzuschaufeln. Anschließend holt sie den Stampfer von der Schubkarre, ein simples T-Eisen mit einem festgeschweißten Rohr, und stampft den Sand wieder fest. Danach fegt sie mit einem Handfeger zusammen, was ihre nächtliche Tätigkeit verraten könnte, und verstreut es in der Umgebung. Der Regen wird zusätzlich helfen, ihre Spuren zu verwischen.

Jette wirft einen letzten Blick auf ihr Werk und nickt. Wer nicht weiß, was sie getan hat, dem wird nichts auffallen. Zufrieden lädt sie das Werkzeug auf die Schubkarre und macht sich auf den Heimweg. Wie erwartet begegnet sie keinem Menschen.

*

Lia sitzt am Rand einer Düne und malt mit einem abgebrochenen Zweig Zeichen in den Sand, die nichts bedeuten. Ihre Gedanken sind bei Aaron. Sie vermisst ihren Bruder schrecklich. Jette hat gesagt, dass er sich wie jeden Tag für die Schule fertig gemacht hat, aber dort ist er nie angekommen. Lia hat ihn an jenem Morgen nicht gesehen, weil sie immer erst aufsteht, wenn Aaron schon weg ist. Das bereut sie jetzt. Wäre sie früher wach geworden, hätte sie noch mit ihm sprechen können, ein letztes Mal.

Papa war verrückt vor Angst, als er nach Hause kam, und hat überall nach ihm gesucht. Alle haben mitgeholfen, alle, die hier wohnen. Vielleicht ist er schwimmen gegangen, und die Strömung hat ihn aufs Meer hinausgezogen, hat der Polizist gesagt. Lia glaubt das nicht. Es stimmt schon, Aaron war oft im Meer schwimmen, und er hat auch immer davon gesprochen, dass er mal in der kalten Jahreszeit schwimmen gehen will wie die Eisschwimmer. Aber wenn er das vorgehabt hätte, hätte er es bestimmt vorher angekündigt.

Unten am Strand steht Papa und sieht aufs Meer hinaus. Jeden Tag kommt er hierher, obwohl der Polizist gesagt hat, dass keine Hoffnung mehr besteht. Papa isst kaum etwas, und manchmal sieht er einfach durch einen hindurch. Sogar Jette sieht traurig aus und sagt, was für ein furchtbarer Verlust das ist; das macht sie Lia ein bisschen sympathischer.

Übermorgen hat Lia Geburtstag. Aaron hatte ihr versprochen, mit ihr dann einen Drachen steigen zu lassen. Eine Geburtstagsfeier ohne ihn – wie soll das gehen? Lias Hände malen weiter sinnlose Striche in den Sand.

Als ihr Bruder nicht wiederkam, ist Lia in sein Zimmer gegangen, hat sich den Drachen angesehen, den er gebaut hat, und das Foto von ihm und seinen Freunden auf dem Nachttisch. Lange hat sie es betrachtet und in die Hand genommen. Und dann hat sie sich in seine Decke gekuschelt und geweint.

Lia wischt sich über die Augen und steht auf. Sie verlässt den Strand und wandert querfeldein. Ihre Füße tragen sie von selbst zum »Otto-Leege-Pfad«. Aaron hat sich so darauf gefreut, die Windharfe zu sehen! Lia nähert sich der Anhöhe, auf der die Skulptur bereits von Weitem zu sehen ist. Zwei-, dreimal war sie schon hier, seit die Harfe aufgestellt wurde, aber bisher waren immer Leute da, deswegen ist sie nie nah herangegangen. Inzwischen ist der Reiz des Neuen wohl verflogen; sie ist allein.

Scheu tritt sie näher, bleibt dann stehen und wagt nicht, laut zu atmen. Aarons Harfe. Groß ist sie, so groß, dass Lia nicht bis oben heranreicht, nicht mal, wenn sie sich reckt und die Arme ausstreckt.

In den Hügeln ist es still. Die Abenddämmerung kündigt sich an. Lia betrachtet das Mosaik aus Steinen am Boden, den Wirbel, der einen zum Zentrum der Skulptur zieht. Auf Zehenspitzen umrundet sie die Harfe, berührt sie mit den Händen. Das Holz schmiegt sich wie von selbst in ihre Handflächen.

»Guck, Aaron, so sieht sie aus«, flüstert sie. Vielleicht kann er sie ja hören, da im Himmel, bei Mama. Vielleicht ist seine Seele sogar hier, bei ihr. Wie Mama damals nach ihrem Tod.

Sie lauscht, ob von irgendwoher eine Antwort kommt, vielleicht ein Lachen, wie er manchmal lachen konnte, wenn sie etwas Witziges gesagt hat. Doch es bleibt still. Natürlich. *Ein Geist kann nicht sprechen, weil er keine Stimmbänder mehr hat.*

Lia streicht über das Holz. Es fühlt sich irgendwie schön an. Kühl. Glatt. Aarons Harfe gefällt ihr. Lia fühlt sich geborgen in ihrer Nähe. Vielleicht, weil sie so groß ist und dabei doch so … so … sanft, fällt ihr als Einziges ein. Irgendwie ist die Harfe ein bisschen, wie ihr Bruder war.

»Ich drehe sie für dich, Aaron, damit du hören kannst, wie sie klingt«, sagt sie.

Lia drückt gegen die Skulptur. Obwohl die so groß ist, lässt sie sich leicht bewegen. Der Wind weht durch die Nylonsaiten und erzeugt auf- und abschwellende Töne, die mal lauter werden, mal leiser und sich ständig verändern. Klänge wie aus einer anderen Welt. Der Welt der Geister.

Ein Schauer läuft Lia über den Rücken. Sie dreht die Harfe noch ein bisschen weiter, richtet sie so aus, dass die Töne deutlicher werden. Dann setzt sie sich davor, schlingt die Arme um ihre Beine, legt den Kopf auf ihre Knie und hört zu, wie die Geister wispern. »Hörst du, Aaron? So klingt deine Harfe.«

Sie fühlt sich ihrem Bruder nah. Vielleicht, weil es sich anhört, als würde die Harfe eine Verbindung zu einer anderen Welt herstellen. Lia schlingt die Arme fester um ihre Beine. Wenn sie die Augen zumacht, kann sie sich einreden, dass ihr Bruder bei ihr ist. Dass er einen Arm um sie legt und sie anlächelt und sagt: Du brauchst keine Angst zu haben, alles ist gut. Dass er ihr eine Geschichte zuflüstert wie früher.

Die Nylonsaiten sirren. Klingen sie nicht genau wie Aaron? Ist es nicht seine Stimme, die sie da hört? Als würde die Harfe seinem Geist Stimmbänder leihen? Als würde er ihr sagen: »Kennst du schon die Geschichte von der Prinzessin, die in einen Schwan verwandelt wurde?« Als würde er sagen –

Lia hebt den Kopf, horcht. Beinahe kann sie Worte verstehen. Worte, die ihr Dinge zuflüstern. Ungeheuerliche Dinge. Schreckliche Dinge. Grausame Dinge.

Als sie es nicht länger aushält, springt sie auf und läuft mit hämmerndem Herzen davon, läuft so schnell sie ihre Beine tragen, läuft über die Hügel, dorthin, wo, wie sie weiß, die Polizeistation liegt.

Und die Windharfe steht auf ihrer Anhöhe und flüstert, flüstert von dunklen Geheimnissen, flüstert von Dingen, die die Menschen begraben wollen und die doch nicht ruhen können in der Erde …

ZWEI KLUNTJE NOCH, DANN BIST DU TOT

TATJANA KRUSE

Auf Juist fällt allenfalls mal ein Schaf tot um. Irre Mörder laufen da nicht rum. Hier ist man sicher.

Hatte ich immer gedacht.

Bis ich in den Lauf eines alten Armeerevolvers blickte …

Eben ist mir der Ostfriesentee serviert worden. Im Kännchen. Auf einem Stövchen. Mit Wölkchensahne und Kluntjes. Dazu hausgemachter Heringsstipp mit Sahnesoße und Bratkartoffeln.

Das volle Verwöhnprogramm.

Das gönne ich mir an meinen freien Tagen ausnahmslos immer. Und zwar genau hier im »Lütje Teehuus«, das versteckt im Januspark liegt. Gefühlt Hundert Meilen weit weg von der Umtriebigkeit der Insel während der Saison.

Ich sitze gern draußen vor dem urigen Inselhäuschen – nicht, weil mich die gemütliche Einrichtung stören würde, die was Puppenhaushaftes hat, was ich ehrlich entzückend finde, das kann ich auch als Mann offen zugeben, da fällt mir kein Zacken aus der Krone. Nein, ich bin einfach immer darauf bedacht, einen schnellen Abgang machen zu können. Um einer hübschen Maid, die mein auforderndes Zwinkern mit einem vielversprechenden Lächeln beantwortet, hinterherlaufen zu können. Rasch einen passenden Schein auf den Tisch werfen, und schon darf zum fröhlichen Halali geblasen werden, und die Jagd ist eröffnet.

Aber auch, wenn nichts vorbeikommt, was meinem Beuteschema entspricht, sitze ich gern im Freien, genieße meinen Ostfriesentee und Oma Mieles superleckere, bodenständige Nordseeküche. Das entspannt mich – und vor allem meine Füße. Seit fast zehn Jahren komme ich die komplette Saison nach Juist und kellnere, wo immer man einen Kellner braucht. Und in meiner spärlichen Freizeit reiße ich Touristinnen auf. Mein Ziel ist immer, in den dreistelligen Kerbenbereich im Bettpfosten zu kommen. Meist gelingt mir das auch. Alles in allem passt das so für mich.

Natürlich habe ich das auch für diesen Sommer geplant. Aber es kommt ja immer anders, als man denkt.

Der Typ setzt sich ungefragt an meinen Tisch und brummt: »Moin!« Die Bedienung winkt er unfreundlich weg. Ich denke noch so bei mir, *was will der?*, da zieht er schon eine Knarre. Mit der zielt er nicht zwischen meine Augen, sondern unter dem Tisch auf meine Kronjuwelen. Was ich fast noch schlimmer finde.

Ich schlucke schwer.

Sein Mundwinkel zuckt.

An den anderen Tischen, alle gut besetzt, kriegt man davon nichts mit. Denn in diesem Moment fängt es an zu regnen. Ziemlich heftig sogar. Alle springen auf und laufen ins Haus. Ich würde das auch tun, aber der Kerl mit der Knarre verunmöglicht mir das.

»Ich habe kein Geld«, sage ich.

»Ich will kein Geld, ich will dein Leben, du Schwein.«

Wie ich schon sagte, hier auf Juist passiert nicht viel. Ja gut, es wird mal was geklaut. Oder besoffene Familienväter auf Freigang rangeln miteinander. Das war's dann aber auch schon. Ich begreife also nicht gleich das Ausmaß dieser Ungeheuerlichkeit und verharre in fassungsloser Schockstarre.

Sein Mundwinkel zuckt erneut.

»Du hast mir meine Laura genommen!« Er zischelt es mit feuchter Aussprache. Wobei ich seine Spucketropfen nicht wirklich von den Regentropfen unterscheiden kann, die auf mein Gesicht prasseln. Nass ist nass.

Fieberhaft überlege ich. Laura?

Laura … Laura … Laura … Nein. Ist in der Masse untergegangen. Aber das spreche ich natürlich nicht laut aus.

»Wir waren verlobt, wollten heiraten!« Seine buschigen Augenbrauen treffen sich mittig über der Nase. Er verstummt kurz, schluckt schwer, schnieft. »Für mich war das wie ein Wunder. Die schönste Frau der Welt, blond, blauäugig, sommersprossig – wollte *mich* heiraten!«

Er guckt verklärt.

Ich verstehe, dass ihn das verwundert. Der haarige Kerl vor mir erinnert an Bigfoot oder den Yeti, nur in Bermudashorts und Netzhemd.

Für eine Zuordnung seiner ominösen Laura benötige ich allerdings mehr Angaben als *blond, blauäugig und sommersprossig* – das sind meine Eroberungen nämlich alle. Nur in absoluten Ausnahmefällen greife ich zu rothaarig oder gar dunkel. Und Namen sind für mich Schall und Rauch. Ob ich ihn nach Muttermalen oder Tätowierungen fragen soll? Besser nicht.

Meine kleinen, grauen Zellen überschlagen sich fast. Ich spiele auf Zeit. »Hören Sie … Laura und ich, das war nicht so, wie Sie denken. Das war ganz anders!«, erkläre ich mal so ins Blaue hinein.

»Ich will nicht wissen, wie es war. Ich will Sie einfach nur tot sehen!« Er fletscht die Zähne.

»Nein«, widerspreche ich rasch, »das wollen Sie doch nicht wirklich. Dass Sie mich nicht gleich abgeknallt haben, beweist doch, dass Sie sich nicht ganz sicher sind. Da ist noch ein Rest Zweifel. Ob nicht alles ganz anders war. Sie wollen doch Ihre Existenz nicht wegwerfen, indem Sie einen Mitmann grundlos erschießen!« Meine Devise lautet: Zweifel säen. »Sie sind bereit, auf Logik und Vernunft zu hören. Und die kann ich Ihnen geben!«

Er schaut mich nur finster an. Finster und mit zuckendem Mundwinkel.

»Ja, natürlich fand ich Laura ungeheuer attraktiv ...«, räume ich ein, um seinem Ego zu schmeicheln. »Aber es braucht immer zwei für ... mehr als nur Blicke.«

Jetzt grummelt es im Niederfrequenztonbereich. Ich weiß nicht, ob das Grummeln aus ihm kommt oder ob ein Gewitter aufzieht.

»Mal ehrlich, mein Freund«, stammele ich, »wollen Sie wirklich eine Frau heiraten, die so ungeniert mit anderen flirtet, wie es Laura mit mir tat? Wenn Sie ganz ehrlich zu sich sind, können Sie dann diese Frage mit Ja beantworten? Natürlich nicht!«

Aus den Augenwinkeln schaue ich zum Haus. Wir sitzen in der windgeschützten Ecke, er mit dem Rücken zum Fenster, aus dem mehrere Augenpaare wetterabschätzend schauen. Vom Haus aus sieht man nur seinen breiten Rücken, nicht die Waffe, die er auf mich gerichtet hat. Aber sollte ich Handzeichen geben, bin ich zweifellos ein toter Mann.

»Hier spielt die Musik«, kommandiert er, weil er merkt, wie ich Hilfe heischend zum »Teehuus« äuge.

Rasch rede ich weiter. »Wir hatten einen Drink, sie hat mich auf ihr Zimmer eingeladen, sie setzte sich neben mich ...« Ich improvisiere natürlich. Aber so läuft es immer ab, es muss folglich auch mit ihr so gewesen sein. »Ist das nicht ein Verlobungsring, habe ich noch zu ihr gesagt.«

Er nickt. Ich liege so weit also richtig. Um dem Bären Honig ums Maul zu schmieren, fahre ich fort: »Ein erstklassiger Ring, sehr geschmackvoll.«

Er nickt neuerlich. Wieder dieses unheimliche Mundwinkelzucken. Ich muss mich zwingen, ihm nicht auf den Mund zu starren, sondern in die Augen.

»Ich sage zu ihr, wenn du verlobt bist, was machen wir dann hier? Und sie meinte, dass ihr Verlobter ein sanfter, süßer, liebenswerter Kerl sei. Woraufhin ich sagte, sprichst du von einem Mann oder einem Schoßhund.«

Wer stets mehrere Frauen gleichzeitig in seinem Leben jongliert, der kann zumindest eins: improvisieren.

»Er betet mich an, sagte Laura, er betet mich wirklich an, liest mir jeden Wunsch von den Augen ab. Aber ich wünsche mir manchmal eben etwas Abwechslung. Das waren ihre Worte, nicht meine!«

Ich schaue ihn bewusst flehentlich an. »Ich könnte Sie anlügen. Ich könnte Ihnen sagen, dass ich in diesem Moment aufgestanden und gegangen bin, weil ich von Frauen, die schon vergeben sind, die Hände lasse. Aber was würde mir das einbringen? Eine Kugel. Stimmt's?«

Mein Blick senkt sich auf die Waffe in seiner Hand, dann sehe ich ihm wieder in die Augen. »Und darum will ich Ihnen die Wahrheit sagen. Die ganze Wahrheit. Ja, sie hat mich geküsst ... und ja ... dann sind wir ins Schlafzimmer gegangen.«

Das ist ein gewagter Schachzug. Es nimmt ihn eindeutig sehr mit. Womöglich sind das keine Regentropfen auf seiner mangelhaft rasierten Wange, sondern Tränen.

Ich beuge mich vor. »Hören Sie, ich weiß, es ist schwer, eine Göttin wie Laura gehen zu lassen, aber insgeheim wissen Sie doch, dass es nie funktioniert hätte. Sie sind doch viel zu gut für Laura. Sie sind ein loyaler, integrer, treuer Kerl. Laura ist eine Frau, die ihren Spaß will. Von Anfang an war doch klar, dass sie Ihnen früher oder später das Herz brechen würde.«

Ich spüre, wie ich zu ihm durchdringe. Der Lauf seiner Waffe senkt sich ein wenig.

»Die wahre Liebe, die wartet da draußen auf Sie. Ein gutes Mädchen, das Ihnen treu sein wird.« Mein Lächeln zieht sich über alle vier Backen. Es ist falsch, aber breit. Wären meine Ohren nicht gewesen, ich hätte im Kreis gegrinst.

»Vielleicht … haben Sie recht«, stammelt er. »Aber es ist zu spät.«

»Es ist nie zu spät«, binsenweisheite ich.

Er schaut mich durchdringend an. »Doch, ist es. Ich war überzeugt, nicht ohne Laura leben zu können, darum war ich vorhin bei ihr auf dem Zimmer und habe sie erschossen.«

Er hat *was* getan?

Trotz der Luftfeuchtigkeit wird mein Mund trocken. Ich will zur Teekanne greifen.

»He, was soll das?« Der Lauf seiner Waffe richtet sich wieder auf meine Weichteile.

»Ich will nur was trinken.«

»Hmpf«, brummt er, was ich als Zustimmung interpretiere.

Mit zittriger Hand gieße ich mir etwas Tee auf den Regenwassersee in meiner Tasse. Dann gebe ich zwei Kluntje hinein. Werden es meine letzten beiden sein?

»Laura ist tot?«, frage ich, nur um auf Nummer sicher zu gehen.

»Daran sind Sie schuld! Sie allein!«, ruft er jetzt laut. »Sie haben mich dazu gebracht. Ohne Sie wären Laura und ich immer noch glücklich, und all das wäre nie passiert.«

Meine kleinen grauen Zellen rattern in Höchstgeschwindigkeit. Sein Mundwinkelzucken nimmt zu. Gleich zuckt bestimmt auch der Finger am Abzug.

»Und jetzt wollen Sie sich auch an mir rächen? Aber hören Sie, was ist schon Rache? Doch nur ein kurzer, befriedigender Augenblick, nach dem das eigentliche Leiden beginnt.« Ich überlege, ob ich ihn ablenken kann, um dann in Sicherheit zu sprinten. Aber obwohl ich horizontalgymnastisch olympiareif bin, traue ich mir einen Abgang, der schneller ist als eine Kugel, nicht zu.

Im Grunde habe ich immer geahnt, dass es mal so kommen würde. Aber ... nicht gleich so verdammt final. Es war nur eine Frage der Zeit, bis mal ein gehörnter Ehemann oder Freund auftauchen würde. Weil nämlich zu meinen Auswahlkriterien neben *blond, blauäugig und sommersprossig* auch immer *in festen Händen* dazugehört. Singlefrauen sind potenzielle Klammeraffen. Bei verpaarten Frauen kannst du dich darauf verlassen, dass es bei bindungslosen One-Night-Stands bleibt. Aber natürlich rammelt in dieser Konstellation immer das Risiko mit, dass da einer seinen Protest anmeldet.

Deswegen haben meine Kollegen Stefan, Massimo und Zoltan auch kopfschüttelnd eine Wette laufen, wann ich mit Veilchen zur Arbeit erscheine, weil ich Bekanntschaft mit der Faust eines gehörnten Ehegatten gemacht habe. Die sind doch nur neidisch, die Jungs. An eine Knarre haben wir dabei aber alle nie gedacht. Das hier ist schließlich Juist, nicht Trumpland.

Ich nehme einen Schluck Tee – der Yeti brummt, lässt es aber zu – und werfe noch einen Blick auf das »Lütje Teehuus«. Wenn schon sterben, dann an einer guten Location. Das Letzte, was man sieht, brennt sich ja angeblich in die Netzhaut ein. Schöner als das idyllische »Teehuus« kann dein letzter Blick nicht sein, denke ich so bei mir. Kurz bevor ich denke: Moment mal, das soll es schon gewesen sein? Du willst durch die Hand dieses borstigen Neandertalers sterben? Nur weil du seine Laura gepimpert hast? In welchem Jahrhundert leben wir eigentlich? Frauen sind längst keine Besitztümer mehr, auf die man(n) einen Anspruch anmelden kann. Was ich mache, ist doch im Grunde gelebter Feminismus!

Mit der Empörung kommt das Adrenalin.

Es rauscht durch meinen Körper.

In einer fließenden Bewegung schubse ich die weißblaue Teekanne mitsamt silbernem Stövchen in seinen Schoß und springe auf die Beine. Er schreit auf, womöglich weil der noch heiße Tee oder das Wachs des Teelichts ihn an einer hitzeempfindlichen Stelle getroffen hat. Diesen Moment der Ablenkung nutze ich aus.

»Er hat eine Waffe! Eine Waffe!«, brülle ich aus Leibeskräften, packe seinen Haarschopf und knalle seinen Kopf mit Schmackes auf die Tischplatte. Weil ich nicht nahkampftrainiert bin, verkralle ich mich allerdings seitlich in sein Haupthaar, und er kommt deswegen nicht mit der Stirn, sondern mit der Schläfe auf der Kante des Tisches auf.

»Bist du des Wahnsinns!«, höre ich plötzlich die Stimme von Zoltan. »Was machst du denn da!«

Ich sehe, wie er und Stefan und Massimo aus dem Grün rund ums »Teehuus« angelaufen kommen. Massimo hält eine Videokamera in der Hand und filmt.

Es hört auf zu regnen.

Ich gucke verdutzt.

Nicht, weil es aufgehört hat zu regnen, sondern weil meine Kollegen sich um den reglosen Yeti scharen und dabei »Scheiße, Scheiße, Scheiße« und »Das war doch nur Spaß, die Waffe war doch nicht mal geladen« murmeln.

Aus dem »Teehuus« kommt ein älterer Mann angelaufen und ruft: »Lassen Sie mich durch, ich bin Arzt.« Ein paar Frauen stehen vor der Eingangstür zum Café, die Hände vor die Münder geschlagen.

Die Blutlache unter dem Yetikopf nimmt bedenkliche Ausmaße an.

Es gibt keine Laura. Es hat nie eine Laura gegeben.

Meine drei Kellnerkumpels haben das inszeniert. Weil sie des Wettens müde waren. Oder um mir eine Lektion zu erteilen.

Das Zucken des Mundwinkels war kein stressinduzierter Tick. Der Typ hat sich nur permanent das Lachen verkniffen.

Ich habe soeben grundlos einen Fremden erschlagen.

Ein Seufzer entringt sich meiner epilierten Männerbrust. In den nächsten zehn, 15 Jahren wird es keine neuen Kerben an meinem imaginären Bettpfosten geben. Und leider auch keinen Ostfriesentee mehr im »Lütje Teehuus«.

VOLLE PULLE ODER:
NORDERNEY IN DER MIKROWELLE

REGULA VENSKE

»Was soll das heißen, ich passe vielleicht besser nach Norderney!«

»Nun, ich dachte, du …«

»Du solltest ausnahmsweise mal nicht denken, sondern nur das tun, was wir verabredet hatten. Eine Buchung für Juist, hast du es immer noch nicht begriffen? Jott – U – I – eS – Tee. Und ›Ach – ter – diek‹, so hieß das Hotel.«

»Ich weiß. Du hältst es mir nun schon seit Norddeich Mole vor. Ich wollte ja auch nur sagen, dass es hier doch auch ganz …«

»Gar nichts ist hier! Ein Scheiß ist hier!«

Demonstrativ griff sich Ronald an die Schläfe. Dahin, wo er sich – bereits zum zweiten Mal – den Kopf an der Dachschräge ihrer Ferienwohnung gestoßen hatte und wo sich gerade eine ansehnliche Beule herausbildete. Eine perfekte Ehefrau wäre längst in die Küche gelaufen und hätte irgendetwas Kühlendes herbeigeholt. Eine Packung Eiswürfel, liebevoll in ein Küchentuch eingeschlagen, oder wenigstens ein weiteres Bierchen, zur inneren und äußeren Kühlung. Aber diese dumme Pute …

»Wir konnten hierhin immerhin …«

»Hierher! Es heißt nicht hierhin, sondern hierher! Wir sind ja hier«, er zeigte mit beiden Zeigefingern auf den Boden vor sich, »und nicht«, jetzt deutete er westwärts »da.«

»Wir konnten hierher immerher … ich meine … hierher immerhin …« Tapfer nahm sie einen neuen Anlauf. »Immerhin konnten wir hierhin mit dem Auto …«

»… der letzte Schwachsinn!« Man hatte hier doch nur Ärger mit der Karre! Ums Dauerparken kam man auch auf der Insel nicht herum, da große Teile des Stadtbereiches von Norderney einer Verkehrssperre unterlagen. Der Parkplatz war hier genauso kostenpflichtig wie auf dem Festland, und für die Rückreise würden sie für den Pkw noch extra eine Platzreservierung auf der Fähre benötigen. Womöglich kam man dann gar nicht mit dem Schiff weg, das man nehmen wollte. Von den Kosten dieses völlig unsinnigen Autotransports mal ganz zu schweigen. Sie hätten doch wirklich besser gleich in Norddeich geparkt. Und dann bequem die Fähre nach Juist bestiegen. »Wir hatten uns für Juist entschieden, gerade weil es autofrei ist. Schon vergessen? Aber nein, Madame sind Absprachen ja egal. Madame will sich und ihren Kleiderschrank fein kutschieren lassen.«

Silvie biss sich auf die Lippen. Sie ärgerte sich ja selbst. Aber das würde sie jetzt nicht zugeben. Schließlich machte jeder mal Fehler. Und es konnte doch mal passieren, dass man im Internet aus Versehen etwas Falsches anklickte. Das war doch keine böse Absicht gewesen. »Romantikhotel Achterdiek« auf Juist, natürlich hatte sie das in Erinnerung behalten. Schließlich hatten Ronald und sie lange genug für diese Reise gespart, ein Urlaub im Vier-Sterne-Hotel lag eigentlich jenseits ihrer Möglichkeiten. Kurz hatte sie sich daher auch gewundert, als sie sich plötzlich zwischen vier Ferienwohnungen hatte entscheiden sollen. Die Souterrainperle, die Behagliche, die Lauschige und das Raumwunder. Sie hatte sich für »die Behagliche« entschieden, mit TV-Gerät, Internet und Spülmaschine, Gartennutzung mit Grill und Endreinigung im Preis inbegriffen. Alles in allem war dieses Domizil »Achter de Dünen« doch auch wunderbar. Und Nordsee war Nordsee. Wie so oft konnte sie Ronalds Aufregung nicht wirklich nachvollziehen. Aber da Empörung zu seinem Standardrepertoire zählte, hatte sie den Versuch, seine Argumente verstehen zu wollen, sowieso längst aufgegeben. Er war und blieb eben ein Perfektionist, dem man es nicht so leicht recht machen konnte. Und sie schon gar nicht. Manchmal fragte sie sich, wozu sie sich überhaupt noch bemühen sollte. Sie hatten beide in diesem Jahr ausnahmsweise einmal an die Nordsee gewollt statt an den Baggersee – bitte schön, hier waren sie. Sie wollten einen entspannten, autofreien Urlaub genießen – na prima, keiner zwang sie, auf Norderney Auto zu fahren. Im Gegenteil. Nun gut, sie waren nicht in dem Vier-Sterne-Superior-Romantikhotel auf Juist gelandet, auf das sich Ronald eingestellt hatte, sondern mussten selbst kochen. Das würden sie – das würde sie, Silvie – schon schaffen. Und auch, wenn ihnen weder Spa noch Wellnessbereich oder Fitnesscenter zur Verfügung standen und sie, Silvie, ihren Picknickkorb für den Imbiss am Strand eigenhändig würde packen müssen – was machte das schon? Diese Ferienwohnung war doch wirklich sehr behaglich. Die Lage war perfekt, und praktisch eingerichtet war sie auch. Kurzum, sie hatten hier alles, was sie brauchten, und eine Abwechslung zum Baggersee war es allemal.

»Überleg doch mal, Ronald, das ist doch alles kein Hals-und Beinbruch. Von dem Geld, das wir mit der Wohnung im Vergleich zum Hotel einsparen, können wir uns ein paar nette Souvenirs leisten. Und Norderney hat doch auch einen schönen Strand!«

Ronald hatte auf ihren Widerspruch nur gewartet. »Ja, das sagst du! Weil du eben nie zuhörst. Und weil du Juist nicht kennst.«

»Aber du kennst es doch auch nicht.«

Ja, und das war es ja gerade! Deshalb wollte er doch dorthin! Das ganze letzte Jahr hatten die Kollegen in der Kantine vom Schlemmerbuffet im Hotel »Achterdiek« und Danzers kreativer Slow Food-Küche geschwärmt. Er konnte es nicht mehr ertragen, wenn Karl, Andy und Robert sich Stichworte an den Kopf warfen, bei denen er nicht mitreden konnte, ja, bei denen er nicht einmal wusste, worüber die anderen redeten. »Juister Hupfdohlen«, »Antjemöh« und »Memmertfeuer« waren solche Worte, deren Bedeutung er endlich herausfinden wollte. Und irgendetwas hatte es auf Juist auch mit dem siebten Längengrad auf sich. Um den siebten Längengrad spann sich auf Juist ein Geheimnis, bei dem die Kollegen wissend nickten – auch die schöne Ilona setzte dann ihr betörendes Insiderlächeln auf –, während er schweigend am Rande saß. Ronald hasste diese Momente. Und dann raunten sie vom berühmt-berüchtigten »Tatort Töwerland«, sodass er vollends verstummte.

»Juist ist *die* Krimi-Insel. Ich hab mir extra diesen Roman gekauft, »Tatort Töwerland«, das weißt du doch. Soll ich den jetzt etwa auf Norderney lesen?«

»Wenn du das Buch hier in unserem schönen Strandkorb liest und dabei aufs Meer schaust …«

»Typisch! Typisch!« Er tippte sich an den Kopf, um ihr zu zeigen, für wie blöd er sie hielt. Leider fiel seine Geste etwas zu schwungvoll aus und er haute sich gegen die schmerzende Beule. Kurz sah er Sterne blinken. Aber er fing sich schnell. »Lesen und dabei gleichzeitig aufs Meer schauen? Wie kann man nur so blöd sein! Schalt doch erst mal das Gehirn ein, bevor du redest!«

»Glaubst du, dass das Meer auf Juist anders aussieht?«

Einen Moment lang war Ronald sprachlos. Dann aber brach es aus ihm heraus. »Ja, das denke ich allerdings. Und ich kann es auch begründen. Juist ist Nummer eins bei den deutschen Inseln, es hat die besten Hotelrezensionen auf Trivago. Es muss einen Grund geben, warum die Leute dahin fahren. So viele Kunden können nicht irren.«

»Der Kaiser fuhr nach Norderney. Es gibt hier sogar noch das Große Logierhaus, in dem ...«

»Der Kaiser! Ich glaub, ich spinne. Seit wann interessiert sich meine Frau für Geschichte! Aber natürlich, Entschuldigung, wie konnte ich das nur vergessen: Wir wollten ja immer schon mal Urlaub in der Nähe eines Kaiser-Wilhelm-Denkmals machen.«

»Wenn wir jetzt Geld sparen, können wir uns vielleicht im Herbst noch ein paar Tage auf Jüüü...«

»Eben noch wollte Madame das hier gesparte Geld für nette Souvenirs ausgeben. Jetzt sind wir schon Großverdiener, die zweimal im Jahr Urlaub machen. Ja, hau mein sauer verdientes Geld doch am besten gleich heute Abend noch in der Spielbank auf den Kopf.«

Die Formulierung »auf den Kopf hauen« hätte er freilich besser nicht wählen sollen, sie rief ihm sogleich seine schmerzende Beule in Erinnerung. Wann würde es Madame wohl einfallen, dass es ihre Aufgabe als Ehefrau war, Anteilnahme zu zeigen und für ein wenig Linderung zu sorgen? Herrgott, wie hatte er nur an diese herzlose Person geraten können? Wie gut hatten es doch die Kollegen, die alle drei Junggesellen waren. Die konnten nach Herzenslust in der Firma ranklotzen und bekamen dann im Unterschied zu ihm eine Weihnachtsgratifikation. Und hemmungslos mit der schönen Ilona flirten konnten sie auch.

»Ach, Schatzi, du weißt doch, wie ich es meine. Lass uns doch erst einmal einen gemütlichen Abend machen. Ich lad dich zum Essen ein. – Von meinem Geld«, fügte sie nach kurzem Überlegen hinzu. »Und morgen sehen wir weiter. Du, hey, wir können hier auch Fahrräder ausleihen.«

Es war zwecklos. Wie hatte er sich auf Juist gefreut. Vor allem aber darauf, nach dem Urlaub endlich mitreden zu können. Tja, so hatte er gedacht. Stattdessen saß er hier, wieder einmal, wie der letzte Idiot, und hatte außer einer Beule am Kopf noch nichts erlebt in seinem kostbaren Urlaub. Daran, wie Karl und Andy ihn aufziehen würden, wenn sie hörten, dass er wegen der Blödheit seiner Frau auf Norderney gelandet war, mochte er noch gar nicht denken.

»Heute Abend wollte ich mit dir Danzers Fischbüfett genießen«, sagte er und bemühte sich, seiner Stimme einen besonders bitteren Klang zu verleihen. »Das gibt es nicht jeden Samstag. Und hier schon mal gar nicht.«

»Ja, ich versteh dich ja, Schatzi. Du, wir könnten uns auch …«

»Nenn mich nie wieder Schatzi!«

»… ein Schlemmerfilet in der Mikrowelle …«

»Weißt du was, du kannst dir dein gesamtes Norderney in die Mikrowelle stecken! Und die Mikrowelle noch mit dazu!«

Silvie guckte ihn verständnislos an. Ja, diese Formulierung war zu hoch für Madame gewesen. Zu philosophisch. Aber sie hatte gesessen, Silvie hielt den Mund.

Er aber brauchte dringend ein Bier. Empört darüber, dass Silvie immer noch nicht daran dachte, ihm eines zu bringen, sprang er auf. Und stieß sich prompt wieder den Kopf.

*

Natürlich hatten sie keinen freien Tisch mehr in einem der angesagten Lokale gefunden. Was nützten TripAdvisor und Kulinarik- und Gastro-Guide, wenn andere Leute die einschlägigen Tipps schon vorher gelesen und entsprechend Plätze reserviert hatten? Nachdem Ronald und Silvie es in verschiedenen Restaurants vergebens probiert hatten und ihnen beim Anblick der appetitlichen Speisen das Wasser im Munde zusammengelaufen war, waren sie zunächst wählerischer, zunehmend aber wieder kompromissbereiter geworden und wären schließlich auch mit einer Pizza oder einem Fischbrötchen zufrieden gewesen; am Ende hatten sie aufgegeben. Und leider konnte Silvie ihr Angebot eines Schlemmerfilets in der Mikrowelle nicht aufrechterhalten, denn dafür hätte sie natürlich am Nachmittag bereits einkaufen gehen müssen. Jetzt waren die Läden geschlossen.

»Aber weißt du, Schatzi, nun ist es doch von Vorteil, dass wir das Auto auf der Insel geparkt haben. Im Handschuhfach sind, glaube ich, noch ein paar Butterkekse, weißt du, von Onkel Siegmars Beerdigung, als dir damals so schlecht war.«

Und so kam es, dass sie den restlichen Abend unter der

Dachschräge kauerten, jeder eine Flasche Bier in der Hand. Eine letzte lagerte noch im Kühlschrank, und Ronald ging davon aus, dass sie ihm gehörte. Die etwas labberig gewordenen Butterkekse würden sie natürlich brüderlich teilen. Das heißt, der Ältere, der mit dem naturgemäß größeren Appetit und dem höheren Bedarf an Kalorien, bekäme ein paar Kekse mehr.

In der linken Hand hielt Ronald den letzten Butterkeks, an dem er ab und zu – und seeehr langsam – ein wenig knabberte, in der rechten hatte er sein Handy gezückt. Er hatte das Menü heruntergeladen, das es an diesem Abend im Hotel »Achterdiek« gab. Vielleicht könnte er vor seinen Kollegen so tun, als hätte er es, wie geplant, genossen. Vorerst aber musste es dazu herhalten, Silvie ein schlechtes Gewissen zu machen und ihr vorzuhalten, was er – was sie beide – gerade verpassten.

»Halber Hummer aus dem Gemüsesud mit buntem Blattsalat, Zitronen-Mayonnaise und Brotchips!«, deklamierte Ronald.

Silvie starrte ihn mit großen Augen an.

»Erbsenschotencremesuppe mit Minze. Na, wäre das nichts?«

Sie nickte.

»Gebratenes Wildsteinbuttfilet in Kapernbutter mit Spargelgemüse à la crème«, trumpfte Ronald auf. »Scheibe von rosa gebratenem Rinderfilet und geschmorte Backe in Balsamicojus mit Töwerländer Möhren und Sellerie-Kartoffelpüree.«

Beide seufzten, wenngleich aus unterschiedlichen Gründen.

»Und dann ein großes Dessert- und Eisbüfett.«

Silvie bemühte sich um ein Lächeln.

»Schließlich noch eine Käseauswahl vom Brett mit Rohmilchkäsen. Und für unsere kleinen Gäste gibt es auch was Feines, nämlich hausgemachte Geflügelbrustnuggets mit Erbsen-Möhrengemüse und Pommes Frites und hinterher den Eisbecher für Kids.«

Damit schob sich Ronald den letzten Kekskrümel in den Mund und kaute länger darauf herum, als notwendig war. »Du könntest übrigens auch *fast* vegan essen, nämlich Champignonsalat im Frisée-Nest mit Soja-Minz-Dip und geröstetem Buchweizen, Erbsenschotensuppe mit Minze, Spargelgemüse à la crème mit konfierter Tomate, Schnitzel vom Sellerie mit Töwerländer Möhren, Tomatenjus und Kräuterkartoffeln.«

Er spülte die verbliebenen Kekskrümel mit dem letzten Schluck Bier herunter und legte dann nach.

»Sorbet-Variation in Sekt.«

Und damit lehnte er sich zurück. Das Bier war alle. Zu essen hatten sie auch nichts. Sogar das verdammte Kindermenü wäre noch besser gewesen als das, was er hier bekommen hatte. Und im Unterschied zu Silvie hatte er es ja nicht nötig, zwei oder drei Kilo abzunehmen.

Silvie hatte unterdes in ihrer Handtasche gekramt und zog jetzt eine angebrochene Packung »Fisherman's Friends« daraus hervor. »Möchtest du auch?«

Sie gab nicht auf, um ihn zu werben und sich um eine freundliche Stimmung zwischen ihnen zu bemühen. Im Grunde mochte er das an ihr, auch wenn es ihm manchmal noch so sehr auf die Nerven ging.

»Nein, danke. Ich hole mir noch ein Glas Leitungswasser.«

»Warte Schatzi, das kann doch ich …«

»Danke, nicht nötig.«

Hätte sie ihn nicht für diesen kurzen Moment abgelenkt, so hätte er diesmal wohl an die Schräge gedacht. Nun stieß er sich wieder den Kopf. Zum wievielten Mal eigentlich? Egal, inzwischen machte es ihm nichts mehr aus, sondern im Gegenteil, der Schmerz bereitete ihm ein beinahe grimmiges Vergnügen. So weit hatte ihn diese Frau mit ihrer Dummheit gebracht. Allein schon, dass sie glaubte, er wolle wirklich ein Glas Wasser holen, sagte doch alles über sie aus.

∗

Als sie in ihrem Doppelbett unter der Dachschräge lagen, griff Silvie nach Ronalds Hand. »Gemütlicher könnte es auf Juist auch nicht sein«, sagte sie, während sie sich an ihn schmiegte. »Und weißt du, diese Sache mit der Krimi-Insel, die ist mir auch ein wenig unheimlich. ›Tatort Töwerland‹, das klingt irgendwie gruselig, findest du nicht?«

»Laut ›Bild am Sonntag‹ gehört Juist zu den 30 sichersten Orten der Welt«, zitierte Ronald. Er hatte diese Statistik erst heute Abend beim Surfen im Internet wieder gelesen. Andy oder Karl hatten das allerdings auch schon einmal zitiert. »Ist ja auch logisch, dass auf einer Insel wie Norderney, wo die Fähre im Stundentakt neue Tagesgäste ausspuckt, tendenziell mehr passiert als auf einer gezeitenabhängigen Insel wie Juist.«

»Juist, Juist, Juist!«, seufzte Silvie. Sie ließ seine Hand los und drehte sich auf die andere Seite.

Bitte schön, ihm war es recht. Kurz bevor Ronald einschlief, hörte er sie leise etwas murmeln. Es klang wie: »Dann schwimm doch rüber, wenn es dir hier nicht gefällt.«

∗

Eine Weile hatte sich Ronald von der einen auf die andere und von der anderen wieder zurück auf die vorige Seite gedreht. Das Wissen, dass sich direkt über seinem Kopf eine gefährliche Dachschräge befand, hinderte ihn am Schlafen. Hinzu kamen Wut und Enttäuschung und das mit diesen Gefühlen verbundene Adrenalin. Silvies Bemerkung, er solle doch rüberschwimmen, hatte ihn zusätzlich aufgeregt. Müsste es zudem nicht eigentlich »hinüber« heißen, also 'nüber statt rüber? Wie konnte sie nur immer so ungenau sein? Wie konnte die Sprache so ungenau sein? Denn er musste vor sich selbst eingestehen, dass auch er die Formulierung »nüberschwimmen« vermutlich nicht verwendet hätte.

Peu à peu allerdings, er hätte nicht genau sagen können, wann der Umschwung stattfand, hatte ihre Äußerung ihn positiv elektrisiert.

Nach Juist hinüberschwimmen! Das wäre was! Damit würde er den Kollegen mal zeigen, was eine Harke ist. Damit würde er Silvie zeigen, wo es langging und wo der Hammer hing, wie man so sagte. Nicht, dass er darauf angewiesen war, ihr irgendwas zu beweisen. Vor allem würde er sich selbst beweisen, dass er einer war, der zu seinen Zielen stand und bei den Verabredungen blieb, die er mit sich selbst getroffen hatte. Er wollte nach Juist? Also würde er nach Juist aufbrechen, koste es, was es wolle, und zwar sogleich.

Kurz entschlossen schlüpfte er aus dem Bett, wobei er für einen Moment die Dachschräge wieder vergaß, aber der Schmerz betraf ihn jetzt nicht. Schon war er in die Küche gehuscht, wo sein Smartphone zum Aufladen auf der Fensterbank lag. Immerhin, um diese Uhrzeit funktionierte das Internet tadellos. Wenngleich es nichts nützte.

Denn jetzt, wo er sie dringend gebraucht hätte, verkehrte rein gar keine Fähre mehr, und auch am Flughafen war der Betrieb eingestellt und würde erst am nächsten Morgen wieder starten. Zudem musste man offenbar sein eigenes Flugzeug mitbringen, Ronald konnte es zunächst gar nicht glauben. Aber auf der entsprechenden Webseite konnte er nur Angaben für Landegebühren finden, wobei er feststellte, dass die Anreise für Ultraleichtflieger gar nicht einmal so teuer war. Sieh mal einer an! Da merkte man doch wieder einmal, dass reiche Leute permanent Geld sparen konnten, während die Kleinen – oder die Normalen wie er – überall geschröpft und ausgebeutet wurden. Jedenfalls schien es einen regelmäßigen Linienflugverkehr hinüber nach Juist nicht zu geben. Er musste sich etwas anderes einfallen lassen. Eben: hinüberschwimmen! Sollten sie ihren Flughafen ruhig ohne ihn betreiben.

Allerdings war er nicht dumm. Man hörte ja immer mal von dummen Badeunfällen, von unvorsichtigen Touristen, über die die Einheimischen dann den Kopf schüttelten. Nordsee war Mordsee, schoss es ihm durch den Kopf, aber vielleicht war das ja auch nur ein Werbeslogan der Krimi-Industrie. Schnell hatte er die Stichworte Schwimmen und Nordsee in die Suchmaske getippt. Und genauso schnell wurde er fündig und stieß auf einen Artikel, in dem der Autor darüber berichtete, wie er einmal quer durch den Jadebusen geschwommen war, von Varel nach Wilhelmshaven. Keine zwei Wochen war es her. Anscheinend gab es dort durchaus gefährliche Strömungen, aber auf die hatte der Mann keine Rücksicht genommen. Ein echter Teufelskerl. Einer wie er. Der Mann hatte 15 Minuten pro Kilometer veranschlagt, das klang doch beruhigend. Nun gut, im Weiterlesen sah Ronald, dass der Schwimmer dann offenbar doch langsamer vorangekommen war als zunächst angenommen. Aber sei es drum. Immerhin hatte er sein Ziel gesund und munter erreicht und es hinübergeschafft, auch wenn er nicht, wie geplant, eine Jause mit Schokolade und Cola an der avisierten Boje hatte einlegen können. Das Wasser im Jadebusen hatte freundliche 20° betragen. Das klang doch gar nicht so schlecht.

Als Nächstes folgte eine Buchbesprechung über einen Roman, der offenbar davon handelte, dass jemand aus Liebeskummer durch den Ärmelkanal schwamm. Wahnsinn, die kürzeste Strecke von Dover nach Calais betrug gut 32 Kilometer, manche jedoch schwammen aus Versehen 70 Kilometer, weil sie sich verrechnet hatten. Einige Enthusiasten schwammen in einem Rutsch hin und zurück, und manche legten, weil es so schön war, sogleich im Anschluss noch eine dritte Strecke hin. Jede Menge Rekorde waren im Kanalschwimmen aufgestellt worden, sogar junge Frauen schafften die Strecke. Na, für Silvie wäre das nichts. Für ihn allerdings genau das Richtige. Aber jetzt musste er sich losreißen von der Lektüre. Das konnte alles warten, bis er in Ruhe im Juister Strandkorb saß. Interessant war jedenfalls die Information, dass die Kanalschwimmer trotz der kühleren Wassertemperaturen ganz normal mit Badehose und Schwimmbrille antraten, manchmal auch in Gänze mit Vaseline eingecremt.

Ronald ging ins Bad und spähte in Silvies Kosmetiktasche. Keine Vaseline weit und breit, stattdessen jede Menge Tübchen, deren Sinn für ihn nicht nachvollziehbar war. Tja, für so einen Unfug gab sie Geld aus, während er sich für die Reise krummgelegt hatte. Na, egal. Die kleine Strecke rüber nach Juist war nicht der Ärmelkanal. Wie weit war wohl die Entfernung? Zurück in der Küche, tippte er die Wörter »Distanz«, »Juist«, »Norderney« und »Luftlinie« ein. Die Angaben, die das Internet ausspuckte, waren widersprüchlich. Mit dem Auto betrug die Entfernung angeblich 14 Kilometer, mit dem Flugzeug nur elf. Ronald musste lachen. Witzige Vorstellung, mit dem Auto hinüberzufahren. Nun, wenn der direkte Weg Luftlinie 9,3 Kilometer betrug, wäre der direkte Weg quer durchs Wasser auch nicht viel weiter. Vermutlich eher weniger. Wenn er sich die Karte auf Google Maps betrachtete, schätzte er die Distanz höchstens auf 3 km.

Mit Schiffsverkehr war im Norderneyer Seegatt um diese Uhrzeit wohl nicht zu rechnen, also, worauf wartete er noch! Im Dunkel des Schlafzimmers schnappte sich Ronald seine Badehose und schlüpfte hinein. Der Schwimmer im Jadebusen hatte seine Siebensachen in einer Schwimmboje auf dem Rücken transportiert. Könnte er irgendwie seine Geldbörse und sein Handy mitnehmen? Vielleicht, indem er sich eine Plastiktüte umband? Nach kurzem Nachdenken entschied er sich dagegen. Das war doch alles nicht nötig. Gewiss würde man ihm im »Achterdiek« mit einem Hotelbademantel aushelfen und genug Kredit gewähren, um einmal seine Frau anzurufen. Und dann konnte Silvie den Krempel hier zusammenpacken und ihm mit der Fähre auf die Insel seiner Träume folgen. Da könnte sich Madame einmal bewähren. Sie tat doch immer so gern emanzipiert.

*

Draußen spendete der Mond ein schönes Licht. Das nahm Ronald als gutes Omen. War es nicht so, dass bei Vollmond die Fluten niedriger waren und das Meer ruhiger? Bei Neumond gab es irgendwelche berüchtigten Springfluten, meinte er sich zu erinnern. Da durfte er sich wohl als Glückspilz bezeichnen, dass er an den Vollmond geraten war und zudem nicht im Dunkeln schwimmen musste.

An der Häuserwand zum Garten lehnte das Stand-Up-Brett nebst dazugehörigem Paddel des Nachbarn aus der Ferienwohnung gleich nebenan. Ronald war dem jungen Familienvater bei ihrer Ankunft im Treppenhaus kurz begegnet. Über der Wäscheleine im Garten bewegte sich dessen Neoprenanzug zum Trocknen im Wind. Ein wenig unheimlich sah das aus, als würde dort jemand hängen. Ronald kam eine Idee. Schließlich hatte er diese Sportart im vorigen Jahr am Baggersee ausprobiert und sich wacker auf dem Brett gehalten. Damit käme er natürlich schneller voran. Er würde sich das Brett borgen und es dem Nachbarn morgen irgendwie zurückschicken. Vielleicht konnte er ihm zur Entschädigung ein paar Pullen Bier spendieren. Außerdem sollte der junge Mann ruhig mal einen Tag oder zwei etwas mit Frau und Kind unternehmen, es ging doch nicht, dass er sich einen lauen Lenz machte und sie mit dem Baby alleine ließ.

Der Nachbar war vielleicht eine Spur kleiner und dünner als Ronald, er stellte es fest, als er sich in den Anzug zwängte. Das gute Stück kniff ein wenig am Bauch und im Schritt. Aber es war ja zum Glück nicht für lang. Die paar Kilometer rüber nach Juist, ein Pups im Vergleich zum Ärmelkanal, würde er locker schaffen. Vermutlich käme er genau richtig zum Frühstücksbüfett.

Und dann, in wenigen Stunden – im Grunde schon gleich – würde der richtige Urlaub an der Nordsee beginnen.

Während er sich das Brett schnappte und Richtung Strand stapfte, ertappte sich Ronald dabei, wie er leise vor sich hin brummelte. »Die Nordsee, wenn ich das schon höre! Die See …« Es hieß *der* See! Da bildeten sich die Norddeutschen so viel auf ihr feines Hochdeutsch ein und beherrschten nicht einmal die einfachsten Artikel.

*

Frohgemut war er am Weststrand von Norderney ins Wasser gegangen, aber er hielt sich nicht lange auf dem Brett. Diese Nordseewellen waren doch ein anderer Schnack, so sagten sie wohl hier oben, als sein ruhiger Baggersee. Aber es machte ja nichts, dass er vom Brett runterkippte, er konnte ja schwimmen. Hätte es richtig »hinunterkippte« geheißen? Nein, runter war schon richtig, denn jetzt war er ja unten, im Vergleich zum Himmel unten im Wasser, und manchmal auch darunter, wenn wieder eine Welle über ihn schwappte. So viel Salzwasser auf leeren Magen war gewöhnungsbedürftig, aber desto mehr freute er sich schon jetzt auf seinen Frühstückskaffee. Und dazu würde er leckeren Orangen- oder nein, besser noch Sanddornsaft trinken. Davon hatte die schöne Ilona geschwärmt. Tapfer schwamm er weiter. Wie hatte es in dem Artikel, den er vorhin gelesen hatte, geheißen? »Jetzt gilt es: volle Pulle schräg gegen die Flut! Das nächste Ziel ist die nächste Boje.«

Volle Pulle, dachte Ronald. Volle Pulle. Da vorn lag die Insel seiner Träume, vor seinem inneren Auge sah er sie schon.

Am Ostende von Juist durfte man die Insel nicht betreten, das hatte er vorhin im Vorüberscrollen auch gelesen, aber auf das Naturschutzgebiet würde er keine Rücksicht nehmen. Sie konnten nicht von ihm verlangen, dass er die Insel erst noch schwimmend umrundete. Auf dem Paddelbrett wäre es gegangen, vielleicht. Wenn er nicht umgekippt wäre. Vielleicht war diese ganze Nordsee eine schlechte Idee gewesen. Wie eklig sie schmeckte und einem den Rachen verätzte! In Zukunft würde er seine Urlaube nur noch an ganz ruhigen Gewässern verbringen.

Verbissen schwamm er weiter. Vol – le Pul – le, dachte er dabei im Takt. Vol – le Pul – le. Und noch einmal, vol – le Pul – le …

*

Als Silvie am Morgen erwachte, fand sie eine Notiz auf dem Küchentisch.

»Ich schwimme schon mal vor. Komm mit den Sachen nach. Wir sehen uns auf Juist. Ich hoffe, du findest das richtige Hotel …

PS: Auto in Norddeich parken!«

Sie wartete drei Stunden, bevor sie die Seenotrettung alarmierte. Eine kleine Chance, sein Ziel allein zu erreichen, wollte sie ihrem Mann doch geben.

Den Rest ihrer Ferien verbrachte Silvie allein auf Juist, wo sie sich ein schönes Einzelzimmer im Hotel »Achterdiek« gönnte. Schnell hatte sich herumgesprochen, sie sei die Frau des tragisch verunglückten Urlaubers, dessen Leiche man aus dem Norderneyer Seegatt gezogen hatte. Man begegnete der jungen Witwe mit freundlicher Anteilnahme, in die sich eine Spur Ehrfurcht mischte, wenn sie erzählte, wie sehr ihr Liebster nach Juist gewollt hätte.

»Juist sehen und sterben«, hätte er immer gesagt; dann schwiegen alle ergriffen.

»Ja, Juist sehen und sterben.« Jetzt konnte sie ihren Liebsten verstehen. Noch besser als zu sterben aber war es, Juist zu sehen und das Leben nach Herzenslust zu genießen.

*

Während Silvie sich im Hotel »Achterdiek« verwöhnen ließ und stellvertretend für Ronald das schöne Töwerland erkundete – »Das wäre ganz im Sinne meines Mannes gewesen«, pflegte sie dabei zu sagen –, ließen drei gut gelaunte Kumpels es auf Borkum krachen. Hier hatten Robert, Andy und Karl ihr Wohnmobil seit vielen Jahren auf dem Campingplatz dauergeparkt. Besonders liebten sie es, sich am nahe gelegenen FKK-Strand in der Sonne zu aalen. Gerade ließ Andy den Verschluss für ein weiteres Bierchen ploppen.

»Prost, Männer«, sagte er. »Was wohl unser Ronnie gerade so treibt? Na egal, Hauptsache, er kommt uns nicht zu nahe.«

»Er wollte dieses Jahr ja wirklich nach Juist«, griente Robert. »Hat mächtig gespart fürs Hotel. Ich glaube, der hat mir den Schmarrn mit unserem Weihnachtsbonus wirklich geglaubt.«

»Gratifikationen«, lachte Andy. »Als würde es so was in unserem Laden geben.«

»Ist doch wunderbar, dass er uns glaubt und deshalb so ranklotzt«, meinte Robert. »So erledigt er manches für uns gleich mit.«

»Haben wir es zu wild getrieben mit ihm?«, fragte Karl. »Manchmal mache ich mir schon Sorgen.«

»I wo. Auf Juist soll es doch superschön sein«, widersprach Robert. »Wir tun ihm also nur was Gutes damit.«

»Und seiner Silvie auch«, gab Andy zu bedenken. »Auf einer Nordseeinsel ist sie doch wesentlich besser dran als mit ihrer gewohnten Mückenplage am Baggersee.«

»Dass diese tolle Frau ausgerechnet an solch einen Stiesel geraten musste …«

»Und dann auch noch die Geduld aufbringt und bei ihm bleibt.«

»Eine Heilige!«, sagte Karl feierlich.

Alle drei starrten versonnen vor sich hin. Jeder von ihnen war heimlich in Silvie verliebt. Deshalb waren sie auch alle drei mehr oder weniger konstant solo geblieben und machten gemeinsam Urlaub. Wäre Ronald nicht solch ein Hemmschuh gewesen, einer von ihnen wäre glatt auf die Idee gekommen, Silvie zu fragen, ob sie mitkommen wolle. Und die anderen hätten nichts dagegen gehabt. Das war eine Frau, mit der konnte man Pferde stehlen.

»Nicht auszudenken, dass wir ihn bald schon wieder ertragen müssen«, sagte Andy und rülpste. »Wenn man nur wüsste, wie man ihn dauerhaft loswerden kann.«

»Kommt Zeit, kommt Rat«, meinte Robert. »Ich hab schon mal überlegt, ob wir ihn nicht in eine Falle locken und mit der schönen Ilona verkuppeln könnten?«

»Keine schlechte Idee«, sagte Karl. Insgeheim dachte er, was auch die anderen beiden dachten. Wenn Ronald was mit Ilona anfing, wäre Silvie vielleicht trostbedürftig. Und vielleicht schmisse sie ihren Mann sogar raus …

»Jau, keine schlechte Idee«, pflichtete Andy bei. »Übrigens könnten wir uns fürs nächste Jahr auch mal ein neues Reiseziel für ihn überlegen. Wollen wir so tun, als wären wir dieses Jahr spontan nach …«, während er überlegte, fiel sein Blick auf das aufblasbare Gummikrokodil, das den Leuten auf der Nachbardecke gehörte, »… als wären wir in Krugers Nationalpark gewesen?«

»Genau, auf Safari. Wetten, das glaubt der uns auch?«

»Ronald auf Löwenjagd.«

»Vielleicht frisst ihn ein Krokodil.«

Alle lachten.

»Wir sollten Ilona einweihen«, sagte Karl.

»Keine Sorge, die spielt sicher wieder mit.«

»Kommt, Männer«, sagte Andy und kramte in der Tiefkühltasche, »für jeden gibt's noch 'ne volle Pulle.«

»Na denn.«

»Auf Ilona. Und Silvie.«

»Jau, auf die netten Mädels, die zu gut für uns sind.«

»Und auf Juist. Wenn wir ihn so weit haben, dass er nach Südafrika fährt, könnten wir ja selbst mal einen Abstecher auf die Nachbarinsel machen. Soll ja noch schöner als Borkum sein.«

»Na denn, Prost.«

Zitierter Artikel: Martin Tschepe, Einmal quer durch den Jadebusen schwimmen, NWZ online, 26.06.2019; https:// www.nwzonline.de/sport/varel-wilhelmshaven-von- eckwarderhoerne-nach-wilhelmshaven-einmal-quer- durch-den-jadebusen-schwimmen_a_50,5,454612543.html

Roman, zu dem Ronald auf Rezensionen im Internet stößt: »Kanalschwimmer« von Ulrike Draesner, mare Verlag 2019

EIN ROSÉ IST EIN ROSÉ
IST EIN ROSÉ

CARSTEN SEBASTIAN HENN

Nero Neubau (* 13. Februar 1951 als Günther Michael Zimmermann auf Juist, Niedersachsen) ist ein deutscher Künstler (Malerei, Bildhauerei, Grafik und Aktionskunst) und Kunstprofessor. Neubau wurde seit Beginn der 1980er-Jahre zu einem der bekanntesten deutschen Künstler der Gegenwart. Seine Malerei ist dem postmodernen Realismus zuzuordnen und zitiert Ausdrucksweisen der Pop Art, ohne dass er dieser Stilrichtung zuzurechnen ist. Seine Haltung zur Malerei enthält stark ironische Elemente. (WIKIPEDIA)

Ich habe von New York, Rio, Tokio geträumt – aber es ist Juist geworden. Zurück zu den Wurzeln, hat Nero gesagt. Und »Heim ins Reich!«. Öffentlich. Und sich im Shitstorm gesuhlt. Als der losbrach, hat er laut gelacht.

Gott, hat der ein Lachen. Tief, grollend, wie ein ins Meer bröckelnder Eisberg. Frauen läuft es prickelnd vom Nacken bis zwischen die Schenkel. Mir auch. Also bin ich mit nach Juist. Hätte ich als seine persönliche Assistentin, ergo Mädchen für alles, sowieso gemusst. Aber wegen Neros Lachens wollte ich es auch. Nero ist ein

Zwei-Meter-Mann mit polierter Glatze und zerfurchten Wangen von brutaler Teenager-Akne. Es sieht aus, als wäre ein Specht erbarmungslos über ihn hergefallen. Er trägt immer eine verspiegelte Pilotenbrille und raucht Zigarrenstumpen. Nero liebt die Klischees über Bildende Künstler. Noch mehr, ihnen zu entsprechen. Er ist ein arroganter Arsch, ein Kotzbrocken, ein Raufbold, aber er vögelt, als gäbe es kein Morgen. Ich habe Vincent für ihn verlassen, seinen Meisterschüler, der daraufhin Nero verlassen hat. Keine meiner cleversten Entscheidungen. Genies sind aus der Entfernung extrem unterhaltsam, aber aus der Nähe extrem anstrengend. Auch Vincents Entscheidung ist unklug gewesen, er hätte seinen Stolz runterschlucken müssen. Nachdem er von Nero weg war, hat ihn die bornierte Kunstszene nicht mehr mit dem Arsch angeguckt. Und die Galerie, die auch Neros Galerie ist, hat ihn fallen lassen.

Aber das ist sein Problem, ich hab mein eigenes: Juist. Und auch am Arsch. Genauer die Bill am Westende der Insel, ein riesiges Sandriff. Bill bedeutet Arschbacke, wegen der Form. Ich befinde mich also ganz offiziell am Arsch der Welt. Eben waren wir mitten drauf auf der Bill, es war Ebbe und das Ding eine einzige Wüste aus Sand. Keine Robben zu sehen und nur wenige Möwen. Das war das Problem.

»Es sind zu wenige Möwen!«, hat Nero geschrien. »Der Himmel muss voll mit den Drecksviechern sein! Weiß vor Möwen muss der sein, und gelb gesprenkelt von Schnäbeln. Und es muss Geschrei sein am Himmel, aus Tausenden Mäulern.«

Nero war wieder biblisch geworden.

Er stampfte in die Leere und rief die ganze Zeit nach

Möwen. »Möwen! Ich brauche Möwen! Wo seid ihr scheiß Möwen?«

Er war im Kreis gelaufen, wie ein eingesperrter Panther. »Scheiß Natur!«, hat er gerufen »Du sollst Kunst sein, du Dreckstück! Schau mich nicht so behämmert an!«

Damit meinte er nicht mich, damit meinte er die Natur, die alte Bitch.

»Wir gehen woanders hin. In die Zivilisation. Wo es Fressen gibt für die verfressene Brut. Los, zur Domäne.« Und so kam ich hierhin, und zur Ostfriesenmischung. Nero trinkt Rosé. Ich weiß, in Interviews erzählt er immer, er würde nur Wodka mit Bisongras saufen, aber er trinkt ausschließlich Rosé. Egal welchen, ob trocken oder pappsüß, Hauptsache, er ist rosé. Er sagt, die Farbe mache ihn geil, sie erinnere ihn an Vulvas. Bei manchen lachs- oder himbeerfarbenen Rosés würde ich mir echt Sorgen um die Besitzerin der entsprechenden Vulva machen.

Außer uns tummeln sich noch ein paar versprengte Touris hier, vor und nach der Wanderung. Und Möwen.

»Der Stuten mit Rosinen ist legendär. Mit Leberwurst. Musst du essen!«, ruft Nero von seiner Staffelei aus, die er entfernt auf der Düne aufgestellt hat.

»Ich mag kein süßes Brot und erst recht keine fiese Leberwurst.«

»Iss es. Los! Tu, was ich dir sage. Ich weiß, was gut für dich ist.«

Deshalb sitz ich hier jetzt mit Tee und Stulle und schau Nero zu.

»Der Mensch! Die Möwe! Zwischen ihnen: das Futter!«, schrie Nero. »Das Futter ist der versinnbildlichte Konsum. Damit das Geld. Es trennt Mensch und Tier. Kein

Tier kennt Geld.« Er wies in den Himmel. »Da die Gier der Möwe. Haben! Haben! Haben!«

Ich sitz nicht direkt am Gebäude der Domäne, sondern so weit wie möglich abseits, aber die Leute gucken schon. Oder spazieren jetzt zufällig in unsere Richtung. Mir egal. Gibt sicher ein paar Instagram-Posts. Kann nie schaden. Gott sei Dank ist Nebensaison und kaum was los. Mein Arbeitgeber kann sich austoben.

Früher hat Nero mit Filz und Fett gearbeitet wie Beuys, er hat seine Bilder auf den Kopf gehangen wie Baselitz, hat unscharf gemalt wie Richter und leuchtend opak wie Rauch. Doch den weltweiten Durchbruch hat er erst mit seiner neuesten Phase geschafft, bei der er auf Holz malt und das Material mit Spachtel, Schraubenzieher und Säge malträtiert und so die Grenze zwischen Malerei und Skulptur aufhebt. Er erkämpft und erschwitzt sich jedes Bild. Das liebe ich so an ihm, diese ungebremste Kraft, die beim Malen aus ihm raustritt wie glühende Lava aus einem explodierenden Vulkan.

Aber gerade ödet mich der Vulkan an. Nein, er kotzt mich an.

»So hab ich mir das Leben mit dir nicht vorgestellt«, ruf ich ihm zu. »Als ich dich getroffen hab, in der Galerie, da gab's Champagner und Kaviar. Und jetzt? Beuteltee, Rosinenstuten und Hausmacher-Leberwurst.«

»Und Luft! Hier gibt es Luft! Hier kann man atmen. Der Mensch, das ist Atem. Wir sind nur durch Atem.«

Ach, scheiße. Ich wusste es. »Hast du wieder gekokst?«
»Ich habe eingeatmet!«

So nennt er es immer.

»Aber ich muss noch tiefer einatmen für dieses Werk. Die Weiße in mir muss zur Weiße darin werden.« Er wirft eine Prise Koks aufs Bild, ein bisschen haftet auf der nassen Farbe, den Rest zieht er ein. Das macht er bei all seinen Werken. Eine Prise Wahnsinn nennt er es.

Nero schließt die Augen, dann beginnt er sich selbst über die Brust und den Bauch zu streicheln. So pornös. Er öffnet Knopf um Knopf von seinem Hemd, bis die kalkweiße Brust ungeschützt der Nordseesonne gegenüber ist. »Ich werde weiß!«

Nero wird immer wieder mit exzessivem Drogenmissbrauch in Verbindung gebracht, hat das aber offiziell immer abgestritten – weil er schon mal deswegen verknackt worden ist. Aber er zieht sich Koks in die Nase, wo er geht und steht. Es ist ihm auch völlig egal, ob einer das sieht.

Mit dem Koks im Organismus malt und hackt und spachtelt er weiter. Ich beginne aus lauter Langeweile, vor mich hinzuträllern. Nebenbei sing ich noch in einer Band, wir machen so ein Mischding aus Doom-Metal und Surf-Punk.

Plötzlich zittert Nero am ganzen Körper, streckt die Arme empor und stöhnt, als geht ihm einer ab.

Oh, fuck. Er hat eine Idee. Es kotzt mich mittlerweile so an, wenn er eine Idee hat.

»Die Möwen!« Er setzt die Rosé-Pulle an und nimmt einen tiefen Schluck.

»Ja?«

»Sie sollen scheißen auf das Bild! Die Viecher sind nicht nur ›Haben. Haben. Haben‹, sondern auch ›Scheißen. Scheißen. Scheißen.‹ Konsum ist im Endeffekt scheißen. Ausscheiden. Mach', dass sie auf mein Holz kacken!«

Mir kommt vor Lachen fast die Ostfriesenmischung

hoch. »Wie soll ich das denn bitte anstellen? Indem ich ihnen im Flug den Bauch massiere, oder was?«

»Du hast es doch gerade hinbekommen! Du hast gekreischt!«

»Ich hab gesungen, du Arschloch! Ich bin Sängerin. Vergessen?«

»Nenn es, wie du willst, es bringt die Möwen zum Kacken. Stell dich zu mir und schrei von hier!«

Ja, ich weiß, was Sie denken: Lass den Spinner doch stehen und verpiss dich einfach. Aber er bezahlt mich gut, sehr gut sogar und irgendwann werd ich ein Buch über ihn schreiben und stinkend reich werden. Also stell ich mich neben ihn und seine Staffelei und singe. Es wird nichts bringen, aber egal. Er bekommt seinen Willen, und danach setz ich mich wieder zum Rosinenstuten.

Doch die blöden Vögel fangen tatsächlich an zu kacken. Null Musikgeschmack! Auch auf der Domäne gehen plötzlich alle auf die Toiletten. Die Schlange ist mit einem Mal echt lang.

Ich greif mir Neros Jeansjacke und zieh sie mir über den Kopf. Wenn er Möwenkacke haben will, gut und schön, aber ich will sie ganz sicher nicht.

»Die Möwen!«, sagt er.

»Ja.«

»Sie sind nackt!«

»Ja.«

»Du musst auch nackt sein! Zieh dich aus!«

»Was?«

»Sofort! Sie koten gerade so schön.«

»Da sind überall Leute.«

»Was glotzt ihr so?«, schreit er hinter sich, ohne auch nur irgendjemanden eines Blickes zu würdigen. »Seid ihr dumm, oder was? Verpisst euch, sonst tret ich euch in eure fetten Ärsche, ihr Schweine!«

Er packt mich an den Schultern. Es tut voll weh.

»Malen ist Eskalation! Eskalier endlich, Püppchen! Oder was bist du? Eine Vorgarten-Else aus Lüdenscheid?«

Ich hasse es, wenn er das sagt, aber damit kriegt er mich immer. Also zieh ich meine Schuhe aus, meine Socken, meine Jeans und meine Bluse.

»Alles ausziehen! Oder tragen die Möwen beschissene Unterwäsche? Nein, die sind frei!«

Dann ist plötzlich eine andere Stimme zu hören. »Schwache Nummer, Nero. Bist du echt hierhingekommen, nur um Sarahs Hupen zu sehen? Das hätteste auch in Charlottenburg haben können.«

»Wer hat das gesagt?« Nero fährt panisch herum und schaut in Richtung der Domäne. Dort beobachten zwar einige Gäste, was wir machen, sogar Handys sind gezückt und filmen, aber die Worte kommen nicht von da.

Ein Mann nähert sich. Ich erkenne ihn direkt an seinem federnden Gang. Es ist Vincent. Ich hatte ihn bei einer Finissage letzte Woche in der Galerie getroffen und von dem Ausflug mit Nero nach Juist erzählt. Er hat sich zu früher verändert. Ich meine nicht Frisur oder Klamotten, er ist immer noch der schlaksige Kunststudent mit den Second-Hand-Sachen. Aber sein Blick, der ist fokussierter. Früher Weidetier heute Raubkatze, so in der Art. Gefällt mir echt gut.

»Aahhh, der verlorene Sohn!«, brüllt Nero und geht auf ihn zu, die Arme weit ausgebreitet. »Wie geil ist das denn, dass du hier bist.«

»Hey, Alter!«

Nero nimmt Vincents Gesicht und küsst ihn auf die Lippen. Ich kann sehen, dass er total glücklich ist, ihn wieder bei sich zu haben. Wie jeder Künstler will auch Nero verstanden werden. Und geschätzt von jemandem, der ihn echt begreift. Vincent war das immer für ihn. Würde Nero nie zugeben. Aber ist so.

»Komm, guck dir mein Bild an«, sagt Nero und geht, den Arm um Vincents Schulter legend, zum Bild.

Vincent guckt nicht lange drauf.

»Is scheiße.«

Mir stockt der Atem. Ich denk: Jetzt schlägt Nero ihm die Fresse ein. Hätte er sicher bei jedem anderen auch getan. Sogar bei mir. Aber Vincent und Nero, das ist halt was Besonderes.

»Ja, es ist scheiße, oder?«

»Total.«

»Ja, verdammt, richtig scheiße.«

»Da ist nichts von dir drin. Nichts von deiner Energie. Die muss da rein.«

»Ich spür die nicht, ich performe hier nur, aber da ist nichts Echtes. Und die Möwen kacken immer an die falschen Stellen.«

»Hör doch auf mit den Möwen!«, sagt Vincent und wird richtig laut. »Ist das Bild von dir oder von den Möwen? *Du* musst dich in dein Bild geben. Vergiss die Möwen. Die Leute geben keinen Haufen Geld für ein Bild mit Möwen-Scheiße aus. Die wollen dich. Mehr Nero, weniger Möwen!«

Vincent peitscht ihn richtig hoch. Es ist, als würde man sehen, wie ein Jockey seinem Pferd die Sporen gibt.

Vincent drückt ihm eine kleine Plastiktüte in die Hand. »Hier, nimm den Stoff, der bringt mehr. Hör auf mit deinem Luschenpuder. Damit kann Sarah sich schminken, aber für mehr taugt das Zeug nicht.«

Nero guckt mich an. »Bring mir mehr Rosé!« Er lacht glücklich. »Ein Rosé ist ein Rosé ist ein Rosé!«

Als ich zurückkomme, zieht er eine riesige Line. Es scheint nicht die erste zu sein, die Vincent auf seinem kleinen Taschenspiegel ausgebreitet hat. Nero greift sich eine Flasche Rosé von mir und dreht den Verschluss auf. »Jetzt kommt's, das spür ich! Das Bild wichse ich mit meiner Kreativität so voll, dass dir beim Betrachten einer abgeht.« Und er legt echt los wie ein Irrer.

»Möwen sind Raubtiere«, sagt Vincent.

»Ja!«, grölt Nero.

»Wenn du die malst, musst du auch zum Raubtier werden!«

Jetzt formt Nero als Antwort nicht mal mehr ein Wort, sondern stöhnt, als will er das Blut des Stammes aus der Nachbarhöhle trinken.

»Du musst dich wahrhaft in dein Bild hineingeben«, sagt Vincent ganz ruhig.

»Ja!«

»Du, nur du musst darin sein!« Vincent drückt Nero einen Schraubenzieher in die Hand.

»Ja!«, jetzt brüllt er fast. »Jaaaaaaaaa!«

»Blut, das wollen Möwen sehen. Je mehr Blut, desto besser. Innen sind sie rot, nicht weiß.«

Nero stößt sich als Antwort die Spitze des Schraubenziehers in den Unterarm und streicht das Blut auf das Bild.

Ich fang an zu singen, aber nicht, damit die Möwen irgendwas fallen lassen, sondern damit die Gäste der Domäne wieder aufs Klo gehen. Das hier sollen sie nicht sehen. Aber einigen ist der Harndrang weniger wichtig als das Schauspiel. Sie zücken ihre Handys, um das Schauspiel zu filmen, irgendwer ruft sicher auch schon die Bullen. Aber auf Juist ticken die Uhren langsamer, und es dauert sicher, bis der Dorfsheriff angeritten kommt.

Nero steigert sich jetzt total in die Raserei, seine Augen zucken irre vom Koks und dem Rosé. Das ist eine echt miese Mischung, das kann ich euch sagen. Nero schlitzt und kratzt sich mit Schraubenzieher und Spachtel, jetzt nimmt er die Säge und … Scheiße!

Er zieht sie sich quer über den Bauch.

Von weiter weg muss es aussehen, als versuche Vincent ihn dran zu hindern, aber in Wirklichkeit stützt er ihn und feuert ihn an.

»Ist das schon alles? Hast du mehr nicht drauf? Mehr nicht zu geben? Bring endlich deinen Kopf hinein!«, sagt Vincent. »Dein Hirn!«

Nero ist so zugedröhnt, dass er mit dem Spachtel versucht, sein Hirn herauszubekommen, sich dabei aber nur die Stirn quer aufschlitzt.

»Und dein Herz, das ist das Wichtigste. Dein Herz muss für ein Werk bluten, oder?«

»Ohhhh ja! Herzblut! Ohne Herzblut ist alles nichts!«

»Dein Herz muss da rein. Volle Kanne mit dem Schraubenzieher tief ins Herz und tief ins Holz.«

Nero zögert, ein letzter Moment des Zweifels, ein letztes Flackern der Realität in seinen Augen. Doch dann wischen Koks und Rosé alles weg.

»Lass es dein größtes Werk werden!«, flüstert Vincent.

Nero holt mit dem Schraubenzieher aus und stößt ihn sich tief in die Brust.

Er schafft es tatsächlich noch etwas des Blutes aus seinem Inneren auf das Holz zu schmieren.

Dann sackt er zusammen.

Die Menschen von der Domäne rennen zu uns. Als sie ankommen, atmet Nero schon nicht mehr.

Vincent und ich heulen und greinen und brüllen Nero an, er soll aufwachen.

Sie glauben uns die Verzweiflung.

Ja, Scheiße, ich glaub sie mir in dem Moment selbst.

Mord?

Ich würde es Kunst nennen.

Und meiner Ansicht nach hat Nero das Bild mir gewidmet und geschenkt.

Vincent wird das bestätigen.

Und ich werde Vincent alles bestätigen.

Judas Neubau (* 17. August 1976 als Vincent Gleuel in Lemgo, Nordrhein-Westfalen) ist ein deutscher Künstler (Malerei, Bildhauerei, Grafik und Aktionskunst). Judas Neubau wurde nach dem Selbstmord seines Mentors Nero Neubau schlagartig berühmt. Er schrieb einen internationalen Bestseller über sein Leben mit Nero Neubau, der ihn zeitlebens als seinen wahren Erben ansah. Nach einem schweren Zerwürfnis kam es zur Versöhnung auf der Nordseeinsel Juist, wo Nero Neubau sich im Rahmen einer Performance das Leben nahm. Ob absichtlich oder versehentlich konnte nie geklärt werden. In Nero Neubaus Blut fanden sich bei der Obduktion große Mengen von Alkohol und der Rauschdroge Kokain.

Aufgrund von Nero Neubaus Tod nahm Judas Neubau seinen Künstlernamen an und führt das Werk seines Mentors seitdem fort. Judas' Malerei ist dem postmodern-strukturellen Holismus zuzuordnen und zitiert Ausdruckswei-

sen von Dada, Siu Mai und Pan-Dan, ohne dass er diesen Stilrichtungen zuzurechnen ist. Seine Haltung zur Malerei enthält stark zynische Elemente. So hat er seinen Zyklus »Trink, trink, Meisterlein, trink« mit Rosé-Wein gemalt, den Nero Neubau so liebte.

Judas Neubaus Lebensgefährtin Sarah Lartpur wurde wegen unterlassener Hilfeleistung angeklagt, da sie bei Nero Neubaus Performance nicht einschritt. Das Gericht sprach sie jedoch frei, da sie Grund dazu hatte anzunehmen, dass die sich von Nero Neubau beigebrachten Verletzungen und Verstümmelungen Teil eines künstlerischen Aktes waren.

Dass bei der Performance entstandene Bild »Möwe am Arsch der Insel« von Nero Neubau (den Titel wählte Judas Neubau) wurde von Sarah Lartpur für 200 Millionen US-Dollar an das Guggenheim-Museum Abu Dhabi verkauft und ist damit nach Leonardo da Vincis »Salvator Mundi« aktuell das teuerste Gemälde der Welt. (WIKIPEDIA)

STRANDLOOPER

ELKE PISTOR

»*Töten! Töten! Töten!*«
  »*Aber was geschieht dann mit dir?*«
  »*Nicht nachlassen, du schaffst das!*«
  »*Das kannst du nicht tun, das ist nicht recht.*«
  »*Dir wird schon was einfallen, wie du es am besten anstellst.*«
  »*Wie es wohl ist, wenn man tot ist?*«
  »*Verzeihung wohnt in den Herzen der Größten.*«
  »*Aktion und Reaktion. Keine Wahl.*«

Möwen kreischen. Der Wind flüstert über die Dünen. Die Schafe stehen beieinander und erzählen sich Geschichten. Du kannst das Meer hören. Sehr leise, mehr eine Ahnung. Vielleicht klingt es auch nur in dir, weil du weißt, dass es da ist.

Deine innere Zuversicht leitet dich dem Meer entgegen. Dort, am Wasser, wird sich alles klären. Die See wird dich tragen, dich schweben und frei sein lassen.

Du beugst dich zu ihr hinunter und gibst ihr einen Kuss auf den Scheitel. Du musst dich tief hinunterbeugen, denn sie ist klein und zierlich. Zerbrechlich beinahe. Ihre Knochen so zart, ihre Haut wie silbriges Papier. Ihre Haare an diesem Morgen von dir zu einem schmalen Zopf in ihrem Nacken zusammengebunden. So, wie sie es gerne hat.

Sie hat gelacht und gestrahlt, als du nach dem Aufwachen an ihr Bett tratst. Ein weiches duftendes Handtuch und eine Schüssel mit handwarmem Wasser in der Hand, um ihr den Schlaf aus den Augen zu waschen, sie fertig zu machen für den Tag.

Sie summte und sang, während du sie wuschst und ihre Windel wechseltest. Die einfachen alten Lieder aus deiner Kindheit. Manche der Worte singt sie mit. Zu mehr ist sie nicht in der Lage. Aber du siehst die Freude darüber auf ihren Zügen strahlen. Sie liebt es, wenn du dich so intensiv mit ihr beschäftigst.

Ihr wohnt in der Nähe des Schiffchenteichs.

Als Kind hast du hier gespielt. Wenn ihr abends vom Strand wieder ins Hotel gingt, schwebten die ersten Töne des Kurkonzertes hinüber, und du konntest es kaum erwarten, auch dort hinzukommen. Am Teich warst du wie all die anderen Kinder. Durftest deinen kleinen Segler zu Wasser lassen, dich freuen, wie er über die Oberfläche glitt. Musstest nicht nur zusehen, nicht nur vorsichtig sein, nicht nur auf dich achten. Auf dein Herz, auf deine empfindliche Konstitution, wie es immer hieß.

Keine Minute wurdest du aus den Augen gelassen, behütet, vor dir selbst geschützt. Vor deinem unbändigen Drang, zu den anderen Kindern zu laufen, mit ihnen im Wasser zu stehen, zu plantschen, zu spritzen, den Sommer zu atmen.

Nun bist du wieder hier. Mit ihr. Alles wiederholt sich. Wieder die Strandstraße entlang. Ihr geht dem Meer entgegen. Schritt für Schritt. Fast habt ihr es geschafft. Ein letztes Wegstück.

Du entdeckst die erste der Strandläufer-Skulpturen. Aus dieser Entfernung wirkt sie klein, aber je mehr ihr euch nähert, erkennst du die Details. Ein heller Sockel, darauf die Skulptur.

Zwei Menschen laufen in verschiedene Richtungen aneinander vorbei, ohne sich wahrzunehmen. Jeder in seinen Gedanken gefangen. Im Rhythmus des Läuferatems. Ein Witzbold hat den Figuren Stricksachen angezogen. Einen roten Pullover, eine blaue Mütze.

Du trägst auch eine blaue Mütze. Tief hast du sie ins Gesicht gezogen, deine langen braunen Haare fest darunter gesteckt.

»Schau, wie sie sich aufregt! Ihr Atem rast und sie zittert.«
»Hat sie keine Angst? Vor dem, was danach kommt?«
»Nein. Keine Angst vorhanden. Angst ist überwunden, Mut wurde gefasst.«
»Töten. Nur töten.«

In deiner Kindheit seid ihr viele Male auf Juist gewesen. Es sollte dir guttun. Die Luft, der Wind, die Sonne. Trügerische Hoffnung, die ein, zwei oder drei Tage Zuversicht in dir wachsen ließ. Und obwohl Mutter alles für dich machte, dir deine Medikamente gab, die Tabletten und die Spritzen, obwohl sie dich nicht aus den Augen gelassen hat und beim kleinsten Anzeichen direkt mit dir zu den Ärzten ging, verschlechterte sich dein Zustand oft rapide und zwang dich ins Bett, an dem sie stundenlang wachte.

Niemand fand die Ursache. Sie untersuchten dich, lauschten den Schilderungen deiner nächtlichen Krämpfe, deiner Luftnot, deiner und der mütterlichen Tränen.

Als du größer wurdest, begannst du dich zu wehren. Gegen dein Schicksal. Du wolltest nicht die im Rollstuhl sein. Nicht die mit den blauen Lippen. Nicht die mit den dünnen Ärmchen. Nicht die mit dem kahlen Schädel. Dein Aufbegehren wurde mit Liebe umhüllt.

Trost. Küsse. Linderung.

Und immer wieder Arztbesuche.

Auf der Insel kannten sie euch schon. Die Mutter mit der kranken Tochter ist wieder da. Die arme Frau, was für ein Schicksal. Das arme Mädchen, was für ein Glück, dass es so eine Mutter hat.

Sie schenkten euch eine Fahrt mit der Kutsche. Nur ihr beide, ganz alleine von einem Ende der Insel bis zum anderen. Du liebtest die Pferde. Diese großen ruhigen Tiere. Voller Kraft. So wolltest du sein.

Die Figur auf der zweiten Skulptur watet knietief im Wasser. Sie wirkt zielstrebig und beinahe ein wenig angestrengt. Vielleicht war sie es, die gleich, nachdem die Skulpturen aufgestellt wurden, verschwunden war? Du weißt es nicht mehr. Kinder fanden sie nach vielen Wochen beim Spielen in den Dünen, und du erinnerst dich nur noch, wie du dir vorgestellt hast, dass sie wieder verschwinden würde. Dass sie alleine, nachts, wenn niemand dort war, von ihrem steinernen Sockel rutschen und zum Deich streben würde. In die Freiheit. Und wie enttäuscht du warst, als sie wieder an ihrem Platz stand. Und bis heute steht. Leicht nach vorne gebeugt, geht sie gegen den Strom des Meeres an. Du spürst, wie die Kühle ihre Kniekehlen erreicht, wie einzelne Spritzer Gischt auf ihren Oberschenkeln, ihrem Gesäß und dem Rücken landen und sie schaudern lassen.

Es hat lange gedauert, bis du zum ersten Mal auf deinen eigenen Füßen so weit ins Meer hinausgehen konntest.

»Es folgt den Gesetzen der Logik. Jedes Handeln hat eine Konsequenz. Unausweichlich, damit das Gleichgewicht wiederhergestellt wird.«

»Aber wir setzen sie unter Druck. Das ist nicht gut. Wir sollten sie in den Arm nehmen und drücken und ihr Wärme geben. Die Angst nehmen.«

Eine Arzthelferin hier auf Juist stutzte als Erste. Da warst du 16 Jahre alt. Sie stolperte über die vielen unterschiedlichen Symptome, die du an den Tag legtest. Kaum glaubten die Ärzte der Ursache deiner Krankheit auf der Spur zu sein, änderten sich die Anzeichen, wechselten die Stellung auf deinem Körper wie Armeen im Gefecht. Waren es im einen Augenblick noch deine inneren Organe, die ihren ordnungsgemäßen Dienst verweigerten und Worte wie Niereninsuffizienz auf die Lippen der Mediziner legten, tauchte im nächsten Moment ein hässlicher Ausschlag auf, der dich vom Scheitel bis zur Sohle mit Pusteln und Quaddeln übersäte. Doch kaum hatten sie dich gesalbt und besprüht und bepflastert, verschwand die Röte, nur um einem unerträglichen Schwindel Platz zu machen, der dich unentwegt erbrechen ließ.

Die Arzthelferin sprach als Erstes aus, was niemand zu denken wagte. Redete lange mit dem Arzt, bis der das Kopfschütteln aufgab und nach langen Telefonaten auf das Festland mit Professoren und Koryphäen die einzig richtige Diagnose stellte. Nicht du warst es, die krank war. Nicht du warst es, die der Heilung bedurfte.

Sie trennten dich unter einem Vorwand von deiner Mutter, und innerhalb einer Woche besserte sich dein Zustand von Tag zu Tag. Am achten Tag standest du aus dem Rollstuhl auf und gingst.

Du atmest die Meeresluft tief ein.

Die Seeluft klärt deine Gedanken. Salz auf der Zunge, wenn du über deine Lippen leckst. Sandkörner übersäen deine Haut mit feinen Nadelstichen. Stechen und quälen dich. Das ist wichtig. Du musst konzentriert bleiben, bei jedem Schritt, den du machst. Den Gedanken an die Vergangenheit nicht verlieren, während du im Jetzt agierst und die Zukunft vor dir hast. Seit zwei Jahren bist du nicht nur mehr Tochter. Nicht mehr ein abhängiges Kind. Nicht mehr schwächstes Glied der Kette.

Die dritte Skulptur trägt das Meer wie ein Festtagskleid, wie einen Rock, der sich von der Taille aus in weichem Bogen ausbreitet. An der Vorderseite der Figur wagt sich eine Welle vor, kitzelt den Bauchnabel und schickt vorwitzige Gischt kopfüber vorweg. Die Wasseroberfläche trennt die Figur in zwei Hälften. Die sichtbare und die unsichtbare. Der obere Teil, Rumpf, Arme, Kopf, wirkt zuversichtlich, freundlich, mutig und neugierig. Der andere Teil, die Basis, auf dem alles ruht, entzieht sich den Blicken, bleibt unsichtbar und unentdeckt.

Du lauschst. Sie schweigen.

Seit zwei Jahren bist du Mutter einer Tochter. Ihre Ankunft hat dich überwältigt. Alles erwacht mit ihr zu neuem Leben. Du fühlst wieder. Spürst wieder. Da war ein Mensch, der zu dir gehörte. Mit dem Fühlen und Spüren kamen die Schatten. Sie krochen aus den Winkeln deiner Seele, die du längst verschlossen geglaubt hattest. Die Erinnerungen, die Ängste. Und dein Verlangen, es deiner Mutter gleichzutun. Nein. Das darf nicht sein.

Es darf nicht passieren.

Nie.

Sie konnte reden. Sie durfte sich verzeihen. Alles war wieder gut. Für sie. Für sie. Für sie.

Du kamst nicht vor.

Sie belog sich und dich und die Welt. Ihre Schwüre, ihr eigenes Kind nie alleine zu lassen, es zu beschützen, zu behüten, sich zu kümmern. Lügen. Nur Lügen. Selbstbetrug.

Sie war lange Jahre in einer Klinik, nachdem sie dich von ihr getrennt hatten, erklärte sie dir bei eurem ersten Wiedersehen, nachdem du dein Kind geboren hattest und dir klar geworden war, dass du sie nicht aus deinem Leben bekamst.

Die Fenster hatten Gitterstäbe, hinter denen sie mit Psychiatern über das gesprochen hatte, was sie dir angetan hatte. Und warum. Und wie der Psychiater ihr zugehört, zugenickt, sich über sie Notizen gemacht hatte. Ihr den Schmerz genommen, ihr den Weg frei gemacht hatte, sich selbst zu verzeihen.

Dir hat nie jemand verziehen.

Dich hat nie jemand geschützt.

Jetzt musst du dir verzeihen.

Dich schützen.

Und dein Kind.

Die letzte der vier Skulpturen ist an ihrem Ziel angekommen. Getragen vom Wasser, umhüllt vom Meer schwimmt sie sich frei. Der Kopf ist blank poliert von vielen Händen, die darüberstreichen. Warum berühren sie ihn? Glauben sie, es brächte Glück, die Bronze unter den Fingerspitzen zu spüren? Glauben sie, es beschütze sie vor den Gefahren des Wassers? Vielleicht wissen sie nicht, dass es keinen Schutz gibt. Dass es keinen Schutz geben kann. Nicht, wenn die Gefahr von dem ausgeht, der dich am meisten lieben sollte. Den du am meisten lieben solltest.

»In deinem Herzen weißt du, was zu tun ist.«
  »Und es ist gerecht und recht und unausweichlich.«
  »Schließe die Augen und stelle dir vor, wie es sein wird, wenn du das, was du tun musst, getan hast.«
  »Du bist auf dem Weg. Dreh dich nicht um.«
  »Die Liebe wird dein Handeln bestimmen.«
  »Sei klar in allem.«
  »Sei konsequent.«
  »Sei mutig.«
  »Töte.«

Du schiebst sie an der Skulptur vorbei. Kannst nicht widerstehen und streifst den Bronzekopf mit deiner Handfläche. Die Zeit spaltet sich. Die letzten Minuten und Sekunden eines Lebens rasen vorbei, auch wenn der Weg dorthin über lange und mühsame Strecken geht.

Sie gluckst und streckt die Arme aus, als sie den Strand sieht. Den Sand und das Meer. Die bunten Strandkörbe, die Fahnen.

Sie ist arglos, ahnt nicht, was du tun wirst. Ist voll Vertrauen in deine Liebe für sie.

So wie du es warst, bis die Arzthelferin dich von ihr erlöste. Weil Kinder ihre Eltern lieben. Immer. Aber das hat sie vergessen. Wie sie vieles vergessen hat in den letzten Jahren.

Ihre Symptome sind eindeutig, die Ärzte haben keinen Zweifel. Du recherchierst gründlich, dosierst mit Bedacht. Ausgesuchte Steroide, bestimmte Antibiotika. Sie verwirren sie, machen ihr Denken langsam und lückenhaft. Das Wort Alzheimer steht im Raum.

Du kümmerst dich um sie, wie sie sich um dich gekümmert hat.

Minute für Minute. Tablette um Tablette.

Gibst ihr alles zurück. Alles. Stück für Stück.

Jede Woche ein bisschen mehr. Sie ist alt, es ist nichts Ungewöhnliches. Deine Fürsorge begleitet sie in die Ewigkeit, weil du es so willst.

Nur manchmal lässt du ihr einen klaren Augenblick, damit sie erkennt, was geschieht. Damit sie weiß, wie es sich anfühlt, gefangen zu sein.

Dann liegt sie in ihrem Krankenbett, fixiert, schreit gegen geschlossene Türen und heruntergelassene Rollladen an.

Aber niemand hört sie.

Niemand hilft ihr.

Es ist so weit.

Die Erlösung ist nah.

Du schiebst den Rollstuhl über die Planken des Stegs. Es ist mühsam. Sand und Wind blasen über euch hinweg. Die letzten langen Schritte bis zum Meer musst du sie tragen. Sie ist federleicht, zart. Ihre schmalen Hände greifen nach dem Horizont. Der Strand ist leer um diese Uhrzeit, doch du musst dich beeilen. Bald werden die ersten Strandläufer ihren Weg über den harten Sand suchen, der das Meer vom Land trennt.

Du wiegst sie wie ein Kind in deinen Armen, während du immer weiter und weiter mit ihr hinauswatest. Tränen laufen über deine Wangen. Du weißt, es ist richtig. Sie haben es dir gesagt. Haben dir Mut zugesprochen. Haben dich bestätigt, unterstützt und geliebt.

Und doch ist da ein kleiner Zweifel.

Mutter.

Weiter.

Das Meer umspült deine Kniekehlen.

Die Gischt spült deine Tränen fort.

Weiter.

Sie lacht. Das Wasserkleid umspielt deine Taille. Sie schlägt mit den Händen danach. Mischt sich Angst in ihre Freude? Klärt der Argwohn die Dämmerung ihres Geistes? Hat sie Angst vor dem Sterben?

Weiter.

Bis zu deinen Achseln steht das Wasser. Die Kälte frisst an deiner Haut, das Salz brennt, aber du bleibst unbeirrt, weißt, was du tun musst.

Weiter.

Du lässt sie los. Ihre Hand greift instinktiv nach deiner. Du streifst sie ab. Schaust zu, wie sie untergeht, bis ihr Gesicht nur noch ein blasser Schatten und dein Mund zum nassen Schrei aufgerissen ist.

Dann lässt du sie allein.

Bist allein.

Lauschst in dich hinein.

Da ist nichts.

Nur die Kälte des Meeres.

Du betrittst das Zimmer in der Pension. Sie sitzen in einer Reihe auf der oberen Kante des Sofas. Amata, Carlotta,

Rosita und Zita, Aurelius, Fabius, Jakobus und Thaddäus. Die Tas und Usse. Vier von jeder Sorte. Ihre großen dunklen Augen sind unverwandt auf dich gerichtet.

Sie haben auf dich gewartet.

Du setzt dich auf das Sofa und nimmst sie in den Arm. Alle gleichzeitig, damit sich niemand von ihnen benachteiligt fühlt. Du willst gerecht sein. Sie kuscheln sich an dich und summen leise. Das tun sie immer, bevor ihr miteinander sprecht.

»*Hallo*«, flüstert Fabius in dein Ohr. »*Ich habe dich vermisst.*«

»*Was du getan hast, war sehr gut.*« Jakobus streicht über deine Wange.

»*Du hast es für uns getan.*«

Du schließt die Augen.

Fühlst dich geborgen.

Sicher und stark. Frei.

Sie kamen nicht alle auf einmal. Zuerst waren da Amata und Aurelius. Ihr habt sie vor Jahren in einem der Geschäfte auf der Strandstraße gekauft. Du und deine Mutter. Klein und rund, mit großen klaren dunklen Augen, das Fell kuschelig und weich. Kleine bunte Bären mit einem Glöckchen um den Hals. Als Trost, als Gefährten in der Nacht. Du hast mit ihnen gesprochen, ihnen alle deine Sorgen und Ängste erzählt. Deine Trauer. Bis Amata an einem Abend antwortete und dir deine Schmerzen abnahm, damit du es besser ertragen konntest. Aurelius tat es ihr nach. Er nahm die Angst von dir. Später, in den kommenden Jahren, kamen die anderen dazu. Jeder in einer anderen Farbe. Rot und Blau, Gelb und Grün, Violett und Pink, Schwarz und Weiß. Zita ist weiß. Die Farbe der Unschuld, obwohl sie es ist, die deinen Hass und deine Wut in sich geborgen hält. Jeder von ihnen trägt einen Teil von dir. Carlotta lässt deinen Mut in sich wachsen, Rosita beflügelt dich mit deiner Neugierde. Fabius ist Liebe, und die beiden Jüngsten, Thaddäus und Jakobus sind deine Vernunft und deine Kreativität.

Sie sind du und du bist sie.

Zusammen. Nicht allein. Ein Wir.

Sie haben auf deine Tochter geachtet, während du unterwegs warst. Das Kind schläft ruhig dem Tag entgegen. Heute werdet ihr zum ersten Mal gemeinsam zum Schiffchenteich gehen.

Mutter und Tochter.

Zita räuspert sich. Du bemerkst ihre zornige Anspannung, hebst sie hoch, lächelst und setzt sie auf deine Handfläche. Du muss nichts sagen. Sie versteht dich auch so.

Gemeinsam geht ihr zu dem Bettchen.

Du streckst deine Hand nach deiner Tochter aus. Berührst ihr dünnes Ärmchen und lächelst.

Sie fiebert.

MIST GEBAUT

PETER GODAZGAR

Telefonseelsorger: Telefonseelsorge, guten Abend.

Anrufer: Ja … guten Abend.

Telefonseelsorger: Hallo.

Anrufer: Ja … hallo.

Telefonseelsorger: Was liegt Ihnen denn auf dem Herzen?

Anrufer: Also … ich weiß gar nicht, wie ich anfangen soll.

Telefonseelsorger: Lassen Sie sich Zeit.

Anrufer: Also, ich hab Mist gebaut.

Telefonseelsorger: Aha.

Anrufer: Ja, also, richtigen Mist. Und jetzt weiß ich nicht weiter.

Telefonseelsorger: So. Na, erzählen Sie doch einfach mal.

Anrufer: Na ja … es fing damit an, dass mir die Frau weggelaufen ist … vor ein paar Wochen.

Telefonseelsorger: O, das tut mir leid.

Anrufer: Ja, nee, muss Ihnen nicht leidtun. Die war sowieso doof.

Telefonseelsorger: Ach so.

Anrufer: Ja, die hatte einfach kein Verständnis für mich.

Telefonseelsorger: Ach, kenn ich.

ANRUFER: Ja? Sie auch?

TELEFONSEELSORGER: Ja, ja, meine Frau ... ach, lassen wir das. Will ich Sie jetzt nicht mit belasten.

ANRUFER: Weiber!

TELEFONSEELSORGER: Allerdings.

ANRUFER: Tja ...

TELEFONSEELSORGER: Also, Sie wollten was sagen. Ihre Alte ... ähem ... Ihre Frau hatte kein Verständnis.

ANRUFER: Ja. Oder besser: nein.

TELEFONSEELSORGER: Kein Verständnis. Wofür denn konkret?

ANRUFER: Na ja, für meine Bedürfnisse.

TELEFONSEELSORGER: Aha. Und was für Bedürfnisse meinen Sie?

ANRUFER: ...

TELEFONSEELSORGER: Hallo?

ANRUFER: Ich bin ... spielsüchtig.

TELEFONSEELSORGER: Oh.

ANRUFER: Ja.

TELEFONSEELSORGER: Na, das ist natürlich wirklich Mist.

ANRUFER: Ja. Ich weiß.

TELEFONSEELSORGER: Also ... richtig Mist.

ANRUFER: Ja, ja.

TELEFONSEELSORGER: Spielsucht. Junge, Junge.

ANRUFER: Ja, und da hatte ich natürlich ein bisschen Geldprobleme.

TELEFONSEELSORGER: Kein Glück gehabt, was?

ANRUFER: Nee, gar nicht. Im Casino. Auf Norderney. Beim Roulette.

TELEFONSEELSORGER: Schönes Casino haben die da.

ANRUFER: Stimmt ...

TELEFONSEELSORGER: Aber, Mann, Casino! *Die Bank*

gewinnt immer – den Spruch müssen Sie doch auch schon mal gehört haben.

ANRUFER: Ich hatte ein System …

TELEFONSEELSORGER: Oh, bitte!

ANRUFER: War immer total knapp.

TELEFONSEELSORGER: Knapp daneben ist auch vorbei.

ANRUFER: Ich weiß.

TELEFONSEELSORGER: Mmmh. Spielsucht ist echt blöd. Ich hab früher total viel am Computer gedaddelt.

ANRUFER: Aha.

TELEFONSEELSORGER: Ja. Aber das kann Ihnen ja egal sein. Ich nehme an: Ihre Frau hatte irgendwann die Schnauze voll.

ANRUFER: Kann man so sagen.

TELEFONSEELSORGER: Und dann?

ANRUFER: Na, wie gesagt, ich hatte diese Schulden, die ich zurückzahlen musste. Und da hab ich irgendwie keine andere Lösung mehr gesehen.

TELEFONSEELSORGER: Lösung?

ANRUFER: Ja. Also, nein. Eben keine Lösung.

TELEFONSEELSORGER: Aha. Und was haben Sie gemacht?

ANRUFER: Na ja, dann bin ich in diese Bank.

TELEFONSEELSORGER: Bank?

ANRUFER: Sparkasse.

TELEFONSEELSORGER: Sparkasse? Was für eine Sparkasse?

ANRUFER: Auf Juist.

TELEFONSEELSORGER: Wieso auf Juist? Wieso nicht auf Norderney?

ANRUFER: Weil ich auf Juist lebe.

TELEFONSEELSORGER: Ach so … Schön da!

ANRUFER: Ja.

TELEFONSEELSORGER: Und?

ANRUFER: Was und?

TELEFONSEELSORGER: Sind Sie erwischt worden?

ANRUFER: Nee, noch nicht. Also … ich meine … na ja, im Prinzip …

TELEFONSEELSORGER: Was denn?

ANRUFER: Na ja, wenn ich jetzt rausgehe, dann erwischen sie mich wahrscheinlich schon.

TELEFONSEELSORGER: Wie meinen Sie das?

ANRUFER: Na ja, die stehen ja alle draußen.

TELEFONSEELSORGER: Wer?

ANRUFER: Na, die Polizei!

TELEFONSEELSORGER: Die Polizei?

ANRUFER: Ja! Klar!

TELEFONSEELSORGER: Und wo sind Sie denn jetzt?

ANRUFER: Na, in der Sparkasse! Sag ich doch!

TELEFONSEELSORGER: In … Sie sind … jetzt … gerade …

ANRUFER: Ja. Ich sag doch, ich hab Mist gebaut! Hören Sie denn nicht zu?

TELEFONSEELSORGER: Auweia. Na, da haben Sie ja wirklich richtig Mist gebaut.

ANRUFER: Mmh.

TELEFONSEELSORGER: Also. Richtig, richtig Mist.

ANRUFER: Ja, weiß ich doch auch!

TELEFONSEELSORGER: Und nun?

ANRUFER: Was? Und nun?

TELEFONSEELSORGER: Jetzt soll ich Ihnen wohl helfen, oder was?

ANRUFER: Ja, nee, weiß nicht. Ich wollte einfach mal mit jemandem reden.

TELEFONSEELSORGER: Was machen Sie denn jetzt?

ANRUFER: Keine Ahnung. Aber die behandeln mich echt scheiße hier.

TELEFONSEELSORGER: Wer behandelt Sie?

ANRUFER: Na alle!

TELEFONSEELSORGER: Wer, alle?

ANRUFER: »Wer alle!« Mann, die Typen hier in der Sparkasse. Die Angestellten, die Kunden! Alle eben!

TELEFONSEELSORGER: Aha. Sie haben also auch noch Geiseln?

ANRUFER: Ja, klar!

TELEFONSEELSORGER: Na, woher soll ich das denn wissen?

ANRUFER: 'tschuldigung … Aber ich hab echt den Eindruck, ich bin hier der Fußabtreter für alle!

TELEFONSEELSORGER: Woraus schließen Sie das?

ANRUFER: Na ja, Sie sollten mal sehen, wie die mich hier angucken. Als sei ich der letzte Arsch!

TELEFONSEELSORGER: Na, immerhin haben Sie die anderen Leute als Geiseln genommen.

ANRUFER: Ja, gut, stimmt.

TELEFONSEELSORGER: Meinen Sie denn, das hat auch was mit Ihnen zu tun? Sehen Sie da einen eigenen Anteil?

ANRUFER: Weiß nicht.

TELEFONSEELSORGER: Jetzt mal ganz grundsätzlich: Wieso überfallen Sie denn eine Bank auf Juist? Wohin wären Sie denn da geflohen? Wollten Sie danach aufs Schiff? Ein Flugzeug kapern? Durchs Watt stapfen?

ANRUFER: Ich wollte nach Hause gehen.

TELEFONSEELSORGER: Nach Hause? Da sind doch bestimmt überall Kameras in der Bank! Haben Sie sich mal umgeguckt? Sie werden doch bestimmt in dieser Sekunde von drei Kameras gefilmt.

ANRUFER: …

TELEFONSEELSORGER: Und?

ANRUFER: Ich sehe nur eine.

TELEFONSEELSORGER: Die hätten Sie doch zehn Minuten später verhaftet!

ANRUFER: …

TELEFONSEELSORGER: Mann, Mann, Mann! Sie sind mir ein Experte.

ANRUFER: Ich …

TELEFONSEELSORGER: Und davon mal ganz abgesehen: Ich meine, Ihnen muss doch klar sein, dass Sie damit auch den guten Ruf der Insel aufs Spiel setzen. *Ihrer* Insel!

ANRUFER: Also …

TELEFONSEELSORGER: So eine Aktion, die kann doch auch die Touristen abschrecken.

ANRUFER: Ich …

TELEFONSEELSORGER: Sie müssen doch auch mal ans Image von Juist denken!

ANRUFER: …

TELEFONSEELSORGER: Echt, ich verstehe Sie nicht. Sie haben's da so schön. Juist, Mann, so schön ist das da! Das Meer! Die Ruhe! … Ich muss da auch mal wieder hin. Das muss jetzt … sechs? Nein, sieben Jahre ist das schon her, dass ich mal da war. Gibt's da diese Kneipe noch? So eine urige Kneipe? Wie hieß die gleich? Gibt's die noch? Oder war die auf Borkum?

ANRUFER: …

TELEFONSEELSORGER: Hallo?

ANRUFER: … Ja?

TELEFONSEELSORGER: Wissen Sie, welche Kneipe ich meine?

ANRUFER: … Nein.

TELEFONSEELSORGER: Heulen Sie?

ANRUFER: … Nein!

TELEFONSEELSORGER: Mann, Mann, Mann!

ANRUFER: …

TELEFONSEELSORGER: Wie lange geht das denn schon?

ANRUFER: Was?

TELEFONSEELSORGER: Ihre tolle Geiselnahme!

ANRUFER: Paar Stunden.

TELEFONSEELSORGER: Paar Stunden. Aha.

ANRUFER: Naja, okay … drei Tage.

TELEFONSEELSORGER: Drei Tage!!!

ANRUFER: Ja.

TELEFONSEELSORGER: Auweia. Haben Sie was zu essen bestellt? Sie sollten bei Geiselnahmen immer was zu essen bestellen.

ANRUFER: Klar. Pizza.

TELEFONSEELSORGER: Mmh. Lecker.

ANRUFER: Ja, aber die war schon fast kalt.

TELEFONSEELSORGER: Das ist natürlich Mist.

ANRUFER: Ja. Aber da kann ich doch nix für!

TELEFONSEELSORGER: Natürlich nicht!

ANRUFER: Das ist doch nicht meine Schuld, wenn die lauwarme Pizza liefern.

TELEFONSEELSORGER: Nee.

ANRUFER: Der Teig war auch total labberig.

TELEFONSEELSORGER: Bäh. Pizza muss richtig knusprig sein.

ANRUFER: Genau! Jedenfalls haben die mich hier gleich wieder doof angemacht.

TELEFONSEELSORGER: Wer?

ANRUFER: Die Geiseln! Mann!

TELEFONSEELSORGER: Ach so …

ANRUFER: Mmh …

TELEFONSEELSORGER: Puh … Verfahrene Kiste.

ANRUFER: Da sagen Se was.

TELEFONSEELSORGER: Wissen Sie was? Geben Sie mir doch mal eine von den Geiseln.

ANRUFER: Und dann?

TELEFONSEELSORGER: Geben Sie mir einfach eine.

ANRUFER: ... Na gut.

TELEFONSEELSORGER: Hallo?

...

TELEFONSEELSORGER: Hallo!

FILIALLEITER: Hallo?

TELEFONSEELSORGER: Ja, guten Abend, Telefonseelsorge.

FILIALLEITER: Ja, hallo!

TELEFONSEELSORGER: Mit wem spreche ich denn?

FILIALLEITER: Ich bin hier der Filialleiter.

TELEFONSEELSORGER: Aha. Schön. Ich habe gehört, Sie haben da ein paar Probleme.

FILIALLEITER: Probleme?

TELEFONSEELSORGER: Ja, Probleme.

FILIALLEITER: Probleme? Wir werden als Geiseln gehalten!

TELEFONSEELSORGER: Na ja, aber der Herr ... ähm, ich kenne gar nicht seinen Namen ... der Geiselnehmer steht ja auch sehr unter Druck.

FILIALLEITER: Wie bitte?

TELEFONSEELSORGER: Nun, er hat mir erzählt, Sie hätten sich ihm gegenüber doch sehr aggressiv verhalten.

FILIALLEITER: Was?

TELEFONSEELSORGER: Ja, Sie würden ihn immer so böse anschauen.

FILIALLEITER: Also ... das ... ich ... das ... er ... Hallo? Wir werden hier als Geiseln gehalten!

TELEFONSEELSORGER: Ja, aber Sie müssen doch auch ein bisschen Verständnis zeigen.

FILIALLEITER: Verständnis?

TELEFONSEELSORGER: Er sagte zum Beispiel, Sie hätten ihm vorgeworfen, die Pizza sei nur lauwarm gewesen.

FILIALLEITER: So ein Quatsch!

TELEFONSEELSORGER: Haben Sie nicht?

FILIALLEITER: Nein! Doch! Aber wir werfen ihm in erster Linie etwas ganz anderes vor!

TELEFONSEELSORGER: Was denn?

FILIALLEITER: Was? Dass er uns als Geiseln hält!

TELEFONSEELSORGER: Ja, das ist nicht schön. Aber der Herr … der Herr hat seine Gründe.

FILIALLEITER: Gründe?

TELEFONSEELSORGER: Ja, die Frau ist ihm weggelaufen.

FILIALLEITER: Gut, das ist natürlich doof.

TELEFONSEELSORGER: Sehen Sie!

FILIALLEITER: Aber immer noch kein Grund, uns gefangen zu halten!

TELEFONSEELSORGER: Er hat Spielschulden.

FILIALLEITER: Na und?

TELEFONSEELSORGER: Na und! Versetzen Sie sich doch mal in seine Lage. Frau weg. Kohle weg.

FILIALLEITER: Ja, ganz doof.

TELEFONSEELSORGER: Eben.

FILIALLEITER: Mmh.

TELEFONSEELSORGER: Ja.

FILIALLEITER: … Na, aber was soll ich denn da machen?

TELEFONSEELSORGER: Ich glaube, es reicht, wenn Sie einfach etwas Verständnis zeigen.

FILIALLEITER: Na toll.

TELEFONSEELSORGER: Nicht »na toll«. Mit ein bisschen gutem Willen sollte das ja wohl zu machen sein, Sie Geisel.

FILIALLEITER: Mmh.

TELEFONSEELSORGER: Ich meine, Sie wollen ja auch irgendwann da mal wieder raus.

FILIALLEITER: Ja.

TELEFONSEELSORGER: Und wenn der Mann Sie alle erschießt, haben Sie da ja wohl auch nichts von.

FILIALLEITER: Ich? Nee.

TELEFONSEELSORGER: Also. Und wenn die Polizei erst mal loslegt, dann kann ja auch einiges schiefgehen, oder?

FILIALLEITER: Ich …

TELEFONSEELSORGER: Ich meine, Ihnen muss doch klar sein, dass Sie damit den guten Ruf der Insel aufs Spiel setzen. *Ihrer* Insel.

FILIALLEITER: Also …

TELEFONSEELSORGER: So eine Befreiungsaktion … Wenn die schiefgeht, dann schreckt das doch auch die Touristen ab.

FILIALLEITER: Ich …

TELEFONSEELSORGER: Sie müssen doch auch mal ans Image von Juist denken!

FILIALLEITER: Aber, ich …

TELEFONSEELSORGER: Nichts aber! Jetzt reißen Sie sich mal zusammen. Und sagen nicht die ganze Zeit immer nur »ich, ich, ich«. Sie sind mir vielleicht 'ne Geisel!

FILIALLEITER: Mmh. Okay.

TELEFONSEELSORGER: Guter Mann, das ist Ihre Stunde. Sie werden Schlagzeilen machen! Jetzt schicken Sie die Polizei weg und reden Sie mit diesem armen Tropf. Von Tropf zu Tropf. Also, von Mann zu Mann.

FILIALLEITER: Was soll ich denn sagen?

TELEFONSEELSORGER: Was? Na, da wird Ihnen doch wohl was einfallen!

FILIALLEITER: Aber …

TELEFONSEELSORGER: Kein »aber«! Frag nicht, was dein Land ... also, deine Insel ... Fragen Sie nicht, was Sie ... also, was die Polizei für Sie ... also ...

FILIALLEITER: Hä?

TELEFONSEELSORGER: Sondern frag, was du für deine Insel tun kannst!

FILIALLEITER: Mmh ...

TELEFONSEELSORGER: Meinen Sie, Sie schaffen das?

FILIALLEITER: Keine Ahnung ... Ich kann's ja mal versuchen.

TELEFONSEELSORGER: Ich bin sicher, Sie schaffen das!

FILIALLEITER: Na ja, okay.

TELEFONSEELSORGER: Na also!

FILIALLEITER: Wollen Sie ihn wieder sprechen?

TELEFONSEELSORGER: Wen?

FILIALLEITER: Den Geiselnehmer.

TELEFONSEELSORGER: Nö, nur wenn er will.

FILIALLEITER: Ich glaube, er will nicht.

TELEFONSEELSORGER: Nein?

FILIALLEITER: Nein ... er sitzt in der Ecke.

TELEFONSEELSORGER: Aha.

FILIALLEITER: Ja. Ich glaube, er weint.

TELEFONSEELSORGER: Schon wieder? Na, dann gehen Sie doch jetzt einfach mal auf ihn zu.

FILIALLEITER: Ja.

TELEFONSEELSORGER: Prima. Das find ich toll von Ihnen. Denken Sie immer dran: Was kann ich für meine Insel tun?

FILIALLEITER: Okay. Tschüss.

TELEFONSEELSORGER: Ja, tschüss. (legt auf)

Ach, immer wieder schön, wenn man helfen kann.

SARAH

JAN ZWEYER

Der kalte Stahl beruhigte sie etwas. Ihre Finger tasteten den Lauf entlang und schlossen sich dann um den Griff. Der rechte Daumen glitt etwas nach oben, bis sie den Sicherungshebel spürte. Ein leichter Druck, um den Widerstand zu überwinden, ein fast unhörbares Klicken und die SIG war entsichert. Jetzt fühlte sie sich besser. Sie war bereit.

Es war nicht leicht gewesen, an die Waffe zu kommen. Die Zeiten, in denen es von den desillusionierten Soldaten der Roten Armee in den ostdeutschen Garnisonsstädten von der Uniformjacke bis zum Sturmgewehr AK 47 fast alles zu kaufen gab, waren lange vorbei. Sie hatte Prostituierte auf dem Kurfürstendamm angesprochen, um über sie Kontakte zur Halbwelt zu bekommen. Beschimpfungen waren noch die harmlose Variante der Abfuhren gewesen, die sie sich eingehandelt hatte. Ihre Internetrecherchen waren ebenso erfolglos geblieben wie ein Versuch, über das Bett eines Kripobeamten an eine Pistole zu gelangen. Wann immer sie sich mit dem Polizisten traf, hatte er seine Dienstwaffe im Präsidium gelassen. Nach drei frustrierenden Nächten hatte sie aufgegeben. Schließlich war ihr der Gedanke mit den Sportschützen gekommen. Sie war einem der Vereine beigetreten und drei Monate später im Besitz der P 220 SL gewesen. Natürlich war ihr Name beim Kauf der Pistole und der Munition registriert worden. Aber das war egal. Wichtig war nur, dass sie die schussbereite Waffe in ihrer Handtasche spürte. Jetzt musste sie nur noch den richtigen Moment abwarten, um …

»Liebling, möchtest du noch etwas trinken?«

Sie schreckte hoch und zog die rechte Hand aus der Tasche. »Wie?«

»Ob du noch etwas möchtest.« Der leicht ungehaltene Ton in der Stimme ihres Begleiters war nicht zu überhören.

Erst jetzt bemerkte sie, dass der Mann hinter der Theke, der sie beim Eintreten in das Lokal mit einem basstiefen »Moin« begrüßt hatte, fragend zu ihnen herübersah. »Ja, ich nehme noch einen Weißwein, bitte.«

»Für mich noch ein Bier.«

Der Kneipier nickte und machte sich daran, das Bestellte zu liefern.

Sie hatte einen der Tische im hinteren Bereich der »Spelunke« gewählt. Von hier konnte sie das lang gezogene Lokal mit den schmalen Tischen und Bänken gut überblicken. Vor allem aber konnte sie Lukas gegenübersitzen. Sie wollte ihm in die Augen schauen, wenn sie ihren Plan in die Tat umsetzte. Sie musterte ihn unverhohlen. Wie er da saß. Schlank, groß, braun gebrannt. Dunkelgraue Schuhe. Natürlich italienisches Design. Eine beige Hose und ein blaues Sakko. Sportswear, dennoch elegant. Hellblaues Hemd. Der oberste Knopf offen. Und dann dieses Halstuch. Ton in Ton mit seiner Jacke. Sein Äußeres war makellos.

Er bemerkte ihre Musterung und tat dann das, was er immer in solchen Situationen zu tun pflegte. Mit seiner linken Hand prüfte er den korrekten Sitz des Halstuches, nahm dann die andere zu Hilfe und zog es ein wenig fester.

Feiner Spott spielte in ihrem Lächeln. Wie oft hatte sie diese Bewegungsabläufe schon gesehen. Hundert Mal? Tausend Mal? Wie immer kokettierte er mit seinem Aussehen. Ein Mensch gewordener Pfau. Lukas Hiller. *Der* Lukas Hiller. Einziger Sohn der bekannten Berliner Industriellenfamilie. Und einziger Erbe. Das Familienvermögen wurde auf annähernd 100 Millionen geschätzt. Das und sein Aussehen machten ihn mit seinen 32 Jahren zum begehrtesten Junggesellen der Hauptstadt. Seine Abenteuer und Liebschaften füllten die Klatschspalten der Yellow Press. Die Feste, die er in seiner Villa am Wannsee gab, waren legendär. Und die Wirte der Berliner Szenelokale dachten an Selbstmord, wenn er nicht mehr zu den Stammgästen zählte.

Ihre Getränke wurden serviert. Lukas Hiller bedankte sich mit einem herablassenden Kopfnicken. »Sagst du mir endlich, warum wir an diesem Wochenende unbedingt nach Juist mussten?«

»Sei nicht so ungeduldig.« Sie schenkte ihm ein Lächeln und nippte am Wein. »Du wirst schon sehen. Warte ab.«

Es hatte Wochen gedauert, bis sie seine Aufmerksamkeit erlangen konnte. Sie war ihm von Kneipe zu Kneipe gefolgt, hatte sich aber nicht in den Kreis seiner weiblichen Bewunderer eingereiht, sondern in diskretem Abstand auf ihre Chance gewartet. Dann hatte er sie endlich angesprochen und zu einem Champagnerfrühstück eingeladen. Sie hatte abgelehnt. Drei Wochen ließ sie ihn zappeln, bis sie seinem Drängen schließlich nachgegeben hatte. Das war vor etwa einem Monat gewesen. Sie teilte nun schon länger das Kopfkissen mit ihm als die meisten ihrer Vorgängerinnen. In den Klatschkolumnen wurde bereits über Heirat spekuliert. Aber sie wusste es besser. Bald war auch ihre Zeit abgelaufen. Und eine zweite Gelegenheit würde sie nicht bekommen. Sie musste ihren Plan in die Tat umsetzen. Und zwar an diesem Wochenende. Heute. Jetzt.

Sie sah sich um. Es waren immer noch keine Gäste in der »Spelunke«, dieser urigen Juister Bierpinte. Sarah hatte in ihren Briefen von den Abenden hier geschwärmt und das Lokal bis in alle Einzelheiten beschrieben. Und es hatte sich anscheinend auch nicht viel verändert. Über dem großen, runden Tisch rechts neben dem Eingang hing immer noch das gebrochene Ruder mit dem Messingschild, auf dem »Shit happens« zu lesen war. Schräg gegenüber der Theke stand der Taucheranzug, und auch die Deckel der Kisten, deren Aufdrucken man entnehmen konnte, dass sie einmal Tee transportieren, waren da, wo sie schon Sarah gesehen hatte.

Nur die Gäste fehlten. Doch sie benötigte Zuschauer, vor allem aber Zuhörer für das, was sie vorhatte. Lange würde sie Lukas nicht mehr hinhalten können, das war ihr klar. Wenn nicht bald andere Gäste kämen, blieb nur der Wirt. Dann war eben er ihr einziger Zeuge.

Ihre Rechte tastete wieder zur Handtasche. Sie sah hoch. »Lukas, warst du eigentlich schon einmal hier?«, fragte sie ernst.

»Hier in der Kneipe oder auf Juist?«, antwortete er nach einem kurzen Zögern.

»Beides.«

»Nein. Noch nie. Wie kommst du darauf?« Seiner Stimme fehlte die Selbstherrlichkeit, die er sonst an den Tag legte. Einem unbefangenen Zuhörer wäre das nicht aufgefallen, aber sie kannte ihn besser.

»Ach, nur so.«

Sie wusste, dass er log. Und sie wusste, warum. Er war also auch ein Feigling. Gut, das konnte ihr nur recht sein.

Sarah war mit 18 auf die Insel gekommen. Zum Jobben während der Sommermonate. Als Zimmermädchen in einem der großen Hotels auf Juist. Sie wollte da arbeiten, wo andere Urlaub machten, und sich so das Geld für die Möblierung ihrer kleinen Wohnung in Hamburg verdienen. Dort wollte sie im Herbst ihr Studium aufnehmen. Obwohl sie hart arbeiten musste, waren ihre Briefe voller Begeisterung für die Insel und das Meer. Juist, das war ihr Traum. Ihren 19. Geburtstag hatte sie nicht mehr erlebt.

»Willst du noch lange hier sitzen bleiben, in dein Weinglas starren und mich anschweigen?«

Lukas wurde ungeduldig. Es wurde Zeit. Sie musste handeln.

»Kennst du eigentlich eine Sarah?«

Er wurde bleich. »Sarah? Warum?«

»Beantworte bitte meine Frage.«

»Nein, ich kenne keine Sarah«, blaffte er. »Und selbst wenn. Was geht dich das an?« Er hatte seine Selbstsicherheit wiedergefunden. »Vielleicht gab es da eine Sarah. Na und? Es gab Claudias, Monikas, Utes. Wirst du jetzt plötzlich eifersüchtig? Auf irgendeine meiner Ex?« Er lachte auf. »Das passt nicht zu dir. Ich …«

Er erstarrte, als er in den silbernen Lauf der P 220 blickte, die sie aus der Handtasche gezogen hatte. »Was soll das, Maria! Bist du völlig verrückt geworden? Nimm das Ding weg, bevor etwas passiert.«

»Ich meine nicht irgendeine Sarah. Ich meine Sarah Triester. Meine Schwester. Im Übrigen: Mein Name ist Lisa.«

Lukas Hiller schluckte. »Lisa? Aber wieso? Und deine was?«

»Lisa Triester. Nicht Maria Müller. Sarah war meine Schwester. Du hast mich schon richtig verstanden.«

Sie sah an ihm vorbei zur Theke. Der Wirt war gerade aus dem Hinterzimmer nach vorne zurückgekehrt und hatte von dem Vorfall am Hintertisch anscheinend keine Notiz genommen. Sie sprach ihn an. »Wie heißen Sie?«

Der junge Mann sah zu ihr hin, erkannte die Pistole in ihrer Hand und riss erschrocken Mund und Augen auf, antwortete aber nicht.

»Kommen Sie näher. Wenn Sie das tun, was ich Ihnen sage, passiert Ihnen nichts.«

Zögernd bewegte sich der Kneipier zum Ende der Theke.

»Na los, Ihren Namen.«

»Deti. Man nennt mich Deti.«

»Gut, Deti. Bleiben Sie da stehen und hören Sie zu. Das meine ich wörtlich. Nur genau zuhören.«

Lukas Hiller drehte sich etwas zur Seite, um einen Blick zur Theke werfen zu können. »Nun unternehmen Sie doch etwas. Rufen Sie die Polizei oder …«

Ein lauter Knall unterbrach ihn. Hiller und Deti zuckten zusammen. Lisa war aufgestanden und hatte gefeuert. Jetzt richtete sie die Waffe wieder auf Hiller. Ihre rechte Hand zitterte trotz des Rückschlages kaum. Das Training bei den Sportschützen.

»Der nächste Schuss geht nicht in die Decke«, sagte sie gelassen. »Lass deine Hände unten. Eine Bewegung und du bist tot.«

Hier, in der »Spelunke« hatte Sarah Lukas Hiller kennengelernt. An einem Augustsonntag vor zwei Jahren.

Genau heute vor zwei Jahren. Lisa kannte jedes Detail dieser ersten Begegnung. Wie oft sie die Briefe ihrer Schwester gelesen hatte, wusste sie nicht. Später brauchte sie sie nicht mehr zu lesen. Sie kannte sie auswendig. Hiller hatte ihre kleine Schwester umgarnt, ihr Geschenke gemacht, und das dumme Ding hatte sich Hals über Kopf in ihn verliebt. Unsterblich verliebt. Zwei Wochen später war sie ihm auf das Boot gefolgt. Aber Lukas war nicht alleine gewesen. Sein Freund Herbert Schmidt war ebenfalls auf der Segeljacht. Und sieben Tage später wurde Sarah gefunden. Ertrunken. Angeschwemmt vor Norddeich. Die Staatsanwaltschaft stellte das Ermittlungsverfahren gegen Hiller und Schmidt sechs Wochen später ein. Ein Fremdverschulden sei nicht nachweisbar, hieß es in dem Schreiben, das ihre Eltern erhielten. Lisa hatte daran nie geglaubt. Und seit diesem Tag war sie auf der Jagd gewesen. Auf der Jagd nach der Wahrheit.

»Ich will wissen, was auf dem Boot passiert ist«, forderte sie.

»Nichts ist passiert, überhaupt nichts.« Hiller zitterte wie Espenlaub. »Das haben die doch alles ermittelt. Das Verfahren wurde eingestellt.«

»Ich weiß.« Sie war vollkommen ruhig. »Aber das genügt mir nicht. Du wirst mir jetzt erzählen, was wirklich passiert ist.«

»Was willst du denn von mir?«, jammerte Hiller.

»Die Wahrheit.«

»Aber ich weiß doch nichts.«

»Du lügst.« Sie hob die Waffe und schob den Lauf unter sein linkes Ohrläppchen. Dann drückte sie unvermittelt ab.

Hiller schrie auf, riss seinen Arm hoch und presste seine

Handfläche auf die Ohrmuschel. Nach einigen Momenten zog er die Hand zurück und beobachtete verwundert den roten Fleck, der sich in seinem Handinneren ausgebreitet hatte. Sein Hemdkragen färbte sich rot. »Du hast mir das Ohr weggeschossen, du Miststück. Ich bin taub. Dafür werde ich …«

Mit einer plötzlichen Bewegung schlug Lisa ihm die Waffe voller Wut auf die Nase. Hiller heulte auf.

»Nichts wirst du. Ist das klar? Und jetzt beantworte meine Frage!«

»Ich verblute«, jammerte Hiller. Blut tropfte nun auch auf sein Halstuch. »Ich brauche einen Arzt.«

»Das ist nur ein Kratzer. Eine Warnung, mehr nicht. Drück das Tuch auf die Wunde. Das stillt die Blutung. Was war auf dem Boot?«

Hiller sah sie hasserfüllt an. »Von mir erfährst du nichts. Deine Schwester – die kleine Schlampe hat es doch so gewollt.«

Mit aller Kraft, die sie aufwenden konnte, hämmerte sie Hiller die Pistole zwischen die Zähne. Es knirschte, als sich die Spitze des Laufs in die Mundhöhle zwängte. Hiller stöhnte auf und spuckte Zahnreste.

»Ich zähle bis null. Wenn du es dir bis dahin nicht anders überlegt hast, drücke ich ab. Ich schwöre dir, ich drücke ab.«

Hiller schielte auf ihren Zeigefinger, der den Abzug umklammerte.

»Zehn. Neun. Hast du mir etwas zu sagen?«

Hiller schüttelte den Kopf.

»Wie du meinst«, sagte sie gleichmütig. »Acht. Sieben. Sechs.«

Sie spannte den Abzugshebel. »Fünf. Vier. Drei. Zwei.«

Ihr Zeigefinger krümmte sich. Hiller sah mit vor Schreck aufgerissenen Augen zu.

»Eins. Gute Reise, Hiller.«

Lukas Hiller gestikulierte wild mit den Augen. Aus seiner Kehle kam ein gepresster Laut.

»Du willst reden?«

Hiller nickte heftig. Die Hose in seinem Schritt färbte sich dunkel.

»Hat sich der Junge nass gemacht?«, spottete Lisa. »Also, lass hören.«

»Wir … Wir wollten nach Norderney. Aber wir hatten etwas getrunken. Und dann kam die Ebbe. Östlich vom Kalfamer liefen wir auf Grund.« Hiller weinte. Tränen liefen ihm über das Gesicht, vermischten sich mit dem Blut in seinen Mundwinkeln.

»Und dann?« Lisa winkte ungeduldig mit der Pistole.

»Wir musste auf die Flut warten. Sechs Stunden. Und wir haben weiter getrunken.«

»Wer?«

»Herbert und ich. Und dann …« Er sah sie angsterfüllt an.

»Was dann?«

»Wollten wir uns etwas amüsieren. Schließlich war Sarah freiwillig mitgekommen.«

Lisas Stimme war tonlos. »Ihr habt sie vergewaltigt.« Das war keine Frage, sondern eine Feststellung.

»Wir hatten doch getrunken. Wir wussten nicht mehr, was wir taten.« Er war kaum zu verstehen.

»Lauter.« Sie zeigte auf Deti. »Unser Freund da soll doch alles mitanhören. Und dann?«

Hiller nahm sich zusammen. »Ich weiß es doch nicht. Als wir Stunden später wieder aufwachten, war sie nicht mehr da. Einfach weg. Sie muss nachts das Schiff verlassen haben. Möglicherweise wurde sie von der Flut überrascht. Oder ist in einen Priel geraten. Wir haben ihr doch nichts getan.«

»Ihr habt ihr also nichts getan.« Für einen Moment wollte Lisa einfach abdrücken, besann sich aber doch anders.

»Haben Sie alles mitgehört?«, fragte sie Deti.

Der nickte.

»Gut. Und jetzt können Sie die Polizei rufen. Erzählen Sie alles, was Sie erlebt haben.« Deti wandte sich nach hinten und griff zum Telefonhörer. Hiller saß völlig gebrochen auf seinem Stuhl, drückte sein Halstuch abwechselnd auf Ohr, Nase und Mund. Er jammerte leise. Es roch immer strenger nach Urin.

Sie sah ihn ungerührt an. »Nichts getan, oder? Das wird das Gericht entscheiden. Aber denk daran: Vergewaltiger sind im Knast der letzte Dreck. Opfer. Du wirst am eigenen Leib erfahren, wie es ist, sexuell missbraucht zu werden. Mit deinem Aussehen. Die Jungs dort werden dich mögen.« Sie lachte leise. »Und selbst wenn deine Anwälte dich da wieder herauspauken können – die Klatschkolumnen werden kein gutes Haar mehr an dir lassen. Du bist erledigt, Lukas Hiller.« Sie ließ die Waffe sinken. »Was ist mit der Polizei?«, fragte sie Deti.

»Unterwegs.«

»Gut.« Sie öffnete die Faust. Die P 220 SL fiel vor Hiller auf den Tisch. Das Weinglas kippte um. Eine Pfütze Weißwein breitete sich aus. Lisa sah Hiller ein letztes Mal in die Augen. »Übrigens: Auch im Bett bist du eine Niete.«

Lisa Triester ging Richtung Ausgang. Als sie die letzte Stufe zum Kurplatz genommen hatte, fiel hinter ihr ein weiterer Schuss. Sie lächelte befriedigt.

Ihr Plan war aufgegangen.

Sarah war gerächt.

JUISTER KETTENREAKTION

ANJA FELDHORST UND SUSANNE KLIEM

Noch herrscht Grabesstille an der Rezeption, aber in zehn Minuten sind sie da. Ich sehe auf die Wanduhr über den Gästepostfächern. Die Fähre hat vor ein paar Minuten angelegt. Bis alle Neuankömmlinge runter sind, dauert es allerdings – vor allem bei den Scheintoten. Und bis sie den richtigen Gepäckwagen gefunden haben, weil sie die Nummer vergessen haben. Hier noch ein Rollköfferchen, da noch ein Täschchen. Dann hat Vati den Schal und Mutti die Handschuhe an Bord vergessen. Hoffentlich ist heute wer Interessantes dabei. Ich male kleine Männchen in die Ecke vom Gästebuch. Hat der Chef offen liegen lassen – selbst schuld. Er wuselt auch schon in der Nähe herum, die Eingangstür im Blick.

»Leo! Le-o-nie!«

»Jahaaa!« Ich fange mir einen strafenden Blick vom Chef ein. Wir sollen nicht laut rufen. Aber kann ich was dafür, dass Nadine immer brüllt, wenn sie mit mir redet? Meine Schwester baut sich in ihrer ganzen Pracht und Schönheit vor mir auf. Gestärktes weißes Blüschen, dunkelgraue Weste, Rock, Schuhe – alles Ton in Ton. Chef de rang, darauf besteht sie. Stationskellnerin ist ihr zu profan.

»Du bist viel zu spät. Willst du zum Abendessen eindecken, wenn die Gäste da sind?«, fragt sie mit diesem spitzen Unterton, den sie von unserer Mutter hat.

»Bin schon fertig.« Ich lehne mich lässig gegen den Tresen, lasse aber den Eingang nicht aus den Augen. Bloß nichts verpassen wegen meiner miesepetrigen Schwester.

Nadine fegt den Gang runter, kurzer Kontrollblick in den Speisesaal, 180-Grad-Drehung auf dem linken Absatz, dann prescht sie zurück. Ich will gerade einen megabissigen Kommentar loslassen, da betritt ER die Lobby. Wow! Er sieht aus wie Robert Pattinsons älterer Bruder – damals, als Pattinson in der »Twilight«-Saga noch echt geil aussah. Dieses Blasse, Melancholische.

»Kraut, Johannes. Ich habe bis zum 3. Januar gebucht. Das Zimmer ist hoffentlich ruhig – ich muss arbeiten.«

Klaus-Peter, mein Chef, ignoriert den Kommentar und strahlt Kraut an, als hätte der ihm gerade einen Millionenscheck überreicht. »Sie hatten hoffentlich eine schöne Anreise mit unserer ›Frisia‹?«

Er nimmt einen Schlüssel vom Haken und reicht ihn über den Rezeptionstresen. »Unser wundervolles Einzelzimmer Nummer 211, dort mit dem Aufzug in die zweite Etage und dann nach …«

Doch ER entschwindet bereits, und das, ohne mich auch nur eines Blickes gewürdigt zu haben. Kein Wunder, diese blöde Kellnerinnenuniform macht ja quasi unsichtbar.

Offenbar war's das mit der Ausbeute an Neugästen. Ich will mich gerade aufs Klo verziehen, um schnell eine Folge »Bones« zu streamen, als mein Chef hinterm Tresen vorstürmt und mit ausgebreiteten Armen auf zwei Oldies zusteuert. *Er* hat das Verfallsdatum schon deutlich überschritten: Tränensäcke, Army-kurze Haarstoppeln, damit man nicht sieht, dass da kaum noch was ist, was sich zu schneiden lohnt, ziemlich dürr, aber mit Hängebauch und -bäckchen. *Sie* macht das Beste aus sich: Sonnenbank, braun gefärbte Locken mit hellen Strähnchen und angeklebte Wimpern. Unter ihrem eindeutig falschen Pelzmantel trägt sie hauteng Jeans und so ein C&A-Hippieblüschen, das sie wahrscheinlich für Boho-Style hält. Doch die Rente naht schon, man sieht es trotzdem. Falls sie überhaupt jemals gearbeitet hat. Ich tippe eher auf Berufsgattin – frustriert, weil's mit dem Loser an ihrer Seite nur für Juist und nicht für die Malediven gereicht hat.

»Wolf! Connie!«

Mit Stammgästen ist der Chef per Du.

»Wie war die Überfahrt. Alles gut?«

Während sich Wolf umständlich von den beiden Koffern, der Umhängetasche und einem kleinen Aktenkoffer befreit, drapiert Connie ihr Chanel-Täschchen-Imitat auf dem Tresen und haucht dem Chef zwei Luftküsschen rechts und links neben die Ohren.

Der Chef haucht nicht zurück, sondern greift mit beiden Händen nach den Spinnenfingern von Wolf. »Na, Wolfram, was macht Bottrop? Läuft's gut im Versicherungsgeschäft?«

Connie seufzt laut und murmelt deutlich leiser: »Wenn's gut liefe, wären wir nicht hier, sondern im weißen Schloss.«

Das linke Augenlid des Chefs zuckt. Das hört er gar nicht gern, wenn jemand bei ihm logiert, nur weil er sich die 4-Sterne-Konkurrenz nicht leisten kann. Aber er grinst Wolfram weiter jovial an.

»Juist, mein Töwerland, endlich!«, pathetisiert Wolf wie in einer billigen Shakespeare-Inszenierung. »Ich freu mich so auf die Ruhe hier.«

Connie verzieht das Gesicht, als hätte ihr jemand auf

den Fuß getreten. Sie fixiert den Chef, der noch immer Wolfs Hand in seinem Schraubstockgriff hält. Vermutlich will sie ihn hypnotisieren, damit er endlich den Zimmerschlüssel rausrückt. Ich erbarme mich, suche im Computer nach der Buchung und reiche ihr den Schlüssel. Hoffentlich meckert Cheffe nicht wieder, dass ich meine Kompetenzen überschreite.

Connie greift ihr Täschchen und öffnet den Mund, vermutlich, um Wolfram anzutreiben, klappt ihn aber gleich wieder zu und starrt auf die Gründerzeittreppe, über die Johannes Kraut auf uns zuschreitet wie ein junger, verzweifelter Gott.

Seine Panik steht ihm so deutlich ins Gesicht geschrieben, dass der Chef Wolfs Hand loslässt und sich Kraut zuwendet. »Kann ich Ihnen helfen? Ist etwas mit dem Zimmer nicht in Ordnung?«

»Meine Tasche«, stammelt der verzweifelte Gott. »Ich habe sie auf der Fähre vergessen.«

»Nicht so schlimm. Ich rufe bei der Reederei an, die bringen sie morgen wieder mit.« Der Chef legt Kraut eine Hand auf die Schulter.

»Aber mein Manuskript.« Johannes will sich nicht beruhigen.

»Sie sind Schriftsteller?«, mischt sich Connie ein, ihre Mundwinkel sind feucht, als würde sie gleich auf ihr Pseudo-Boho-Blüschen sabbern.

Johannes nickt stumm.

»Was schreiben Sie denn?«, fragt Connie.

Genau die Frage wollte ich gerade stellen. Vielleicht schreibt er Krimis – das wäre klasse. Ich habe eine super Idee für einen megaspannenden Thriller, bloß keine Zeit, ihn zu schreiben.

»Könnte ich schon mal etwas von Ihnen gelesen haben?«, setzt Connie nach.

Johannes' Blick irrlichtert nicht mehr ganz so panisch herum. »Vor fünf Jahren ist mein Erzählband ›Nebelhirn‹ im Tath&Würdrisch-Verlag erschienen.«

Klingt nicht nach Krimi.

»Ah ja. Wie interessant. Sie haben nicht zufällig ein Exemplar dabei?« Connie hakt sich bei ihm unter.

»In meiner Tasche.« Johannes klingt, als hätte er gerade eine unheilbare Krankheit diagnostiziert bekommen.

»Dann können Sie mir morgen eines signieren. Und jetzt trinken wir auf den Schreck erst mal was Kleines, Sie sind ja ganz blass.« Connie drückt Wolf den Zimmerschlüssel und ihren Mantel in die Hand, dann lotst sie Johannes Kraut Richtung Bar.

In Wolfs Gesicht malt sich ein Fragezeichen, dann stopft er den Schlüssel in die Jackentasche, wirft sich den Mantel über den Arm, belädt sich mit seinem Gepäck und stapft Richtung Aufzug. Vor dem Schuhputzautomaten bleibt er stehen, tippt mit der Schuhspitze auf den An-Knopf und schiebt seinen beschuhten Fuß unter die braune Drehbürste. Konzentriert glotzt er auf die rotierenden Borsten. Dann das Gleiche mit dem anderen Schuh. Er wiederholt die Prozedur zweimal, bevor er endlich den Fahrstuhl ruft.

Der Chef verdreht die Augen und verzieht sich ins Büro hinter dem Rezeptionstresen.

»Hast du nichts zu tun?«, blafft er mich an.

Ich werfe wieder einen Blick auf die Uhr. Gleich ist Zeit fürs Abendessen. Auf dem Weg zum Speisesaal komme ich an Connie und Johannes vorbei, die in trauter Zweisamkeit im Raucherstübchen hocken und »Friesengeist« trinken. Neben den Gläsern eine Schachtel Streichhölzer zum Anzünden des Schnapses und das obligatorische Pfännchen zum Löschen – Connie hat Johannes bereits in die hiesigen Sitten und Gebräuche eingewiesen. Johannes lamentiert gerade über das harte Leben als Schriftsteller, das ihn zwingt, vom Geld seiner Eltern zu leben. Connie hängt an seinen Lippen.

Eine halbe Stunde später sitzen sie im Speisesaal, sie hat ihn mit einem viel zu lauten Girlie-Kichern an ihren Tisch eingeladen, und lassen sich das Krabbensüppchen schmecken, das ich serviert habe. Auch Wolfram hat sich eingefunden, nicht ohne vorher erneut den Schuhputz-automaten zu bemühen.

Leider habe ich keine Zeit, mir die Gespräche am Tisch des Trios anzuhören. Sobald ich nach Luft schnappe, wirft meine Schwester mir böse Blicke zu. Weihnachten und Silvester sind wir ausgebucht. Also hetze ich mit Suppen, gebratener Scholle und Schnitzel Wiener Art zwischen den Tischen mit älteren Ehepaaren hin und her. Bringe Wasser – still –, Wein – aber nicht wieder so einen sauren wie gestern Abend –, Bier – könnt's ihr hier im Norden überhaupt an anständig's Bier zapfen? – und tausche her-untergefallene Gabeln und vollgekleckerte Servietten aus.

Zwei Stunden später habe ich endlich Feierabend. Bevor ich mich auf mein Zimmer verziehe, drehe ich draußen eine Runde. Einen klaren Kopf kriegen. Juist ist um die Zeit wie ausgestorben. Außerhalb der Saison möcht' ich hier nicht tot überm Zaun hängen.

Nicht weit vom Hotel ist der Kurpark mit dem Schiff-chenteich – der ist zwar kein echter Teich, sondern ein Bas-sin mit einem Backsteinmäuerchen drum rum und Wasser hat er im Winter auch keins, aber ich bin gerne hier. Ich setze mich auf das Mäuerchen, zücke mein Handy, um mir endlich eine Folge »Bones« zu gönnen. Während in meinem Display ein leichenkäse-verklebter Knochenhaufen, der nur entfernt an einen Menschen erinnert, auf den Edelstahltisch der Rechtsmedizin gehievt wird, berührt mich etwas an der Schulter. Ich kann ein Quieken gerade noch unterdrücken und sehe auf. Vor mir steht ein geradezu winziges Omilein in sportlichen Wanderschuhen, einer tagsüber vermutlich grellen neongrünen Wetterjacke und mit einem sehr, sehr ratlosen Blick.

»Entschuldigen Sie, ich wollte Sie nicht erschrecken.«

Ihre Stimme ist für ihr Alter erstaunlich fest.

»Schon okay. Kann ich helfen?«

»Das hoffe ich sehr. Ich habe mich verlaufen. Und mein Handyakku ist alle. Ich muss zum ›Haus Isolde‹ … oder ›Irene‹?«

»›Haus Ingeborg‹?«, frage ich vorsichtig.

»Ja, genau. Ich wusste doch, irgendwas mit I.« Sie sieht mich erleichtert an.

Haus Ingeborg liegt am Schoolpad, kurz vor der Inselschule. Das sind zwar nur ein paar Hundert Meter, aber im Dunkeln nicht einfach zu finden.

»Ich bringe Sie hin«, biete ich an.

Das winzige Omilein zögert keine Sekunde. Kaum habe ich mich erhoben und mein Handy in die Tasche gesteckt, hat sie sich auch schon untergehakt. Irgendwie niedlich.

Während wir die Wilhelmstraße entlanglaufen, erzählt sie mir, dass sie früher beim Bundesamt für Statistik beschäftigt war. Sie erklärt, dass statistisch gesehen jeder dritte Deutsche seine Unterwäsche bügelt und pro Kopf 93 Tafeln Schokolade im Jahr gegessen werden. Als wir den Drogeriemarkt passieren, weiß ich, dass in deutschen Haushalten ebenso viele Kinder wie Katzen leben – 2016 waren es jeweils 12 Millionen.

Kurz vor »Prestige Juwelen«, dem teuersten Schmuckgeschäft auf der Insel, schnappt sie nach Luft und will sich einen Augenblick auf eine Bank setzen. Weil weit und breit keine zu sehen ist – das sollte die Kurverwaltung dringend ändern –, schließlich liegt das Durchschnittsalter der Touris deutlich über 30 –, lehnen wir uns gegen eine Fensterbank. Während Omilein sich erholt, flanieren Connie und Wolf an mir vorbei. Im blassen Licht der Straßenlaternen scheinen sie mich nicht zu erkennen oder es ist unter ihrer Würde, das Personal zu grüßen. Connie zerrt ihren Gatten zum Schaufenster des Juweliers. Wolf wird sich freuen, da gibt's kein Stück im zweistelligen Bereich.

Während er den ein oder anderen Ausfallschritt unternimmt, um seine Frau von dem kostspieligen Geschmeide wegzulotsen, steht sie wie festgetackert und zeigt immer wieder in die Auslage.

»Guck mal, Wolfi. Ist die Kette nicht schön?«

Wolfi schweigt.

»Und die Ohrringe passend dazu. Das ist bestimmt Tansanit. Ganz seltene Steine.«

Während ich mit Omilein am Arm an den Müllers vorbeispaziere, schwafelt Connie noch etwas von »bald ist doch Weihnachten«.

Ich liefere Omilein im Haus Ingeborg ab und schlage den Fünfer, den sie mir geben will, aus. Sie nötigt mich zu einem Friesengeist, zum Warmwerden, wie sie meint. Eine halbe Stunde und drei Friesengeister später mache ich mich in dem Wissen auf den Heimweg, dass die Adventsdekoration in Deutschland so viel Strom verbraucht wie 140.000 Haushalte in einem Jahr.

Als ich am Juwelier vorbeikomme, sind die Müllers verschwunden. Ich kann es mir nicht verkneifen, einen Blick auf die Kette zu werfen, die Connie sich zu Weihnachten wünscht. Ein Mühlrad von einem Halsreifen funkelt mir entgegen. Bestückt mit viereckig geschliffenen Steinen, die zusammen einen Regenbogen bilden. Umrahmt werden die Dinger von mindestens zwei Dutzend Brillis. Zu der funkelnden Scheußlichkeit gibt es ein passendes Armband, einen Bandring und Creolen. Zusammen kostet das Set fast so viel wie ein Kleinwagen.

»Das ist nichts für Sie. Zu aufdringlich.«

Ich zucke zusammen und drehe mich um. Da steht ER. Johannes Kraut, Schriftsteller-Gott. Im weißen Licht der Straßenlaternen sieht er tatsächlich aus wie Edward aus »Twilight«. Keine Ahnung, ob es am Friesengeist oder der späten Stunde liegt, aber ich bin kein bisschen nervös.

»Ich sammle gerade Ideen für meinen Thriller«, behaupte ich.

»Ach, Sie schreiben.«

Irgendwie klingt das nicht nett.

»Noch nicht«, erwidere ich. »Aber ich liebe Thriller. Kennen Sie ›Bones‹? Wahnsinns-Serie. Und erst die Bücher dazu. Kathy Reichs.«

Mein göttlicher Vampir schnauft und sagt: »Nun. Wem Unterhaltsliteratur Freude bereitet ...«

»Was schreiben Sie denn so?«, frage ich.

»Literatur.«

»Und? Läuft das gut?«

Er verzieht schmerzhaft das Gericht. »Die meisten echten Schriftsteller waren zu Lebzeiten arm.«

»Kathy Reichs verdient so viel mit ihren Büchern, dass sie den Großteil ihres Einkommens spendet.«

»Das Volk sucht eben billige Unterhaltung, keine anspruchsvolle Lektüre.«

»Haben Sie überhaupt schon was von Kathy Reichs gelesen?«, empöre ich mich.

»Ich meide Trivialliteratur. Die verdirbt die Sprache.«

Was für ein arroganter Sack. Jetzt etwas entgegnen, das ihn sprachlos macht. Mir fällt nichts ein. Also lasse ich ihn stehen. Ich hab Besseres zu tun, als mich von einem Ich-hätt-so-gern-den-Bachmann-Preis-Deppen in der Dezemberkälte beleidigen zu lassen.

Als ich um sechs in den Frühstücksraum komme, schlägt mir eine Welle aufgeregten Geplappers entgegen. Meine Schwester steht mit der Köchin und der Küchenhilfe am Büfett. Das erste Mal, seit ich hier arbeite, scheint Nadine mich nicht zu bemerken.

Ich schnappe mir einen Stapel Teller und pirsche mich an das Grüppchen ran.

»… alles weg. Die ganzen Klunker«, erklärt die Küchenhilfe gerade.

»Was ist weg?«, frage ich.

Die drei drehen sich gleichzeitig zu mir um.

»Na, der Schmuck aus dem ›Prestige‹. Wenn du nicht auf den letzten Drücker erscheinen würdest, wüsstest du das längst.« Nadine lässt keine Gelegenheit aus, die Chefin raushängen zu lassen.

Ich schlucke eine bissige Antwort herunter und erfahre, dass der Juwelier gestern am späten Abend überfallen und ausgeraubt worden ist. Der Täter ist mit der gesamten Schaufensterauslage und einer Menge weiteren Schmucks entkommen.

Während ich die Frühstücksgäste begrüße, zum Tisch

begleite und Kaffee einschenke, rotiert ein Gedanke in meinem Kopf: Kurz vor dem Überfall habe ich mit Johannes, dem Überheblichen, vor dem Juwelier über notleidende Künstler gestritten.

Bald ist der Raubüberfall das Thema an allen Tischen. Klar, sonst passiert hier auch nix. Nur das Trio Infernale, das im Moment nur ein Duo ist, bestehend aus Connie und Johannes, hat andere Probleme. Johannes hat sich angeblich gestern Abend in der Sauna eine Schreibblockade eingefangen. Bis morgens um vier habe er vor dem hoteleigenen Briefpapier gesessen und kein Wort schreiben können. Vielleicht liege es daran, dass seine Tasche mit dem Laptop und seinem halbfertigen Manuskript immer noch auf dem Festland dümpelt, meint Connie und streicht ihm tröstend über den Unterarm. Zu dumm, dass die Fähre nur einmal am Tag fährt, und das auch noch am späten Nachmittag.

Als ich über das Taschendilemma, nicht ganz ohne Häme, nachdenke, wird mir klar: Der Täter muss noch auf der Insel sein. Flugzeuge sind seit zwei Tagen nicht mehr gestartet oder gelandet – die Piste ist komplett vereist. Und mit einem Privatboot im Dunkeln bei all den Sandbänken und Untiefen – das wäre glatter Selbstmord.

Wahnsinn. Mein Herz fängt an zu hämmern, und meine Hände werden so nass, dass mir fast die Kaffeekanne wegrutscht. Ich schreibe keinen Thriller, ich erlebe ihn!

Ich bin dabei abzuräumen, als Wolf mit dem Handy in der Hand in den Frühstückssaal stürmt. Er wirft einen letzten Blick auf das Display, dann stopft er es in die Hosentasche, schnappt sich eine Brioche und ein Gläschen Krabbensalat vom Büfett und plumpst auf seinen Platz. Dass seine Frau und der schreibblockierte Schriftsteller nicht mehr am Tisch sitzen, scheint ihn nicht zu interessieren. Er wirft mir ein zackiges »Kaffee« entgegen, dann widmet er sich dem Krabbensalat, will in das Hefeteilchen beißen, stockt. Offenbar bemerkt er erst jetzt, dass Brioche und Krabben eine fragwürdige Zusammenstellung sind. Ich bringe ihm außer dem Kaffee zwei Scheiben Toast. Die Andeutung eines Lächelns huscht über seine Lippen.

Wolfs Handy klingelt. Ein Blick auf das Display, dann springt er auf, lässt das Essen stehen und eilt Richtung Ausgang. Im Rennen nimmt er den Anruf entgegen. Seine Hektik springt auf mich über, ich habe so ein Gefühl von ›die Ereignisse überstürzen sich‹. Nur, welche Ereignisse? Sobald ich hier raus bin, werde ich ermitteln wie eine echte Thriller-Autorin.

Inzwischen ist es fast halb elf. Ich schaffe die Essensreste in die Küche, fege die Krümel von den Tischtüchern und habe endlich Pause. Ich verlasse den Frühstücksbereich und komme gerade mal drei Meter weit – bis zum Raucherstübchen.

»Ah, gut, dass du da bist, du musst mir helfen.« Nadine werkelt am Tresen herum, auf dem eine Menge benutzter Gläser steht. Ich seufze und schnappe mir ein Geschirrhandtuch. Am Stammtisch sitzt der Chef mit einem Besucher. Ein Typ mit grauem, gegeltem Fassonschnitt, der aussieht, als hätte er ziemlich üble Zahnschmerzen.

»Das ist Jan Plietsch, der ausgeraubte Juwelier«, raunt Nadine mir ins Ohr. Wir werfen uns einen kurzen Blick zu. Dann spülen wir sehr gründlich – und sehr langsam – die Gläser.

Plietsch kippt einen »Friesengeist« und knallt das leere Glas auf den Tisch. Klaus-Peter gibt Nadine ein Zeichen zum Nachschenken. Als meine Schwester danach die

Streichhölzer zückt, winkt er ab – jetzt wird nicht flambiert, der Juwelier braucht im Moment jedes einzelne Alkoholprozent.

»Vier Tage vor dem Fest alles weg. Das Weihnachtsgeschäft mit den Touris ist gelaufen. Und ob die Versicherung zahlt …« Plietsch zieht geräuschvoll die Nase hoch, was so gar nicht zu seinem durchgestylten Äußeren passt. Wahrscheinlich muss er gleich heulen. »Ich bin ruiniert, Klaus-Peter. Das war's. Aus der Traum vom eigenen Geschäft. Ich kann ganz von vorne anfangen, als Angestellter auf dem Festland.«

»Hat die Polizei denn schon was?«, fragt mein Chef.

»Tanja hat die Spuren gesichert, aber da war nicht viel. Der Schuft hat die Ladentür aufgehebelt. Die Alarmanlage ist angesprungen, aber bis Tanja da war, war der schon verschwunden.« Plietsch haut noch einen »Friesengeist« weg. »Ich hatte vor vier Wochen eine neue Ladentür bestellt, Sicherheitstür – für dreieinhalb Riesen. Aber wegen Lieferschwierigkeiten kommt die erst im neuen Jahr. Jetzt können sie das Scheißteil auch behalten.«

»Hat denn keiner den Einbrecher gesehen?«, fragt Klaus-Peter, während Nadine Schnaps nachgießt.

»Nee, kein Schwein. Es war ja schon kurz nach neun. Aber …« Er legt eine Spannungspause ein, ich halte im Polieren inne. »Auf der ›Villa Charlotte‹ ist ja neuerdings eine Webcam, und die zeigt so 'ne dunkel gekleidete Gestalt mit Skimaske.«

»Unfassbar«, ruft Klaus-Peter aus, »das muss der Dieb sein!«

»Tja, nur kann man ihn nicht erkennen. Und es ist unklar, wo der herkommt. Die Cam macht bloß alle 15 Minuten eine Aufnahme.«

Ich glaub, ich hör nicht richtig – um kurz nach neun. Das waren ja keine zehn Minuten, nachdem ich mit dem schrägen Schreiberling vor dem Schaufenster gestanden habe. »Ich war da«, rutscht es mir raus.

Schlagartig ist es totenstill. Drei Augenpaare starren mich an.

»Wie ›da‹?«, stammelt Plietsch schließlich.

»Also vorher. Kurz vor neun.«

»Wo waren Sie genau?«, fragt eine kratzige Stimme mit einem scharfen Unterton. Auf dem Flur steht Wolf und sieht aus wie ein Terrier in Jagdstimmung. Ich frag mich, was den das angeht? Aber alle warten auf meine Antwort.

»Also ich …«

»Jetzt trink erst mal einen, und dann erzählst du von Anfang an.« Klaus-Peter schnippt mit den Fingern, und Nadine stellt ein Schnapsglas vor mich hin, ihre Miene spricht allerdings Bände: Wehe, du trinkst das vor dem Mittagessen.

Ich schiebe den »Friesengeist« rüber zu Plietsch, der ihn, ohne zu zögern, runterkippt. Dann erzähle ich von dem Omilein und dem Gespräch mit Johannes Kraut auf dem Rückweg. Dass ich Wolf und Connie beobachtet habe, lasse ich lieber weg. Wolf guckt so gefräßig, irgendwie gefällt mir das nicht.

»Du musst unbedingt eine Aussage bei Tanja machen.« Plietsch ist aufgesprungen.

Plötzlich steht Wolf am Tisch, den hatte ich schon komplett vergessen. »Haben Sie meine Frau gesehen? Ich muss unbedingt mit meiner Frau sprechen«, blafft er in die Runde.

Nadine erklärt ihm, dass Connie mit Johannes Kraut dessen Schreibblockade auf den Grund gehen wollte und das Hotel verlassen hat. In dem Moment ertönt Krauts Stimme auf Höhe der Rezeption: »Danke, vielen Dank, meine Liebe. Ich weiß gar nicht, was ich ohne Sie täte. Sie haben so recht. Ich setze mich jetzt so lange in die Sauna, bis ich mein Trauma überwunden habe! Und danach werde ich schreiben wie die Reinkarnation von James Joyce.«

Wolf hechtet den Flur entlang auf Connie zu und packt sie am Arm. Die quiekt auf, aber er ignoriert ihren Protest. »Los komm, ich hab was Wichtiges mit dir zu besprechen.«

Nadine und ich nähern uns der Rezeption, während er den Zimmerschlüssel vom Schlüsselbord rupft und Conny zum Aufzug schiebt. Vorbei am Schuhputzautomaten. Der muss wirklich aufgeregt sein, wenn er den ignoriert. Das merkt offenbar auch seine Frau. Jedenfalls lässt sie sich ohne weitere Gegenwehr abführen.

Zehn Minuten später sitze ich allein mit Tanja, unserer Inselpolizistin, im Büro vom Chef.

Ich erzähle Tanja von Omilein, Johannes und von Wolf und Connie. Und dass Johannes total blank ist, weil armer Poet und so. Tanja notiert sich alles, bedankt sich bei mir. Das war's. Komplett unspannend.

Bis zur Kaffeezeit habe ich zwei Stunden frei. Ich verziehe mich in die hinterste Ecke vom Raucherstübchen und lege eine Liste an. Johannes steht ganz oben. Er ist pleite, trägt immer einen schwarzen Rollkragenpullover und anthrazitfarbene Jeans – ganz existenzialistisch. Gestern vor dem Juwelier hatte er einen schwarzen Dufflecoat übergezogen, mit so großen Taschen, dass da locker eine Skimaske reingepasst hätte. Und später viel Schmuck. Ich frage mich, wieso der sich Schreiburlaub in der Hochsaison leisten kann, wenn er doch so wenig Geld hat. Vielleicht führt er ein Doppelleben. Gibt sich als verkannter

Schriftsteller aus und überfällt heimlich Juweliere. Dieses ganze Rumgejammer gehört mit zur Tarnung.

Auf Platz zwei stehen Connie und Wolf. Connie war so wild auf diese Kette, die würde vermutlich sogar einen Mord für das hässliche Ding begehen. Mit dem richtigen Outfit könnte man sie auf dem verschwommenen Bild einer Webcam locker für einen Typen halten. Entschlossen genug wäre sie jedenfalls für einen Einbruch. Und Wolf? Der ist dermaßen aufgeregt und seltsam seit heute Morgen. Und dann diese Ich-muss-mit-dir-reden-sofort!-Nummer. Wenn er es selbst nicht war, verdächtigt er seine Frau. Vielleicht glaubt er, dass seine Frau was mit Johannes hat und die beiden gemeinsame Sache gemacht haben.

Ich muss herausfinden, was die drei gerade treiben. Den Gedanken, dass jemand völlig anderes, irgendein dahergelaufener Möchtegern-Arsène-Lupin der Täter sein könnte, schiebe ich beiseite. Im Krimi ist der Täter auch nie irgendein Unbekannter.

Ich husche die Treppe zur Saunalandschaft im Dachgeschoss hoch. Unterwegs greife ich mir einen Stapel Handtücher vom Wagen des Zimmermädchens. Als ich die Tür zum Wellnessbereich öffne, kommt mir Connie entgegen. Verdammt. Suche ich erst nach Johannes oder gehe ich Connie hinterher? Ich entscheide mich für beides, klatsche die Handtücher auf die Ablage, werfe einen Blick durch die Fensterscheiben der Sauna und entdecke Johannes, der im Yogasitz auf der mittleren Bank thront, die Hände locker auf den Knien und die Augen geschlossen. Obwohl er so ein Idiot ist, sieht er verdammt gut aus. Ich reiße mich los und presche Connie hinterher. Sehe gerade noch, wie sie im zweiten Stock linkerhand zu den Zimmern abbiegt. Als ich den Flur erreiche, ist sie weg! Sie und Wolfram wohnen eine Etage tiefer – was also will sie hier?

Ich bleibe stehen und lausche. Der verhinderte Literaturnobelpreisträger logiert in der 211, vielleicht ist Connie ja ... Ich pirsche mich an das Zimmer heran und lege ein Ohr ans Türblatt. Drinnen rumst und knarzt es. Stellt Connie gerade die Bude auf den Kopf? Sie sucht den Schmuck, zischt es durch mein Hirn. Während ich überlege, was ich tun könnte, geht die Zimmertür auf. Ich springe zurück und ducke mich hinter dem Zimmermädchenwagen. Connie tritt in Zeitlupe heraus, schielt vorsichtig um die Ecke. Ich versuche, mich hinter dem Wagen unsichtbar zu machen. Sie sieht mich nicht, schließt die Tür und geht. Während ich ein Foto von ihr mache – vielleicht brauche ich ja Beweise, auch wenn Fotos vor Gericht keine Beweiskraft haben, sagen sie jedenfalls im Fernsehen immer –, wackelt sie den Gang entlang, als hätte sie nichts Verbotenes getan. In der Hand hält sie eine Plastiktüte, die sie vorher definitiv nicht dabeihatte. Die Juwelen! Als sie um die Ecke ins Treppenhaus biegt, verlasse ich mein Versteck. Ich sehe, wie sie Krauts Zimmerschlüssel auf einer der Stufen zum Dachgeschoss deponiert. Raffiniert, er soll glauben, er hätte ihn verloren. Ich widerstehe der Versuchung, mir den Schlüssel zu greifen. Die Juwelen sind ja schon weg. Stattdessen nehme ich ein Staubtuch vom Zimmermädchenwagen und folge Connie in den ersten Stock. Ich positioniere mich neben der 111 und wische an den Bildern herum, die überall an den Wänden hängen. Aus dem Zimmer der Müllers dringt lautes Gekeife, leider nicht so laut, dass ich etwas verstehen könnte.

Ein älterer Herr kommt vorbei und sieht mich fragend an.

»Personalmangel. Da müssen auch wir Kellnerinnen überall anpacken.«

Er wirft mir einen mitleidsvollen Blick zu und verschwindet in seinem Zimmer am Ende des Flurs. Bei den Müllers geht gerade irgendwas aus Glas zu Bruch. Jedenfalls klirrt es laut. Dann wird die Tür aufgerissen.

»Johannes wusste, dass ich mir die Kette wünsche. Der denkt nicht immer nur an sich – so wie du.« Mit diesen Worten stürzt Connie an mir vorbei, die Plastiktüte fest an ihre Brust gedrückt.

»Du glaubst doch nicht ernsthaft, dass du damit durchkommst«, brüllt Wolf ihr nach. »Du dämliches Frauenzimmer, dieser Auftrag ist meine letzte Chance – versau es mir nicht!« Er ist auf den Flur getreten, feuerrotes Gesicht, ziemlich kurz vor einem Herzkasper. Dann trifft sein Blick mich, wie ich bewegungslos an der Wand verharre, die Hand mit dem Staublappen am Bilderrahmen. »Sie …!« Er ringt nach Atem, dann dreht er sich um und schlägt die Tür hinter sich zu.

Ich lasse den Arm sinken und habe auch beinahe Schnappatmung. Bin ich tatsächlich gerade Zeugin eines Streits unter Gangstern geworden? Wahnsinn. Offenbar steckt der dämliche Dichter mit den beiden unter einer Decke. Aber Wolf gefällt es gar nicht, dass Johannes das hässliche, aber unglaublich wertvolle Collier der gierigen Gattin versprochen hat. Wahrscheinlich soll das Geschmeide auseinandergenommen und eingeschmolzen werden. Aber Connie wird mit ihrem generösen Liebhaber vor dem knausrigen Wolf fliehen. Ich sehe es vor mir: Sie werden den Rest des Schmucks aus ihrem Versteck holen und mit der Fähre aufs Festland fahren. Ich nestle mein Handy aus der Westentasche. Halb drei. Ich muss runter, die Kaffeegäste bedienen. Verdammt. Allerdings geht die Fähre erst halb sechs. Vorher sitzen die beiden hier fest. So gegen vier, halb fünf legt die »Frisia« an. Dann müssen erst mal die Passagiere runter, die Crew kontrolliert das Schiff, und frühestens um fünf dürfen die Rückreisenden an Bord. Wenn ich also kurz vor fünf am Anleger bin ... Oder muss ich nicht doch Tanja einschalten? In dem Moment piept mein Handy. Eine Textnachricht von Nadine springt mich an: »Wo bleibst du, Leo!!!!!« mit fünf Ausrufezeichen.

Zur Kaffeezeit ist bei uns immer die Hölle los. Hausgäste, Rentner von außerhalb – und heute ausnahmsweise Wolf. Der krallt sich die nächsten zwei Stunden an seinem Kaffee und einem Buch fest. Als ich ihm das bestellte Stück Marzipantorte vor die Nase stelle, schiebt er eine Ansichtskarte vom Küstenmuseum ins Buch und legt es auf den Tisch. »Die mehrfache Kausalität im Versicherungsrecht und ihre Beurteilung bei Vorliegen von Klarstellungen und Ausschlussklauseln.« Au weia, arme Connie.

Wenige Minuten später ist der Teller leer und Wolf hat sich wieder in seinen Mega-Bestseller vertieft. Aber was mir inzwischen auffällt: Er blättert niemals um. Entweder meditiert der über einem superkomplizierten Versicherungsrechtsverdreherparagrafen oder das Lesen ist nur Tarnung. Ich tippe auf Letzteres.

20 vor Fünf – ich bereite mich innerlich darauf vor, eine Migräneattacke zu simulieren, damit ich einen Abgang machen kann, als ein Dutzend Senioren den Speisesaal entert.

»Wir haben gehört, Sie machen den besten Butterkuchen der Insel. Hätten Sie vielleicht welchen für uns?«

Mir liegt ein: ›Leider für heute schon aus‹ auf der Zunge,

doch Nadine kommt mir zuvor: »Selbstverständlich haben wir noch Butterkuchen.«

Ich schiebe mit Nadine ein paar Tische zusammen, damit wir die alten Leutchen zusammen platzieren können. Dann hechte ich los, um neu einzudecken. Bis alle mit Kaffee, Tee, Grog und Pharisäer versorgt sind und ihr Stück Kuchen auf dem Teller haben, ist es Viertel nach.

Ich schnappe mir mein Handy und überlasse Nadine und die Senioren ihrem Schicksal. Nadine wirft mir einen Blick zu, der vermutlich in einem Gewittertornado endet, sobald sie mich zu fassen kriegt. Aber ich habe jetzt andere Probleme. Aus dem Augenwinkel sehe ich Wolf im Raucherstübchen sitzen und in sein Buch starren. Das muss Tarnung sein – ich frage mich, wen er beschattet. Um die anderen Gäste zu inspizieren, bleibt mir keine Zeit. Ich muss unbedingt die Fähre erwischen.

Als ich mich nähere, höre ich schon die Musik, die zum Ablegen der »Frisia« über das Hafengelände schallt: »We are sailing …« Das wird knapp!

Die meisten Fahrgäste sind schon an Bord, und der Platz vor dem Terminal ist wie immer mit winkenden und Abschiedsgrüße brüllenden Menschen überfüllt. Da ich die Schranken im Terminal nicht passieren kann, quetsche ich mich von außen an der Zugangsrampe zum Schiff entlang bis zum Eingang, wo Fiete aufpasst, dass keiner von den Urlaubern auf seinem Weg auf die Fähre ins Wasser platscht. Fiete und ich hatten mal was, aber nur kurz. Er liest nicht, und Thriller findet er blöd. Guckt bloß Sport und Arztserien. Das war keine gute Basis für eine Beziehung.

»Hi, Fiete, ist die an Bord gegangen?«, keuche ich und halte ihm das Foto von Connie, das ich im Hotelflur geschossen habe, unter die Nase.

»N'«, mumpft Fiete. Ja, reden tut er auch nicht viel. Noch ein Grund … Aber ich weiß, dass sein gemumpftes N unter normalen Leuten Nein bedeutet.

»Okay. Aber so 'n gut aussehender Typ, Mitte 40, Dufflecoat, ganz in Schwarz?«

Fiete hebt seine rechte Schulter um wenige Zentimeter an und lässt sie wieder fallen. Er hat also keine Ahnung. Kann sein, kann auch nicht sein.

Was jetzt? Ich kann nicht selbst auf der Fähre nachsehen. Ich hangele mich an der Rampe entlang zurück zum Vorplatz. Sie sind mir entwischt! In dem Moment tippt mir jemand auf die Schulter.

»Wussten Sie, dass zwischen 2008 und 2013 insgesamt 99 Passagierschiffe untergegangen sind?«, fragt eine vertraute Stimme. Ich drehe mich um und sehe Omilein, die mich anstrahlt. »Und trotzdem haben in den vergangenen zwei Jahren 51 Prozent der Deutschen eine Fähre benutzt. Frauen sind da übrigens geringfügig wagemutiger, 52,2 Prozent der Frauen, aber nur 49,9 Prozent der Männer sind Fähre gefahren.«

»Fantastisch«, antworte ich. »Haben Sie sich wieder verlaufen?«

»Nein, nein. Ich komme immer zum Hafen, wenn die Fähre ablegt. Ich mag die Musik. Und den hübschen Matrosen da.« Sie zeigt auf Fiete.

Ich weiß, hübsch ist er … »Haben Sie zufällig diese Frau gesehen?« Ich zeige ihr das Connie-Foto.

Omilein nickt. Die sei mit einem Mann zum Jachthafen gegangen. Sie weist auf die winterlich kahle Marina, wo drei einsame Boote dümpeln. Und der »Töwerland-Express«. Verdammt, den hatte ich vergessen. Ich umarme sie spontan.

»Wuschelige braune Locken, der Mann?«, frage ich hektisch.

»Nein, grau. Ne ganze Tube Gel im Haar. Wie komisch die gehen, habe ich noch gedacht. Sie immer einen Schritt vor, er dicht hinter ihr. Übrigens, statistisch gesehen …«

Grau und gegelt? Der Juwelier? Ich begreife gar nichts mehr, mache auf dem nicht vorhandenen Absatz kehrt – im Dienst trage ich immer Sneakers –, brülle Omilein ein »Danke!« zu und remple gegen eine dunkle Gestalt.

»Ach, unsere angehende Thrillerautorin. Na so was.«

Vor mir steht Johannes Kraut, Mitte 40, Dufflecoat, ganz in Schwarz. Nur sieht er überhaupt nicht ertappt aus, sondern hat ein süffisantes Grinsen aufgesetzt. Er muss aus dem Terminal gekommen sein. Im Arm hält er eine Laptoptasche. Er presst sie an sich wie ein vermisstes, aber glücklich wiedergefundenes Kind.

In meinem Kopf überschlagen sich die Gedanken. Johannes hier und Connie mit dem Juwelier unterwegs zu einem Boot?

»Ja ja«, sage ich nur, für einen geistreichen Schlagabtausch habe ich keine Zeit. Ich renne los, das ist ein verdammt sportlicher Tag heute. Beim »Töwerland-Express« steigen schon die Passagiere ein. Ich scanne das Grüppchen, zwei quengelnde Gören, dicker Papi, genervte Mutti – das war's.

Connie und der Juwelier wollen also mit einem Privatboot fliehen. Hätte ich mir eigentlich denken können.

Das erste Boot im Jachthafen ist ein arg vernachlässigter Optimist. Wie ist denn der dahin gekommen? Armes Ding – das wird wohl dein letzter Winter sein. Das zweite ist ein leckgeschlagener und halb abgesoffener Fischkutter.

Das dritte im Bunde ist eine mittelgroße, schicke, schnee-weiße Motorjacht, »Tiffany« prangt in geschwungenen Buchstaben auf dem Rumpf.

Ich nähere mich vorsichtig. An Deck ist niemand zu sehen. Ich hätte allzu gern gelauscht, aber die »Frisia« legt gerade ab, begleitet von Blasmusik. Ich betrete den Steg, an dem die »Tiffany« vertäut ist, und spähe durch eines der Bullaugen ins Innere. Auf einer Bank liegt Connie, die Handgelenke sind mit Gaffer Tape zusammengebunden, Blut rinnt ihr über die Stirn, die Augen sind geschlossen. Sie sieht furchtbar bleich aus. Einen Moment wird mir kalt, aber da sehe ich, dass ihre Brust sich minimal hebt und senkt – immer wieder. Sie lebt. Ein Typ mit Fassonschnitt wendet mir den Rücken zu. Es ist wahrhaftig Plietsch. Hat er Connie etwa erwischt, als sie abhauen wollte? Aber warum ist er dann hier mit ihr auf dem Boot und nicht bei Tanja auf dem Revier?

In diesem Moment packt mich jemand und zerrt an mei-nem Kragen. »Hab ich Sie!«, zischt eine Männerstimme, »und die Beute ist bestimmt auch hier versteckt!«

Ich fahre herum. Es ist Wolf. »Sind Sie total bekloppt?«, fauche ich ihn an. »Sie haben den Schmuck doch gekl…«

Er packt mein Handgelenk. »Bezugnehmend auf Para-graf 127 Absatz eins, Satz eins der Strafprozessordnung, gemeinhin als Jedermannsrecht bekannt, nehme ich Sie vorläufig fest unter dem dringenden Verdacht der …«

Während er Atem schöpft, geht mir ein ganzer Kron-leuchter auf: Wolf verdächtigt mich, den Schmuck geraubt zu haben. Deshalb beschattet er mich den ganzen Nach-mittag. Und er arbeitet in Bottrop für eine …

»Sie sind Detektiv!«, platze ich heraus. »Versicherungs-detektiv!«

»Tja, Pech gehabt«, zischt er und verstärkt den Schraubgriff um meinen Arm.

»Wir haben keine Zeit für diesen Quatsch«, raune ich. »Da drin ist …«

»Was?«, keift er.

Die »Frisia« ist aus dem Hafen entschwunden, die Musik ist aus, es ist auf einmal sehr still. Geradezu verdächtig still. Ich lege meinen Finger auf die Lippen. Offenbar deutet er meinen dramatischen Blick richtig. Er will durch das Bullauge ins Innere schauen – hoffentlich dreht er nicht durch, wenn er seine Frau da sieht. Bevor ich ihn daran hindern kann, klebt er mit der Nase fast an der Scheibe. Er grunzt unterdrückt, schnauft. Offenbar ist ihm klar, dass Plietsch uns besser nicht erwischt.

»Sie sind's ja gar nicht gewesen«, murmelt Wolf verstört.

»Natürlich nicht«, zische ich ihm zu.

»Sie sind trotzdem schuld«, pampt er mich an.

Ist der komplett übergeschnappt? Da liegt seine Frau bewusstlos und er versucht, mir irgendwas in die Schuhe zu schieben, wofür ich überhaupt nichts kann.

»Hätten Sie den Autor nicht unmissverständlich bezichtigt dann wäre der Juwelier nicht auf die Idee gekommen ihm den Einbruch in die Schuhe zu schieben und meine Frau auch nicht dann hätte meine Frau die Kette nicht gefunden wir hätten uns nicht gestritten sie wäre nicht mit der blöden Kette abgehauen und nicht in dieser misslichen Lage …« Das sprudelt aus Wolf heraus, als hätte jemand einen Knopf gedrückt. Ohne Punkt und Komma. Der Mann ist in Panik und will auf keinen Fall schuld sein, wenn seiner Frau was passiert.

»Sie rufen jetzt die Polizei«, flüstere ich in einem Tonfall, mit dem ich meine besten Freundinnen beruhige, wenn sie Liebeskummer haben.

»Das Schwein will nicht nur die Versicherung betrügen sondern auch noch meiner Frau was antun wie kann er nur was sollen wir jetzt tun ohgottohgottohgott ich muss da rein der hat eine Waffe …«, plätschert es weiter aus Wolf raus.

Ich sehe wieder durch das Bullauge. Tatsächlich liegt auf dem Tisch ein Revolver, halb verdeckt von der Tüte mit den Juwelen. Den hatte ich vorher doch glatt übersehen. Verdammt.

Ich ziehe Wolfs Handy aus seiner Jackentasche, drücke es ihm in die Hand und sage langsam: »Polizei. Anrufen. Jetzt.«

Meine Berührung hat ihn anscheinend auf den schwankenden Boden der Tatsachen zurückgeholt. »Welche Nummer hat denn die Polizeidienststelle hier?«, fragt er.

»110, wie überall in Deutschland.« Wie hat Wolf als Detektiv bisher bloß überlebt?

Er tippt etwas in sein Handy, während ich die Möglichkeiten abwäge, an Bord zu kommen, ohne das Schiff ins Schaukeln zu bringen.

Mein Blick geht wieder zu Connie, die in diesem Moment die Augen öffnet. Sie blinzelt, verzieht das Gesicht, zuckt mit dem rechten Arm, um sich an die Schläfe zu fassen, und erkennt, dass das nicht funktioniert. Ihr Blick taumelt durch den Raum, stolpert über Plietsch und bleibt an der Waffe hängen. Für eine Millisekunde erstarrt sie, dann kreischt ein Inferno los. Sie quietscht in einer Tonlage, die mich hoffen lässt, dass die Scheibe zerspringt. Tut sie natürlich nicht. Dann zappelt Connie und versucht, sich in die Vertikale zu hieven. Plietsch wirkt ver-

wirrt. Meine Chance. Wenn ich mich jetzt an Bord schleiche, kann ich ihn vielleicht überrumpeln, während Connie
ihn in ihrer Panik ablenkt. Als könnte sie meine Gedanken lesen, krallt sie sich mit den Händen an der Tischkante
fest und drückt sich hoch.

Ich schleiche so geschickt an Bord, als hätte ich irgendwo
in meiner Ahnenreihe ein paar Katzen.

Connies Kreischen geht in Brüllen über: »Sind Sie
bekloppt? Sie wollten dem armen Johannes einen Einbruch unterschieben. Und das mit meiner Kette. Sie Verbrecher!«

»Setz dich, blöde Kuh«, schreit Plietsch. Er schnappt
sich die Waffe vom Tisch und fuchtelt damit herum. Verdammt. Ich habe die Tür zur Kajüte bereits aufgerissen.
Plietsch fegt zu mir herum und richtet die Pistole auf
mich.

In diesem Moment klopft Wolf gegen die Scheibe und
kreischt: »Sie Arschloch, Sie bedrohen meine Frau nicht!«

Connie greift mit beiden Händen – anders geht ja nicht –
die Plastiktüte, holt wie ein Golfspieler aus und schleu-
dert sie Plietsch von unten mit Schwung ins Gesicht. Ich
reiße die Schiffsglocke, die neben diesem Steuerdings
hängt, vom Haken und werfe sie Richtung Juwelier. Er
lässt die Waffe fallen und reißt die Hände hoch. Die Glocke kracht auf die Tüte mit dem Schmuck und rammt sie
in den Tisch. In dem Moment schubst Wolf mich aus dem
Weg, stürzt sich auf den Mann, dreht ihm die Arme auf
den Rücken und sagt mit beängstigend ruhiger Stimme:
»Hiermit nehme ich Sie gemäß Paragraf 127 …«

Aus Connies Richtung kommt ein gepresstes »Autsch«.
Sie hat sich wieder auf die Bank fallen lassen und mit den
Händen nach ihrer Stirn getastet.

»… undsoweiter«, ergänzt Wolf schnell, »Jedermanns-recht, wegen Versicherungsbetrugs, Geiselnahme, illega-len Waffenbesitzes und überhaupt allem Möglichen fest.«
Wenige Minuten darauf ist Tanja da und übernimmt.

Zwei Stunden später sitzen wir im Raucherstübchen und sehen den Flämmchen auf dem »Friesengeist« beim Fla-ckern zu. Connie trägt drei schicke Wundnahtstreifen über der Verletzung am Kopf. Morgen fährt sie aufs Fest-land, um sich röntgen zu lassen. Einen Hubschrauber-einsatz hat sie strikt abgelehnt. Sie wolle die Solidarge-meinschaft nicht schröpfen. Nadine raunt mir was von Flugangst ins Ohr und grinst. Meine große Schwester hatte tatsächlich so was wie Besorgnis gezeigt, als wir zurück ins Hotel kamen. Die Kunde von der Verhaftung und meinem wagemutigen Einsatz war natürlich weit vor uns eingetroffen.

Connie ist immer noch ziemlich blass um die Nase, erzählt aber in epischer Breite, wie sie Plietsch am Hafen getroffen hat: »Der läuft direkt auf mich zu. Jammert mich voll, dass er ruiniert sei. Ich wusste erst gar nicht, was er von mir will, aber dann stubst er an die Plastiktüte mit meiner Kette und fragt mich, ob ich überhaupt kein Mit-leid habe. Ich Schaf dachte, er will wenigstens einen Teil seines Schmucks wiederhaben, um sein Geschäft zu ret-ten.« Sie macht eine Pause und löscht mit dem Pfännchen den fackelnden »Friesengeist«. »Als er mir den Revolver in die Nieren gerammt hat, ist mir erst klar geworden, dass er denkt, ich will ihn erpressen. Ich hatte solche Angst.« Ihre Hand, die das Schnapsglas hält, zittert so doll, dass sie das Glas abstellt. Wolf legt den Arm um sie, und Con-nie muss schlucken. Ich beneide die beiden echt nicht, das wird wahrscheinlich eine Menge Therapiestunden brauchen, bis das alles verarbeitet ist.

In dem Moment macht Wolfs Handy Pling. Mit der Hand, die nicht auf Connies Schulter ruht, wischt er auf dem Display rum. Während er liest, wechselt seine Gesichtsfarbe von Winterbeige zu Weiß und dann Herzanfallrot. »Das darf doch nicht wahr sein!« Er knallt das Handy auf den Tisch. Und dann erfahren wir, dass seine Versicherung erst jetzt herausgefunden hat, dass Plietsch sich mit dem Geschäft übernommen hat und ihm alle Bankkredite gekündigt worden sind, weil er die Raten nicht mehr bedienen konnte. Hätte das Wolf mal früher gewusst, dann wäre er nicht mir hinterhergeschlichen, sondern Plietsch, und dann wäre seine Frau nicht … undsoweiter. Wenn Wolf zurück in Bottrop ist, möchte ich nicht in der Haut des Kollegen stecken, der das verbockt hat.

Trotz dieser Nachricht fühle mich immer noch mies, weil ich Plietsch mit meinem Gerede über Johannes und die Kette erst auf die Idee gebracht habe, einen Teil der Beute in dessen Zimmer zu verstecken. Dabei war der dunkle Typ auf dem Foto niemand anderes als Plietsch selbst, der seinen eigenen Laden überfallen hat, um die Versicherungssumme zu kassieren und die Beute unter der Hand zu verkaufen.

Wir sitzen noch bis kurz vor Mitternacht – Connie hat Angst, ins Bett zu gehen, wahrscheinlich fürchtet sie Albträume, die Arme. Gerade als die Müllers doch aufstehen und Nadine nach der leeren Flasche »Friesengeist« greift, kommt Johannes um die Ecke getapst, wie immer in Schwarz, aber ausnahmsweise mit handtuchfeuchtem Haar. Er steuert ohne Umwege auf Connie zu und fährt sie in weinerlichem Ton an, dass durch das stundenlange Sau-

nieren die Schreibblockade noch viel, viel größer geworden und er nun komplett ohne Inspiration sei. Wie hätte
sie ihm so etwas nur raten können.

Was für ein hirnverbranntes Weichei! Ohne Connie und
uns säße er vermutlich demnächst in keiner Sauna mehr
rum, sondern in U-Haft. Ich schiebe Connie beiseite, baue
mich vor dem Jammerlappen auf und sage: »Vielleicht sollten Sie doch einen Thriller für das gemeine Volk schreiben,
dann könnten Sie auch davon leben. Und Inspiration dafür
gibt's hier haufenweise, jedenfalls wenn man sich noch für
was anderes interessiert als sich selbst.«

Das hat gesessen!

Was für ein grandioser Tag!

MIT DEM SEGEN VON OBEN

CHRISTINA BACHER

Während sie im Sterben lag, erklang in der Inselkirche die Sterbeglocke. Das war reiner Zufall. Passend, wenn auch ein bisschen zu pathetisch, fand Alfred Schilling.

Wie jeden Freitagabend nahm er auch heute am Wochenschlussgottesdienst teil, um sich für sein Tun die Absolution von oben zu holen. Gott gab ihm Kraft und Zuversicht, das zu tun, was getan werden musste.

»Der Herr ist mein Hirte, mir wird nichts mangeln.«

Er faltete die Hände demütig zum Gebet und richtete den Blick zur Decke des kleinen Gotteshauses, wo das historische Schiffsmodell leicht im Takt des Psalms schwankte. Unauffällig schielte er auf seine Armbanduhr. Erst in einer Stunde würde er wieder nach ihr sehen können, wenn der Pastor die Fürbitten abgehalten und dem Gottesdienst ein Ende gesetzt hatte.

Ihre strahlenden Augen würden sich bald für immer schließen. Hoffentlich wartete der Tod noch so lange, bis er wieder bei ihr sein konnte. Nein, ein Erstickungstod war kein Spaziergang. Auch wenn man beim Sterben noch so eine wunderbare Aussicht aufs Meer hatte, – so ein Ende wünschte man nicht mal seinem ärgsten Feind.

Oder doch. Dem eben schon.

Die »Frisia« glänzte, als habe man sie eigens für Karlas Besuch geputzt, gewienert und poliert. Schon als sie die Fähre im Hafen von Norddeich am Morgen betreten hatte, kamen die Erinnerungen mit voller Wucht zurück: Wie sie als kleines Mädchen mit ihren Eltern am oberen Deck stand. Ihre wunderschöne Mutter in einem bunten Blumenkleid, die roten Haare vom Wind zerzaust und der Vater lachend – mit einem Bier in der Hand – den Namen der Mutter zärtlich in ihr Ohr flüsternd. Mira.

Und drum herum nur Möwen und das Meer.

So glücklich war sie gewesen, ihre Eltern nach langer Zeit wieder so zu sehen. Voller Hoffnung, dass die Mutter ihrer tödlichen Krankheit doch die Stirn würde bieten können. Die Ärzte hatten sie schon fast aufgegeben, doch dann schlug die Chemotherapie plötzlich überraschend gut an.

»Ich werde alles tun, um bei dir zu bleiben, meine Süße.« Karla erinnerte sich an die Worte ihrer Mutter, als wäre es gestern gewesen. Und sie hatte ihr damals geglaubt.

Ja, es hatte sich wie ein ganz normaler Familienurlaub angefühlt, und keiner konnte sich damals vorstellen, dass ihre Mutter nie wieder von der Insel, wo sie geboren und aufgewachsen war, zurückkehren würde.

Karla schaute in die Ferne. Heute war das Meer noch ruhiger als damals, und es ging ein starker Ostwind. Sie überprüfte mit der rechten Hand, ob der Brief, den sie vor ein paar Tagen erhalten hatte, noch in ihrer Tasche steckte. Ohne den wäre sie überhaupt nicht hier. Der Briefeschreiber nannte sich Robert Behring. Er behauptete, auf Juist zu leben und zu wissen, wie ihre Mutter vor 20 Jahren tatsächlich gestorben war.

Erst war sie über diese Zeilen erstaunt gewesen. Dann sogar richtig wütend. Was bildete sich dieser Fremde ein, sich nach all den Jahren in Dinge einzumischen, die ihn nichts angingen? Er riss nur alte Wunden auf, die viele Jahre nur leidlich geheilt waren. Alles tauchte mit voller Wucht auf: der Schmerz, die Wut, das Alleinsein.

Am letzten Tag des Urlaubs wurde ihre Mutter tot in einem Strandkorb in der Nähe des Kurhauses gefunden. Ein tödliches Gift hatte sie eingenommen, um ihrem Leben ein Ende zu setzen. Niemand zweifelte damals an einem Suizid. Hatte die schwer kranke Frau ja oft vor Schmerzen nicht mehr ein noch aus gewusst. Und obwohl man keinen Abschiedsbrief fand und die damals siebenjährige Karla es nicht hatte glauben wollen, dass ihre Mutter sie aus freien Stücken im Stich gelassen hatte. Selbstmord galt letztlich als offizielle Todesursache. Sie wurde auf dem Inselfriedhof bestattet, da sie auf Juist geboren worden war. Eine Einheimische also, die zum Sterben zurückgekehrt war – eine tragische, aber auch rührende Geschichte. Karlas erster Gang würde sie heute noch an Mutters Grab führen.

»Ist der noch frei?« Karla erschrak, bevor sie sich umdrehte. Sie war so in die Vergangenheit versunken gewesen, dass sie den jungen Mann gar nicht bemerkt hatte, der sich da von hinten an die Stuhlreihen herangepirscht hatte. Er zeigte auf die letzte freie Sitzgelegenheit, auf der sie Reisetasche und Windjacke ausgebreitet hatte.

»Oh, natürlich, sorry.« Karla musterte den Mann kurz, registrierte auch, dass er gut aussah. Und dass er ein angenehmes Parfum benutzte, das sie von irgendwoher kannte. Sie hatte nichts dagegen, dass er neben ihr Platz nahm, im

Gegenteil. Sie versuchte sich an einem Lächeln. »Waren Sie schon mal auf Juist?« Ganz entgegen ihrer Gewohnheit begann sie einen Small Talk.

Er lachte. »Klar, ich wohne ja dort. Zumindest sporadisch.«

Sie staunte nicht schlecht. Wie ein Inselbewohner sah der Mann so gar nicht aus. Er hatte einen Anzug an, einen Aktenkoffer dabei und einen zusammengefalteten Businessroller unter dem Arm, so, als käme er gerade aus dem Büro. Als er ihren irritierten Blick bemerkte, lieferte er die Erklärung gleich hinterher. »Ich arbeite drüben auf dem Festland und pendele mehrmals die Woche. Und selbst?«

»Ich bin Karla, Wiederholungstäterin. War schon oft auf Juist, eine schöne Insel.«

»Urlaub also?«

»Nein, ich nehme … eine Auszeit.« Sie wusste, dass sie mit dieser Antwort Gefahr lief, eine Nachfrage zu provozieren. Aber vielleicht kam sie so mit dem jungen Mann ja weiter ins Gespräch.

Doch der nickte nur eifrig.

»Juist ist perfekt zum Seele baumeln lassen, gute Entscheidung.« Er streckte ihr die Hand entgegen. »Ich bin Lars. Vielleicht haben wir uns ja schon einmal gesehen? Ich habe in der Insel-Buchhandlung meine Lehre gemacht und viele Jahre dort gearbeitet, bis es mich woandershin verschlagen hat.«

An die Buchhandlung auf der Insel erinnerte sie sich gut. Sie hatte schon als Kind darin gestöbert und sich später ebenda mit Urlaubslektüre und Postkarten versorgt. Im Grunde hatte sie dort auch ihre Liebe für Krimis entdeckt, denn das Sortiment des kleinen, gemütlichen Ladens war schon damals besonders gut bestückt gewesen. Inzwischen gab es sogar ein jährliches Krimifestival, wie sie gehört hatte.

»Ja, bestimmt.« Sie lächelte. Kurz war sie versucht, ihn über den tatsächlichen Grund ihrer Reise zu informieren und ihm von der Mutter zu erzählen, die ja auch von der Insel stammte, doch da klingelte sein Handy. Besser so! Was war nur in sie gefahren, dass sie beinahe einem Fremden ihre Geschichte anvertraut hätte. »Hallo, ich bin Karla und habe Bindungsangst, weil meine Mutter sich früh vom Acker gemacht und mich im Stich gelassen hat.« Wie peinlich wär das gewesen. Und völlig daneben. Sie beobachtete den Mann, der – das Smartphone am Ohr – einen sorgenvollen Gesichtsausdruck aufgesetzt hatte.

»Ja, was ist denn, mein Schatz?« Er entfernte sich, ohne sich nochmals umzusehen, sein Gepäck ließ er einfach liegen. Offenbar hatte er vor, zurückzukommen.

Karla schaute ihm ein wenig enttäuscht hinterher. »Schatz« also. Hätte sie sich ja denken können, dass so einer vergeben war. Aber egal, sobald sie auf der Insel war, würde sie sowieso keine Zeit mehr für einen Flirt haben. Seit sie diesen Brief bekommen hatte, drehten sich ihre Gedanken nur noch um eins: Sie wollte herausfinden, was tatsächlich an diesem 9. Juli vor 20 Jahren auf der Insel passiert und wie ihre Mutter wirklich gestorben war.

»Sie starb durch die Hand eines anderen«, hatte dieser Behring geschrieben, »und ich sehe es als meine Pflicht an, Ihnen dies mitzuteilen, bevor meine eigenen Tage gezählt sind.«

Seither verfolgten sie schlechte Träume und eine Unruhe, die sie noch nie an sich wahrgenommen hatte. Aus einem ersten Impuls heraus hätte sie den Brief am liebsten zerrissen. Aber was, wenn dieser Behring recht hatte? Dann lief da draußen einer frei herum, der ihre Mutter auf dem Gewissen hatte. Daraufhin war die Entscheidung schnell gefallen: Karla hatte sich kurzerhand krankschreiben lassen und war sofort abgereist. Nicht mal ihrer besten Freundin hatte sie Bescheid gegeben, was sie vorhatte.

»Sorry, wir wurden unterbrochen.« Lars setzte sich. Er schien wie ausgewechselt, wirkte leicht gestresst, und sein blaues Hemd hatte Schweißflecken unter den Armen. »Meine Tochter hatte eine Frage zu ihren Hausaufgaben. Doch ich fürchte, sie muss heute mal ohne mich zurechtkommen. Die telefonische Verbindung auf See ist einfach zu grottig.«

Karla nickte und konnte kaum ihre Überraschung verbergen. Eine Tochter hatte er also auch. Dabei durfte er nicht viel älter sein als sie. Ein sehr junger Vater.

»Sie lebt bei ihrer Mutter drüben in Norden. Nicht immer einfach, auf die Entfernung für sie da zu sein«, er nahm einen großen Schluck aus seiner Wasserflasche. Die Hitze brannte ganz schön auf das Deck des Schiffes, und unter anderen Umständen hätte Karla sich lieber in den Schatten zurückgezogen. Doch sie genoss einfach seine Gegenwart. Tatsächlich kamen sie ein bisschen ins Plaudern, sprachen über seine Kindheit auf Juist, über die Schulzeit in der kleinen Inselschule und seine Entscheidung, schließlich rüber ins Internat nach Aurich zu wechseln und nur noch die Wochenenden auf der Insel zu verbringen. In der Schule habe er dann auch seine damalige Freundin kennengelernt, die ungeplant von ihm schwanger wurde.

»Die Beziehung hat nicht lange gehalten, aber Polly ist mein Ein und Alles.« Jetzt aber, erzählte er weiter, sei sein Vater schwer krank, und er fühle sich verpflichtet, ihm nach Möglichkeit beizustehen.

Karla stellte sich diese Polly als ein kleines Mädchen mit blonden Zöpfen vor, so, wie sie eins gewesen war. Unbekümmert und unwissend, welche traurigen Dinge das Leben oftmals bereithalten würde. Die Kleine war offenbar nicht in einer intakten Familie aufgewachsen, aber immerhin lebten noch beide Elternteile, die sie über alles liebten. Dagegen war ihr die Mutter viel zu früh genommen worden. Nicht mal verabschieden hatte sie sich können. Sicherlich fiel es ihr deshalb so schwer, zu Menschen Vertrauen zu fassen und eine Partnerschaft aufzubauen. Diese Verlustängste waren einfach da und saßen ganz tief.

»Und du?«, Lars hielt ihr eine Tüte Bonbons hin, zögerlich nahm sie eins heraus und packte es umständlich aus dem silbernen Papier. »Mann, Haus, Kind, Hund – das ganze bürgerliche Programm?«

»Nein, nichts davon. Nicht mal ein Haustier.« Karla lachte. Sie schaute ihn dabei nicht an, bemerkte aber, dass sich ihre Beine leicht berührten. Sie fühlte den Stoff seiner Hose an ihren Oberschenkeln. Schnell rückte sie ein wenig ab.

»Schau, da vorne!« Lars sprang auf und reckte seinen Zeigefinger in die Ferne. Jetzt sah es Karla auch, das weiße, stattliche Wahrzeichen der Insel. Bald würden sie am Ziel sein.

»Die Zitronenpresse«, lächelte sie. Eine leise, melancholische Melodie drang aus den Lautsprechern an ihr Ohr – das Willkommenslied zauberte ihr immer eine Gänsehaut auf die Arme.

»Es ist wie nach Hause kommen«, flüsterte sie fast lautlos.

Lars schaute sie an. »Ja, das ist es«, sagte er.

Gemeinsam mit der kleinen Gruppe Menschen drängte Alfred Schilling aus dem Gotteshaus. Er wollte in keinem Fall auffallen. Er durfte also nicht zu hektisch oder zu schnell agieren. Gelassen schloss er also erst einmal sein Fahrrad auf. Wahrscheinlich war er der einzige Insulaner, der sein Rad abschloss, weil er Angst vor Dieben hatte. Wenn er ehrlich war, musste er sich eingestehen, dass man hier ja nirgends damit hinkonnte. Die Fähre fuhr nur ein Mal am Tag rüber zum Festland, und auf dem langen Landstreifen konnte man einen solch großen Gegenstand wie ein Fahrrad mit Anhänger kaum verstecken. Doch das Gefährt war seine Existenzgrundlage. Ohne sein Lastenrad könnte er die Leichen nicht transportieren. Und es war sicher nicht so einfach, nochmal so ein Modell zu bekommen – schon gar nicht für wenig Kohle. Außerdem liebte er sein Rad mehr als alles andere auf der Welt.

»Na, Schilling, hast du deinen Drahtesel wieder besser gesichert als deinen Geldbeutel?«

Nein, der olle Jülich ließ nie eine Gelegenheit aus, ihn zu verspotten. Diesmal spielte er darauf an, dass er vor ein paar Tagen in der »Spelunke« sein ganzes Geld versoffen und danach diese hübsche Dralle angebaggert hatte, die hier jedes Jahr im Sommer Urlaub machte. Die dann später mit ihrer Freundin abgezogen war – natürlich ohne ihn.

Manchmal wünschte er sich, die Leute wüssten, zu welchen Dingen er fähig war. Dann hätten sie sicher mehr Respekt vor ihm. Oder eben Angst, und das auch zu Recht. Keiner konnte ihm nämlich das Wasser an Skrupellosigkeit reichen. Niemand hatte – Juist, Langeoog, Spiekeroog, Norderney und Baltrum zusammengenommen – mehr Menschen auf dem Gewissen als er. Schade war eben nur, dass er mit niemandem darüber reden konnte. Ein biss-

chen Ruhm und Ehre tat doch jedem mal gut. Aber das war eben der Nachteil seines Tuns: Er durfte zwar dem Töten nachkommen, musste das aber im Stillen genießen. Sonst hätte er nicht weitermachen können. Und sein Werk war noch lange nicht beendet. Er schwang sich auf das Rad und nahm den Weg runter zum Kurhotel. Er war erregt, fühlte sich wie frisch verliebt, sein Herz klopfte bis zum Hals. Diese Morde brachten frischen Wind in sein sonst so langweiliges Leben. Sie waren sein Kick und sein Lebensinhalt. Seine Mission. Seine Rache. Und diese junge Frau würde eine besonders schöne Leiche abgeben. Vielleicht, so befürchtete er, hatte man sie sogar schon gefunden und den Insel-Polizisten verständigt. Dennoch würde man ihm nicht auf die Schliche kommen, schließlich war er ja nicht blöd und immer sehr vorsichtig. Als Portier verkleidet, hatte er das Gift in ihr Frühstück geschmuggelt, das sie sich am Morgen aufs Zimmer bestellt hatte. Die Familie war bereits auf einem Ausflug zur Bill raus, er hatte also sichergehen können, dass es die Richtige traf. Er jubilierte. Niemand hatte auch nur das Geringste bemerkt. Immer wieder war er überrascht, wie leicht es ihm gemacht wurde.

Schon jetzt freute er sich auf den Aufmarsch der Polizei, auf die trauernden Hinterbliebenen, die entsetzten Voyeure und die vereinzelten Urlauber am Tatort, die es gar nicht fassen konnten. Endlich war mal wieder richtig was los hier auf der Sandbank!

Leben und Tod liegen oft so nah beieinander, hatte seine Mutter immer gesagt. Wie wahr.

Karla spürte noch seinen festen Händedruck, als Lars schon einige Minuten aus ihrem Sichtfeld verschwunden war. Dass er sie zum Abschied gefragt hatte, ob sie am

Abend zusammen in der »Hohen Düne« essen würden, freute sie aufrichtig. Sie hatte ohne Zögern zugesagt. So stand Karla noch eine ganze Weile mit ihrem Gepäck an der Anlegestelle, bis sie von einem alten Mann angesprochen wurde, der einen Bollerwagen mit sich führte.

»Kann ich Ihnen mit dem Gepäck helfen? Ich fahre rüber zur ›Villa Charlotte‹.«

Was für ein Zufall. Da wollte sie auch hin. Sie nickte dankbar und lud ihren Koffer auf.

»Sind Sie eine Freundin vom Behring Junior? Ich hab sie gerade zusammen beobachtet.« Er zwinkerte ihr zu und musterte sie neugierig von unten nach oben. Über irgendetwas schien er nachzudenken. »Wär ja schon schön, wenn der sich mal wieder verlieben würde. Da war ja lange nix. Der gute Lars hätte eine schöne Frau an seiner Seite verdient. Wenn ich also helfen kann …«

Karlas Puls raste. Hatte sie eben richtig gehört? Nicht nur, dass ihr neugieriger Begleiter Lars' Liebesleben zu kennen glaubte, hatte er ihr gerade noch eine wichtige Information zugespielt: Lars hieß Behring – er hatte also den gleichen Familiennamen wie der mysteriöse Briefeschreiber. Juist hatte nicht mal 2.000 Einwohner, das konnte doch kein Zufall sein.

»Sie müssen mir das auch nicht erzählen, ob da was läuft. Ich kriege es auch so raus«, grinste der Alte. »Alle Insel-Geheimnisse sind bei mir gut aufgehoben! Und ich habe schon viele Ehen gestiftet, das ist meine Passion.«

»Wo Sie sich hier so gut auskennen«, wagte sich Karla vor, »wo wohnt denn die Familie Behring?«

Das Männlein bekam ganz rote Wangen vor Aufregung. Vermutlich freute er sich, dass er mal wieder Teil einer Verkupplungsaktion sein konnte. Er zeigte die lange, gerade

Straße entlang, um ihr die Richtung anzuzeigen. »Unten im Loog. Immer geradeaus. Ich schreibe Ihnen die Adresse auf. Der alte Behring war Inselpfarrer, bis er schwermütig wurde. Dass seine Frau verstorben ist, hat er nicht verkraftet. Die Angelika lag eines Morgens einfach neben ihm tot im Bett. Und wenn sich der Lars nicht um seinen Vater so rührend kümmern würde, wäre der Gute ganz schön übel dran«, er hielt an und schob den Bollerwagen zur Seite. »Wir sind da!«

Karla sah, wie der Mann keine Anstalten machte, das Gepäck freizugeben. Demonstrativ hatte er sich vor dem Bollerwagen aufgebaut und erwartete ein Trinkgeld. Natürlich. Das hätte sie sich ja denken können. Nichts war auf der Welt umsonst, nur Luft und Liebe. So hatte schon ihre Mutter immer scherzhaft gesagt. Sie steckte ihm einen Zehneuroschein zu, den er sofort in seiner Jacke verschwinden ließ.

»Und jetzt noch die Adresse vom Behring?«, fragte er. Ein weiterer Zehneuroschein wechselte den Besitzer. Erst dann machte er sich daran, auf einen kleinen Zettel eine Adresse zu notieren. Loogster Pad, das musste ganz in der Nähe vom Küstenmuseum sein. Karla bedankte sich und war froh, dass sie den Alten endlich los war.

»Und falls Sie meine Dienste noch mal benötigen, melden Sie sich. Ich weiß alles über die Leute hier. Man nennt mich nicht umsonst Ingo, den Insel-Postillon«, er grinste zahnlos und wartete, bis Karla mit ihrem Gepäck in der weiß getünchten, heimeligen Pension verschwunden war, in der sie schon viele Urlaube verbracht hatte.

»Einfach im Radladen gegenüber nach mir fragen, die wissen …«, rief er ihr hinterher.

Alfred Schilling hatte diesmal Glück. Die junge Frau befand sich noch mitten im Todeskampf. Ihr Gesicht war bläulich angelaufen. Als er an den Strandkorb mit der Nummer 552 herantrat, sperrte sie ihre Augen entsetzt noch weiter auf. Sie fürchtete sich vor ihm, so viel stand fest. Das erregte ihn besonders.

»Na, Mädchen, bald hast du es geschafft«, verspottete er die Sterbende. »Wegen mir brauchst du dich nicht beeilen. Ich habe Zeit!«

Er versuchte, den Strandkorb ein Stückchen herumzudrehen, um die pralle Sonne fernzuhalten, die in ihr verzerrtes Gesicht fiel. Er liebte die letzten, entsetzten Blicke seiner Opfer – voller Angst vor dem, was sie im Jenseits erwarten würde. Voller Schmerzen und Sehnsucht nach Erlösung. So pur und ursprünglich schauten nur kleine Babys bei der Geburt. Das hatte er bei seiner Mutter, die die Inselhebamme gewesen war, oft miterleben dürfen. Oh ja, auch die frischgeborenen Säuglinge hatten im ersten Moment dieses Entsetzen im Blick, was ihn schon als Kind immer erstaunt hatte. Wahrscheinlich, so dachte er, lag es daran, weil sie aus der warmen, sicheren Gebärmutter herausgepresst wurden in ein kaltes, nacktes Sein. Viele Jahre hatte er zusehen müssen, wie sich seine Mutter in diesen Job reingehängt hatte. Tag und Nacht hatte man die Schilling-Ida gerufen. Und hatte ihn alleine gelassen, war bei Wind und Wetter mit ihrem Fahrrad über die Insel gehetzt. Immer im Dienst, im festen Glauben, dass alles wieder gut werden würde. Und meistens ging es ja auch gut. So hatte sie 44 Kindern das Leben geschenkt. Bis es einmal nicht so glimpflich abgelaufen war – dann war Schluss gewesen.

Ein röchelndes Geräusch riss ihn aus seinen Gedanken. »Nicht so laut! Man könnte dich hören«, belustigt ließ er den Blick über den weißen, leeren Strand schweifen, an dem die bunten Strandkörbe wie Spielzeughäuschen in Reih und Glied standen. Viele Touristen waren gerade nicht auf der Insel. Und um diese Zeit hatten alle eh schon zusammengepackt und saßen beim Abendbrot.

Das Meeresrauschen war nun lauter als das Röcheln seines Opfers, das ihn mit einem besonders langen Todeskampf verwöhnte.

»Weißt du überhaupt, warum du leiden musst?« Schilling streichelte der rothaarigen Frau in dem bunten Sommerkleid fast zärtlich über den Kopf. Er liebte es, wenn die Opfer seine Stimme beim Sterben hörten. Das erzeugte Nähe, fast schon Intimität. Er lächelte. »Weil du auch eine von denen bist, die meine Mutter auf dem Gewissen haben. Eins dieser Kinder, für die sie alles gegeben hat, um ihnen hier auf der Insel das Leben zu schenken. Sie ist immer für euch alle da gewesen, nur nicht für ihren eigenen Sohn. Den hat sie immer eingeschlossen, manchmal stundenlang. Euch hat sie mit Muttermilch versorgt, notfalls mit ihrer eigenen. Mich hat sie fast verdursten lassen in dem dunklen Keller. Keiner hat es ihr jemals gedankt. Und als das Kind vom Bürgermeister unter der Geburt gestorben ist, wollte man sie von der Insel jagen. Da ist sie lieber freiwillig gegangen und hat sich einen Strick genommen.«

Die Frau im Strandkorb hob noch ein letztes Mal ihre Brust. Ein letzter Atemzug. Ein letzter flehender Blick, bis er erlosch.

Schluss. Fini. Ende.

Jetzt hatte er sich doch wieder in Rage geredet, das hatte er gar nicht vorgehabt. Aber sie sollte wissen, warum sie starb. In der Abendsonne sah er von Weitem einen Mann und ein kleines Mädchen den Strand entlanglaufen. Sie *schienen jemanden zu suchen, denn sie riefen immer wieder einen Namen.*

Mira.

Den Namen der Frau.

Gerne wäre er noch eine Weile bei der Toten geblieben, hätte ihr bleiches Gesicht geküsst und sich an ihr gerieben. Jetzt aber musste er sich beeilen und sie schleunigst verlassen. Er gönnte sich einen letzten Blick auf die Leiche, dankte Gott für sein Verständnis, bekreuzigte sich und stampfte in großen Schritten durch den Sand. Er hatte sein Fahrrad auf der Strandpromenade an einen Poller angeschlossen, dort war es sicher.

»Mira!«, schrie der Mann wieder voller Verzweiflung.

»Mama!«, hörte er eine helle Mädchenstimme. »Wo bist du?«

Karla hatte sich gleich nach ihrer Ankunft ein Fahrrad geliehen und war rüber ins Loog gefahren. Sie wollte endlich wissen, was dieser Behring ihr zu sagen hatte. Eine feine Brise strich ihr um die Nase, sie genoss die Ruhe und Beschaulichkeit, die einem Stadtmenschen wie ihr besonders guttat. Dennoch bemerkte sie unterwegs auch, dass sich in den letzten Jahren einiges verändert hatte. Viele Häuser, die ursprünglich klein und niedrig gewesen waren, hatte man – alleine schon aus Mangel an Wohnraum – in die Höhe gebaut. Aufgestockt, um mehr Touristen unterbringen zu können. Angebaut, um den Kindern eine eigene Wohnung zu ermöglichen. Juist würde bald aus allen Nähten platzen, wenn das so weiterging.

Karla klopfte an die Tür der Behrings, weil sie keine Klingel finden konnte. Sie hatte mal gehört, dass die Inselbewohner die Türen gar nicht abschlossen und man einfach in die Häuser reinlaufen konnte. Das würde sie sich nicht trauen, sie würde sich wie eine Einbrecherin fühlen. »Hallo?«, rief sie erneut und wartete eine Weile. Dann umrundete sie das Haus aus roten Ziegelsteinen, dahinter lag ein idyllischer Garten mit alten, knochigen Obstbäumen und einer in die Jahre gekommenen Hollywoodschaukel.

»Hallo?«

Der gedeckte Tisch ließ darauf schließen, dass jemand zu Hause sein musste. Eine Kanne dampfender Tee stand bereit, zwei Gedecke, daneben eine Milchkanne und ein frisch gebackener Kuchen. Sanddornkuchen war die Leibspeise ihrer Mutter gewesen, zum Geburtstag hatte sie sich immer einen – auch noch fernab der Heimat – gebacken.

»Karla!« Lars sah wirklich überrascht aus, als sie im Garten plötzlich vor ihm stand. Offenbar hatte er gerade seine Gartenarbeit beendet, die Hecke war akkurat geschnitten, und er hielt die große Schere noch in der Hand. Sein Business-Outfit war einer sportlichen Hose und einem weiten Holzfällerhemd gewichen, Arbeitshandschuhe rundeten das Bild des Gärtners ab. So leger gekleidet, gefiel er ihr fast noch besser. »Was machst du denn hier? Wir sind doch erst heute Abend verabredet?«

»Sie will zu mir«, kam da eine brüchige Stimme aus dem Wohnzimmer. Ein alter Mann kam mit Krücke und in gebückter Haltung auf sie zu. Karla vermutete, dass das Robert Behring war. Früher musste er einmal sehr attraktiv gewesen sein, das konnte man noch sehen. Er hatte freundliche, blaue Augen und sah Lars sehr ähnlich.

»Zu dir? Ich verstehe nicht.«

Karla holte den Brief aus ihrer Handtasche. »Der ist von Ihnen, nicht wahr? Ich glaube, wir müssen reden!«

Der alte Mann nickte und zeigte auf den einladend gedeckten Tisch, so, als habe er sie schon erwartet. »Lars, magst du ein drittes Gedeck holen und dich dazusetzen? Es geht in gewisser Weise auch um uns.«

Karla wusste nun, dass sie auf ihre Fragen Antworten bekommen würde. Ob sie ihr gefallen würden, da war sie sich nicht ganz sicher.

»Sie schrieben, dass Sie mehr über die Todesumstände meiner Mutter wissen – mehr als die Polizei?« Karla wollte keine Zeit mehr verlieren, wollte endlich wissen, was damals laut Behring wirklich geschehen war. Erwartungsvoll schaute sie den Pastor an und fuhr fort: »Heute jährt sich der Todestag meiner Mutter zum 20. Mal. Was wissen Sie …«, mehr brachte sie nicht heraus. Schluckte. Nahm einen neuen Anlauf. »Und warum kommen Sie damit erst nach so vielen Jahren?«

Sie schaute kurz rüber zu Lars, der auf einen unbestimmten Punkt in weiter Ferne starrte. Sein Gesicht war wie zu einer Maske erstarrt. Und kalkweiß. Was er wohl dachte? Plötzlich fühlte sie sich zu ihm hingezogen, hätte ihn gerne einfach in den Arm genommen. Selten hatte sie so für einen Mann empfunden, für einen gänzlich Fremden. Sie nippte kurz an ihrem Tee, um das Schweigen und ihre Unsicherheit besser auszuhalten.

»Sagt dir der Name Alfred Schilling etwas?« Der alte Mann schaute an ihr vorbei. Er konnte also nicht sehen, dass sie heftig mit dem Kopf schüttelte. Doch Lars war offenbar hellhörig geworden, schaute erst sie, dann seinen Vater an. Was ging hier vor sich?

Behring sprach weiter. »Ich hatte lange schon den Verdacht, dass mit Schilling etwas nicht stimmte. Schon als Kind war er ein Sonderling gewesen. Nach dem Tod seiner Mutter – sie hatte sich im Keller des Hauses erhängt, da muss der Junge zehn Jahre alt gewesen sein – ging er fast gar nicht mehr unter Leute. Ich sah ihn eigentlich nur regelmäßig in der Kirche und ab und zu auf einer Beerdigung«, Behring schob den Teller mit dem Kuchen beiseite. »Allein das kam mir schon seltsam vor. Die Leute machten sich über ihn lustig, weil er immer nur mit einem Lastenrad über die Insel fuhr, ohne wirklich etwas zu transportieren. Ich glaube, er wollte gar nicht gemocht werden. Und mit den Jahren ging er immer öfter in die »Spelunke« und ließ sich volllaufen.« Behring rührte gedankenverloren in seiner Tasse herum, dass die Kluntjes nur so klapperten.

Karla konnte die Spannung kaum aushalten. Sie musste an die Beerdigung ihrer Mutter denken, es waren unglaublich viele Menschen da gewesen. Ob dieser Schilling auch unter den Trauernden gewesen war? Sie konnte sich nur noch verschwommen an diesen furchtbaren Moment erinnern. Es war der Tag gewesen, an dem Töwerland seinen Zauber für sie verloren hatte.

»Als deine Mutter an diesem Freitagabend vor genau 20 Jahren starb, Karla, war Schilling in ihrer Nähe. Einige Menschen, die sich auf der Strandpromenade aufgehalten hatten, hatten ihn mit seinem Lastenrad gesehen, und eine Touristin hatte ausgesagt, dass er vor jenem Strandkorb gekniet habe, in dem man deine Mutter später gefunden hat. Der Strandkorb mit der Nummer 552.«

Ein kleiner Vogel landete mitten auf dem Kuchen und begann, eifrig daran zu picken. Mit einer einzigen Handbewegung scheuchte Lars das Tier fort.

»Dennoch ging man von einem Selbstmord aus, weil man Reste des hochkonzentrierten Giftes, das sie zu sich genommen hatte, später in Resten des Frühstücks in ihrem Hotelzimmer fand. Da sie schwer krank gewesen war und oft unerträgliche Schmerzen gehabt haben muss, ging man damals von Suizid aus.«

»Ich weiß«, sagte Karla leise. »Ich kenne diese Theorie, und sie verfolgt mich, seit ich sieben Jahre alt war und meine Mutter verloren habe. Dass sie mich freiwillig im Stich gelassen haben soll, kann ich mir trotzdem bis heute nicht vorstellen.«

Robert Behring stand auf und klopfte seinem Sohn auf die Schulter. »Ich komme gleich wieder. Ich möchte euch etwas zeigen.« Humpelnd und auf seinen Stock gestützt, ging er Richtung Haus.

»Weißt du«, sagte Lars tonlos. »Meine Mutter hat heute auch ihren Todestag. Es ist zehn Jahre her, dass sie morgens tot im Bett lag – Herzstillstand.«

Sein Gesicht zeigte dabei keinerlei Regung. Und da saßen sie nun, Lars und Karla – zwei Fremde, die sich am Morgen erst kennengelernt hatten und deren Schicksale plötzlich auf seltsame Art miteinander verwoben waren. Beide hatten sie ihre Mütter verloren. Ganz plötzlich. Und am selben Tag des Jahres.

Alfred Schilling hatte nicht bedacht, dass es heute Nacht Regen geben würde, weswegen er dummerweise das Dachfenster aufgelassen hatte. So regnete es einige Stunden lang in sein Schlafzimmer hinein, bis er von dem Prasseln wach wurde.

»So eine Scheiße«, fluchte er. Dass nun nicht nur der Holzboden nass war, sondern es auch auf das Fotoalbum seiner verstorbenen Mutter geregnet hatte, brachte ihn zur Weißglut. »So eine verdammte Scheiße!«

Ungelenk wischte er mit einem Handtuch alles trocken. Er watete über die vielen leeren Kartons und Mülltüten, die sich im Laufe der Jahre angesammelt hatten. Die gewellten Fotos legte er einzeln auf die Heizung. Eine Ratte schaute ihn aufmerksam aus dunklen Knopfaugen an. Dann knabberte sie weiter an einem Stück altem, verschimmelten Brot.

»Muss doch mal wieder zur Beichte gehen.« Er bekreuzigte sich. »Bevor du mir da oben noch mehr Erinnerungen schickst ...«

Bis zur Beerdigung seines jüngsten Opfers hatte er noch zwei Stunden Zeit. Er würde den Behring bitten, ihm die Beichte abzunehmen und wie immer die Absolution zu erteilen. »Scheiß auf die Moral der Menschen«, zischte er wütend und wedelte mit den nassen Fotos in seiner Hand.

Gott hatte für sein Tun Verständnis, das wusste er. Und der Pfarrer war Gottes Arm, so hatte seine Mutter ihm das erklärt. Also gut, dann wollte er heute mal über seinen Groll sprechen den Kindern gegenüber, um die sich seine Mutter so aufopferungsvoll gekümmert hatte, während sie ihn schmählich vernachlässigt hatte. Das war nicht gerecht. Aber Gott war gerecht. Und solange es keinen katholischen Pfarrer auf der Insel gab, musste eben dieser evangelische Pfaffe dafür herhalten und ihn von allen Sünden freisprechen. Wenn Gott ihn verstand, dann ja wohl auch dieser Pfaffe. Obwohl er den auf den Tod nicht ausstehen konnte. Dass der ausgerechnet die Angelika geheiratet hatte, war Pech. Auch wenn die beiden einen siebenjährigen Sohn, Lars, hatten, so würde der bald leider ohne Mutter aufwachsen müssen. So wie er ...

Ja, Angelika stand nämlich auch auf der Liste der Kinder, die seine Mutter unter Einsatz ihres eigenen und auch seines Lebens zur Welt gebracht hatte. Gerade Angelikas

Geburt hatte ihm, Alfred, eine ganze Nacht im feuchten Keller beschert – ohne Essen und Trinken. Dafür würde sie büßen müssen.

Doch noch war sie nicht an der Reihe.

Alfred Schilling zog sich seinen schönsten Anzug an, den schwarzen, und kämmte sein spärliches Haar zurecht. Er freute sich schon jetzt auf die traurigen, verheulten Gesichter der Hinterbliebenen, die sich gleich auf dem Inselfriedhof versammeln würden. Soweit er wusste, hatte die Letzte eine Tochter hinterlassen. Er wusste genau, wie sich das anfühlte, die eigene Mutter zu betrauern. Da musste man durch, das machte einen nur stärker fürs Leben. Für dieses Scheißleben, was einem noch blieb. Dann holte er sein Rad aus der Scheune und machte sich auf den Weg zur Inselkirche.

Zur Überraschung von Lars und Karla forderte der alte Behring die beiden nun auf, ihn rüber zum Gotteshaus – seiner ehemaligen Wirkungsstätte – zu begleiten. Während sich die Jungen die Räder schnappten, fuhr er mit dem Elektro-Rollstuhl neben ihnen her. Sie sprachen kein Wort, bis sie den kühlen Raum der Kirche betraten. Karla war immer wieder beeindruckt von der kleinen Kirche, die eine von vielen Sturmfluten geprägte wechselhafte Geschichte hinter sich hatte.

Lars und Karla folgten dem ehemaligen Pfarrer in den hinteren Raum, der nicht für die Öffentlichkeit bestimmt war. Der alte Mann zeigte auf ein Regal, in dem sich zahlreiche Bücher befanden, die durch eine Glasscheibe geschützt wurden. Behring griff gezielt nach einem Buch und schlug eine Seite auf, die mit einer kleinen, sauberen Handschrift komplett ausgefüllt war.

»Das hier ist das Geburts- und Sterberegister der Insel. Es wird akribisch seit über 100 Jahren von den diensthabenden Geistlichen geführt. Die Hebammen tragen die Geburten ein, die Pfarrer oder Ortsvorsteher die Todesfälle.« Er tippte mit dem Finger auf einen Namen, den Karla zunächst kaum entziffern konnte. »Das ist die Schrift von Ida Schilling, die hier viele Jahrzehnte als diensthabende Hebamme tätig war. Und hier steht es: Mira Maiwald. Geboren am 3. April 1962.«

»Das ist meine Mutter!«

»Worauf willst du hinaus?« Lars kam ihr verändert vor, seine lockere Art war gänzlich verschwunden, sein Ton harsch. Es hatte den Anschein, als stünde er mit seinem Vater vor Gericht: Der eine war der Angeklagte, der andere der Richter, der die Fragen stellte. Doch der alte Behring schien das gar nicht wahrzunehmen. Wie lange hatte er dieses Geheimnis mit sich herumgetragen?

»Am Tag der Beerdigung deiner Mutter, Karla, kam Schilling noch zur Beichte. Er wolle etwas loswerden. Und ich sollte ihm dafür die Absolution erteilen. Er erzählte eine wirre Geschichte von seinem Hass auf all die Kinder, die seine Mutter als Hebamme zur Welt gebracht habe. Sie alle seien an ihrem Tod und seiner schlimmen Kindheit schuld, er hatte sich da regelrecht verrannt und war außer sich vor Wut. Lachte dann auf einmal wie von Sinnen und fragte mich, was er gegen dieses böse Gefühl tun könnte. Ich versuchte, ihn einfach erst einmal nur zu beruhigen.«

Lars schüttelte ungläubig den Kopf. »Ein Verrückter!«

»Ohne Zweifel. Ich hatte die Geschichte schon wieder vergessen, als ich irgendwann beim Sichten der Kirchenbücher feststellte, dass es jedes Jahr am Todestag seiner Mutter – dem 9. Juli – einen weiteren Sterbefall auf der

Insel gab. Über viele Jahre hinweg. Nie kam ein Verdacht auf, dass Alfred dahinterstecken könnte. Wie auch? Immer waren Herzstillstand, Herzinfarkt oder auch diverse Badeunfälle die Todesursache. Bis meine Angelika starb«, er senkte den Blick, »dann wusste ich Bescheid.«

»Mutter?« Lars ließ sich auf einen Stuhl sinken.

»Ja, auch bei Angelikas Geburt war Ida Schilling als Hebamme im Dienst gewesen. In dieser Nacht, so hatte sie mir mal erzählt, war es tatsächlich um Leben und Tod gegangen. Deshalb war die Familie Ida besonders dankbar gewesen, dass sie noch tagelang am Bett der schwachen Mutter gesessen und sie mit Essen und guter Pflege aufgepäppelt hatte«, der alte Pastor klappte das dicke Buch zu und stellte es zurück in das Regal. »Laut Liste sind es 44 Kinder, bei deren Geburten Ida Schilling dabei war, davon sind bis heute 15 verstorben. Alle am 9. Juli.«

Karla konnte keinen klaren Gedanken mehr fassen. Wenn tatsächlich Alfred Schilling der Mörder ihrer Mutter war und Pastor Behrend davon gewusst hatte, warum hatte er ihn dann nicht angezeigt? Man hätte weitere Morde verhindern können. Und man hätte dem kleinen Mädchen, das sie damals gewesen war, das Gefühl zurückgeben können, dass ihre Mutter sie doch über alles geliebt hatte.

»Ich weiß, was ihr jetzt denkt«, sagte Behrend leise. Seine Stimme zitterte. Dass er schwer an dieser Last zu tragen hatte, sah Karla ihm an. Lars' Miene dagegen war immer noch wie versteinert.

»Warum nur, Vater?«

Behring holte tief Luft, schaute seinem Sohn ins Gesicht. »Als Inselpfarrer habe ich nie das Beichtgeheimnis verletzt. Wenn auch die Beichte kein Sakrileg der evangelischen Kirche ist, habe ich es immer respektiert, wenn mir jemand etwas anvertraut hat. Hier auf der Insel sind die Winter hart und die Menschen oft auf sich alleine gestellt. Sie leben nur von dem Vertrauen in Gott, ihre Mitmenschen und die Natur. Und dennoch«, er seufzte schwer, so, als dürften alle gehüteten Sorgen sich endlich einmal Luft verschaffen, »dennoch hat mir diese Geschichte seit vielen Jahren große Sorgen bereitet. Aber ich kann und will sie nicht mit ins Grab nehmen.«

Karla nickte. Vor ihr saß ein gebrochener Mann. Einsam. Voller Gram und Schuldgefühlen. Doch Lars wandte sich ab und verließ – ohne ein Wort zu sagen – mit festen Schritten das Gotteshaus. Karla verspürte den Drang, ihm hinterherzulaufen. Doch eine Frage trieb sie noch um. Sie schaute Behring direkt in die Augen. »Was ist aus Alfred Schilling geworden? Tötet er noch immer?«

Der alte Mann schüttelte den Kopf. »Er ist vor vielen Jahren gestorben, offenbar eines natürlichen Todes. Man hat ihn erst Wochen später in seinem Elternhaus gefunden, das komplett zugemüllt war. Die Ratten hatten sich schon an ihm zu schaffen gemacht.«

Karla nickte. »Danke, dass Sie mir das alles erzählt haben.« Sie gab ihm die Hand und wusste in dem Moment, dass sie ihn nie wiedersehen würde. »Danke.«

Wie viele Jahre hatte sie sich gewünscht, mehr über die Umstände von Mutters Tod zu erfahren. Jetzt, wo sie darum wusste, empfand sie eine tiefe Traurigkeit. Die Vorstellung, dass all die unschuldigen Opfer mit ihrem Mörder in selber Erde bestattet waren, war für sie unerträglich. Und dennoch wusste sie, dass ihre Mutter nie hätte woanders begraben werden wollen als hier auf ihrer geliebten Insel.

Als sie den kleinen, zwischen den Dünen gelegenen Friedhof betrat, setzte schon die Dämmerung ein. Sie ging schnurstracks auf das Grab ihrer Mutter zu, das sich am rechten äußeren Ende des abgegrenzten Geländes befand. Innerlich fühlte sie sich so friedlich und ruhig wie schon lange nicht mehr. Wie noch nie zuvor führte sie eine innige Zwiesprache mit der Toten. Ihre Mutter hatte sie aus tiefstem Herzen geliebt, das wusste sie nun. Dieses Gefühl würde sie auch in Zukunft tragen.

Ihr Blick folgte zwei Möwen, die in Richtung Meer flogen.

Wie frei sie waren. Wie nah am Himmel.

Sie wandte den Kopf jetzt nach rechts, als sie ein leichtes Schluchzen vernahm. Da kauerte ein Mann an einem Grab, das sich zwei Reihen weiter befand und mit einem einfachen grauen Stein gekennzeichnet war. »Lars!«

Karla fühlte einen schmerzenden Stich im Herzen, als sie ihn so voller Kummer sah. Er hatte seinem Vater den Rücken gekehrt und Zuflucht bei seiner Mutter gesucht. Doch als er sie nun – die Augen gerötet von den vielen Tränen – ansah, erkannte sie, dass sie beide in diesem Moment nicht nur denselben Schmerz fühlten, sondern auch unglaublich viel Liebe.

Das war es wohl, was ihr all die Jahre so schmerzlich gefehlt hatte.

Und dieses Gefühl, das wusste sie jetzt ganz sicher, würde ihr ein Alfred Schilling niemals wieder nehmen können.

EIN FRIEDWALD FÜR JUIST

JÜRGEN EHLERS

»Das ist ein Schloss«, sagte Lena, »ein richtiges Schloss. Das steht da draußen im Meer. Bei Tag, da kann man es nicht sehen, aber nachts, da leuchten seine Lichter.«

Ich nickte. Unsere Lena war fünf Jahre alt, und in dem Alter glaubte man noch an Schlösser im Meer und an Prinzessinnen, die da draußen lebten und die einem gelegentlich geheimnisvolle Botschaften schickten. In Wirklichkeit waren es natürlich nur die Warnlichter des Windparks, die in gleichmäßigen Abständen nachts rot aufleuchteten und wieder verschwanden. Aber Lena lebte noch in einer Welt, in der es Prinzessinnen, Weihnachtsmänner und Osterhasen gab.

Jetzt, bei Tag, sah man gar nichts. Es lag ein leichter Dunst über dem Wasser. Wir gingen am Strand spazieren. Ich hätte Lenas Großvater sein können, aber das spielte für uns keine Rolle. Ich hatte mich jedenfalls wahnsinnig gefreut, als Elsa mit 43 Jahren noch schwanger wurde, auch wenn ich selbst fast 20 Jahre älter als meine Frau war. Welch ein Glück, dass ich sie kennengelernt hatte! Ich hatte überhaupt viel Glück gehabt im Leben. Und dass ich gerade im richtigen Moment die richtige Menge Geld hatte, um dieses Häuschen auf Juist zu kaufen, das war schon ein glücklicher Zufall gewesen.

Das Haus auf Juist – ich hatte es günstig erworben. Damals hatte es noch keine Million gekostet wie heutzutage. Es war ein bisschen renovierungsbedürftig gewesen, aber das war mir recht. Ich hatte schon immer gern handwerklich gearbeitet. Ich hatte das Dach eigenhändig neu gedeckt, sehr zum Verdruss des örtlichen Dachdeckers, und auch sonst eine ganze Reihe von notwendigen Reparaturen selbst ausgeführt. Von meiner Tätigkeit als Bankräuber war noch immer genügend Geld da. Ich hatte es in Aktien angelegt und auf diese Weise meine magere Frührente erheblich aufgebessert. Ab und zu fuhr ich hinaus auf die Nordsee zum Hochseeangeln. Wir aßen alle gern Fisch.

Ich könnte mich glücklich schätzen, wenn nicht ausgerechnet jetzt dieser Anruf von Heiko gekommen wäre. Heiko Presseck war früher in unserer Mannschaft der Mann fürs Grobe. Ich war damals gleich dagegen, dass wir ihn einstellten. Aber ich war überstimmt worden. Eugen lebte inzwischen irgendwo auf den Malediven, Peter saß im Knast und würde auf absehbare Zeit nicht wieder herauskommen. So war ich der Einzige von der alten Mannschaft, der noch greifbar war. Heiko hatte meine Adresse ausfindig gemacht, obwohl ich bei der Hochzeit Elsas Familiennamen angenommen hatte. Was sollten wir tun?

»Ich will ja nichts geschenkt«, behauptete Heiko. »Nur einen Kredit, das ist alles. Du gibst mir die 700.000, und in fünf Jahren bekommst du alles auf Heller und Pfennig zurück.«

Ich verzichtete darauf, Heiko darauf hinzuweisen, dass ich weder an Hellern noch an Pfennigen interessiert war. Tatsache war und blieb, dass Heiko nicht kreditwürdig war.

»Ich habe das Geld nicht«, behauptete ich.

»Aber das Haus, Bodo. Du hast das Haus. Das ist gut und gern seine anderthalb Millionen Euro wert. Du nimmst einfach eine Hypothek auf, und dann gibst du mir das Geld, das ich brauche.«

»Nein.«

»Ich komme zu dir nach Juist«, drohte Heiko. »Ich nehme mir eine Woche Urlaub. In der Zeit besorgst du das Geld, und dann ist alles in Ordnung. Wenn nicht, muss ich allerdings zu anderen Mitteln greifen.«

»Willst du mich erpressen?«

»Nein, ganz und gar nicht. Aber du willst doch sicher nicht, dass deiner Frau oder deiner Tochter etwas zustößt?«

Nein, natürlich nicht. Aber jetzt wusste ich nicht, was ich tun sollte. Morgen würde Heiko tatsächlich kommen, und bis dahin mussten wir eine Lösung finden. »Ich erschlage ihn mit der Bratpfanne«, schlug Elsa vor. Aber das war keine gute Idee.

»Mir fällt schon etwas ein«, sagte ich. Deshalb ging ich jetzt mit Lena am Strand spazieren, aber ich konnte mich nicht richtig konzentrieren.

✳

Ich war davon ausgegangen, dass Heiko Presseck am nächsten Morgen mit der Fähre von Norddeich eintreffen würde. Ich wartete am Anleger vergeblich auf ihn. Für kurze Zeit hatte ich die Hoffnung, dass er sein Vorhaben aufgegeben habe, aber kurz vor 3 Uhr nachts klopfte er an unserer Haustür. Er war ohne jedes Gepäck und klatschnass. Um die Kurtaxe zu sparen, war er mit einem Schlauchboot durch das Watt gekommen. Knauserig wie er war, hatte er jedoch das billigste Modell genommen, das er kriegen konnte, und das war gesunken, sodass Heiko zu Fuß weiter musste. Den Koffer mit seinen Sachen hatte er im Watt zurückgelassen, das Wasser stand zu hoch.

Es blieb uns nichts anderes übrig, als Heiko zunächst einmal trockene Sachen zu geben. Als er sich umgezogen hatte, verlangte er einen Grog, um sich aufzuwärmen. Er bekam seinen Grog. Inzwischen war auch Lena aufgewacht, stand im Nachthemd in der Tür und betrachtete erstaunt unseren merkwürdigen Gast.

»Ich bin der Onkel Heiko«, sagte Presseck.

»Er ist kein Onkel«, widersprach Elsa. »Er ist einfach ein ganz normaler Feriengast.«

Lena gab sich damit zufrieden.

Heiko Presseck sah sie missbilligend an. »Was für ein hässliches Kind«, sagte er. »Aber bei den Kindern ist es so wie bei den Pfannkuchen. Das erste ist immer zum Wegschmeißen.«

*

Am nächsten Morgen, als Lena im Kindergarten war, besprachen wir unser weiteres Vorgehen. Ich hatte gehofft, dass Heiko sich nach dem Frühstück die Insel ansehen würde, sodass wir genügend Zeit hätten, unseren Plan in aller Ruhe zu besprechen. Aber Heiko weigerte sich, das Haus zu verlassen. Da er ja offiziell gar nicht auf der Insel war, wollte er von niemandem gesehen werden. So blieb uns nichts anderes übrig, als selbst einen Spaziergang zu unternehmen.

»Ich erschlage ihn doch mit der Bratpfanne«, sagte Elsa. Sie berichtete mir, dass unser Gast damit gedroht habe, er würde unserer Lena etwas antun, falls wir seine Forderungen nicht erfüllten.

Wir konnten ihn nicht mit der Bratpfanne erschlagen. Kopfverletzungen bluteten zu heftig, und es gab keine Möglichkeit, die Blutspuren vollständig aus den Holzdielen zu beseitigen. »Sisi«, sagte ich.

»Welche Sisi?«, wollte Elsa wissen.

»Elisabeth von Österreich. Die Kaiserin.«

»Ach, die.« Ja, Elsa hatte die Filme im Fernsehen gesehen. Sie begann damit, mir die Einzelheiten von Sisis Lebensgeschichte zu erzählen.

Ich unterbrach sie, denn der entscheidende Teil ihrer Lebensgeschichte kam in der Verfilmung nicht vor. »Sisis Tod«, sagte ich.

Davon wusste Elsa nichts.

Ich erklärte ihr, dass die Kaiserin am 10. September 1898 bei einem Aufenthalt in Genf von einem italienischen Anarchisten erstochen worden sei.

»Leider haben wir keinen italienischen Anarchisten auf Juist«, sagte Elsa. »Zumindest kenne ich keinen.«

»Man braucht keinen Anarchisten dafür«, sagte ich. »Man braucht nur eine zugespitzte Feile und jemanden, der damit entschlossen zustößt.« Ich erklärte Elsa, dass der Reiz dieser Mordmethode darin bestand, dass das Opfer gar nicht merkte, dass es erstochen worden sei. Sisi sei nach dem Stich noch 100 Meter bis zur Dampferanlegestelle gegangen und anschließend an Bord des Schiffes, mit dem sie über den Genfer See fahren wollte. Erst später sei sie tot zusammengebrochen.

»Das nützt nichts«, erwiderte Elsa nüchtern. »Heiko Presseck wird nicht zur Anlegestelle gehen. Er wird überhaupt nirgendwo hingehen, sondern einfach in unserem

Haus bleiben. Und es hilft gar nichts, wenn er nicht merkt, dass er erstochen wird. Er wird irgendwann in unserem Haus tot umfallen, und dann haben wir die Bescherung.«

Ich schüttelte den Kopf. »Der entscheidende Punkt beim Sisi-Stich ist, dass kein Blut austritt. Das Opfer stirbt an einer inneren Blutung. Eine völlig saubere Sache.«

»Wir müssen das üben«, sagte Elsa.

*

Sie hatte recht. Wir ließen uns daher die Schule aufschließen, am Nachmittag, als kein Unterricht mehr war. In einer solchen Situation ist es von großem Vorteil, wenn man die entscheidenden Leute kennt. Wer auf Juist lebt und nicht gerade ein Einsiedlerdasein führt, der kennt immer alle entscheidenden Leute. Die treffen sich nämlich abends in einem bestimmten Lokal beim Bier, da werden alle wichtigen Dinge durchgesprochen. Da werden Eheschließungen geplant, Steuertricks diskutiert und über mögliche Änderungen im Bebauungsplan entschieden, bevor sie später im Gemeinderat abgenickt werden. So kannte ich natürlich auch den Hausmeister der Inselschule, und der hatte nicht nur den Schlüssel zum Schulgebäude, sondern konnte obendrein die Biologiesammlung für uns aufschließen.

»Das ist Rüdiger«, sagte ich. Ich wies auf den Knochenmann. »So sehen wir alle von innen aus. Und hier auf der linken Seite, hier sitzt das Herz.« Wir betrachteten das Skelett von allen Seiten.

»Von welcher Seite hat der Anarchist zugestochen?«, wollte Elsa wissen.

»Von vorn.«

»Die Rippen stören«, befand Elsa.

Ich erklärte ihr, dass die menschlichen Rippen nicht besonders widerstandsfähig sind, sodass man sie bei einem entschlossenen Stich durchaus zerbrechen kann.

»Also los«, sagte Elsa. »Hast du die Feile dabei?«

Natürlich hatte ich die Feile dabei, und natürlich haben wir den Sisi-Stich wieder und wieder ausprobiert, bis am Ende Rüdiger eine Rippe gebrochen hatte, die wir mit Tesafilm notdürftig kleben mussten. Morgen, wenn Lena im Kindergarten war, würden wir zuschlagen.

✳

Als wir nach Hause kamen, saß Heiko Presseck auf unserem schönen Sofa und aß. »Ich habe mir ein Steak gebraten«, sagte er. »Etwas Besseres habe ich nicht gefunden.«

»Wir essen normalerweise in der Küche«, sagte Elsa scharf. »Ich hoffe, du hast keine Fettflecken gemacht.«

»Ich esse da, wo es mir passt«, erwiderte Heiko ungerührt. »Habt ihr das Geld?«

»Noch nicht«, sagte ich. »Bei größeren Beträgen dauert es immer etwas länger bei unserer Bank.«

»Wo ist Lena?«, wollte Elsa wissen.

Heiko zuckte mit den Achseln. »Ich hatte keine Verwendung für sie«, sagte er. »Ich habe sie weggeschickt.«

»Weggeschickt? Wohin?«

»An den Strand.«

»Bist du verrückt?«, rief ich. »Du kannst doch nicht ein kleines Kind allein zum Spielen ans Meer schicken.«

»Doch«, erwiderte Heiko, »das kann ich.«

Wir rannten los und suchten Lena. Zum Glück brauchten wir nicht lange nach ihr zu suchen. Sie war nur ein kleines Stück in Richtung Westen gegangen.

»Guck mal«, sagte Lena, »hier liegt eine Rose am Strand!«

Ja, da lag in der Tat eine langstielige rote Rose, die ganz offensichtlich von den Wellen an Land gespült worden war.

»Und da liegt noch eine!« Lena hob die beiden Rosen auf. »Glaubst du, dass die von der Prinzessin sind?«

»Das kann gut sein«, erwiderte ich. Die Rosen stammten natürlich von einem Seebegräbnis. Wenn der Wind richtig steht, werden die Blumen hier auf Juist angespült.

»Wollen wir sie mit nach Hause nehmen?«, fragte Lena.

»Ich weiß nicht«, sagte Elsa unentschlossen. »Die haben im Salzwasser gelegen. Wahrscheinlich sind sie nicht mehr zu gebrauchen.«

»Lass es uns versuchen, Mama! Wenn wir sie zu Hause in eine große Schüssel mit frischem Wasser legen, dann kommen sie sicher wieder zu sich.«

»Na schön.«

»Die Rosen sind übrigens für mich«, sagte Lena eifrig. »Die Prinzessin hat gesehen, dass wir am Strand spazieren gehen, und sie hat die Rosen für uns ins Wasser geworfen. Sie hat gesehen, dass außer uns kein Mensch mehr draußen ist, und da hat sie die Blumen losgeschickt.«

*

Wir haben lange darüber diskutiert, wer denn nun den entscheidenden Stich ausführen sollte. Ich bestand darauf, dass ich das tun würde, denn immerhin sei ich der Mann, und traditionell sei das Beseitigen von unerwünschten Zeitgenossen Männersache. Elsa wies darauf hin, dass sie wesentlich jünger und kräftiger sei als ich, und außerdem hätte sie das Überraschungsmoment auf ihrer Seite, denn niemand würde damit rechnen, dass diese kleine, harmlose Frau ihm eine angespitzte Feile ins Herz stoßen würde. Wir einigten uns schließlich darauf, dass Elsa eine zweite Feile in Reserve halten würde, die zum Einsatz käme, wenn der erste Stich nicht ausreichen sollte.

»Was sind denn das für Scheißblumen?«, sagte Heiko, als er ins Zimmer kam und sein Blick auf Lenas Rosen fiel. Wir hatten sie erst in Süßwasser gebadet und dann in eine Vase gestellt. Die Prozedur hatte sie etwas aufgemuntert, aber weil wir die Blumen ja nicht abtrocknen konnten, war Wasser aus den Blüten auf die Tischplatte getropft und verdunstet, und kleine Salzkristalle waren zurückgeblieben.

»Das sind Lenas Blumen«, sagte ich.

»Die gehören in den Müll!«

Als Heiko die Blumen aus der Vase riss, stieß Elsa zu. Der erste Stich reichte aus. »Oh!«, sagte Heiko, und: »Was soll denn das? Warum schlägst du mich?«

Auf diese Frage waren wir nicht vorbereitet. Sisi hatte damals geglaubt, von einem Taschendieb angegriffen worden zu sein, der es auf ihre Uhr abgesehen hatte. »Die Uhr«, sagte ich. Das waren Sisis Worte damals gewesen.

Heiko begriff nicht, was ich damit sagen wollte, aber das machte nichts, denn im nächsten Moment fiel er um und war tot.

Womit wir nicht gerechnet hatten, war, dass in diesem Moment Lena ins Zimmer kam. Der Kindergarten hatte früher Schluss gemacht, weil die Kindergärtnerin noch die Fähre zum Festland erwischen wollte. Ihre Kusine hatte Geburtstag. Sie hatte das vorher angekündigt, aber Lena hatte vergessen, uns das zu sagen, und nun stand sie plötzlich im Zimmer.

»Oh!«, sagte sie. »Was hat der Mann?«

»Einen Stich«, sagte ich.

»Einen Stich?«

»Einen Sonnenstich. Damit ist nicht zu spaßen. Er muss sich jetzt einen Augenblick ausruhen, bis es ihm wieder besser geht.«

»Aber heute scheint doch gar nicht die Sonne«, stellte Lena fest.

»An der See ist die Wirkung der Sonne viel intensiver«, erklärte ich. »Selbst bei einer durchgehenden Wolkendecke. Das wird von den Touristen immer wieder unterschätzt. Sie gehen nach draußen, und schon haben sie einen Sonnenbrand. Oder sogar einen Sonnenstich, wenn sie besonders empfindlich sind.«

»Ach«, sagte Lena verwundert. Sie zottelte noch ein bisschen an Heiko herum, aber der reagierte nicht, und dann brachte Elsa sie zu ihrer Freundin zum Spielen.

*

Unser Problem war damit natürlich noch nicht gelöst. Wenn wir jetzt irgendwo auf dem Festland gewohnt hätten, dann hätten wir einfach die Leiche im Garten vergraben, und damit wäre der Fall erledigt gewesen. Das ging auf Juist nicht. Zum einen waren die Grundstücke sehr klein, und zum anderen waren die Nachbarn besonders neugierig, und es war vollkommen ausgeschlossen, dass sie etwa nicht mitbekamen, wenn man eine Leiche vergrub.

»Wir verbrennen den Kerl«, schlug Elsa vor.

Leider war unser Kamin zum Verbrennen größerer Leichen nicht geeignet, und als wir versuchsweise eine Hand von Heiko ins Feuer legten, breitete sich intensiver Bratengeruch nicht nur im Haus, sondern auch im Garten aus, und unser Nachbar wunderte sich, dass wir trotz der fortgeschrittenen Jahreszeit unseren Grill angeworfen hatten. Ich erklärte ihm, dass das nur ein Versuch gewesen sei, aber zum Grillen sei es wirklich schon zu kalt.

*

Habe ich eigentlich schon erzählt, dass es bei uns auf Juist im Grunde genommen keine Verbrechen gibt? Die letzte ernsthafte Störung der öffentlichen Ordnung gab es auf unserer Insel im Mai 2015, als bei einer wüsten Schlägerei jemandem das Nasenbein gebrochen wurde. Seitdem ist nichts mehr passiert. Dennoch haben wir eine Polizeistation. Sie wird jetzt von einer Oberkommissarin geleitet, unserer Tanja, zu der wir alle ein herzliches Verhältnis haben. Damals war allerdings noch Detlef unser Sheriff auf Juist.

Am nächsten Abend, als Lena schon im Bett lag und schlief, kam er unerwartet zu uns zu Besuch.

»Das ist aber eine Überraschung, Detlef«, sagte ich.

»Ich mach dann mal schnell Tee«, sagte Elsa.

»Danke«, erwiderte Detlef. »Aber macht wegen mir keine Umstände. Ich wollte nur mal nach dem Rechten sehen. Im Kindergarten ist nämlich erzählt worden, dass hier bei euch im Haus ein lebloser Mann gelegen hat.«

Elsa und ich schüttelten gleichzeitig den Kopf. »Nein«, sagte ich. »Da hat Lena irgendetwas durcheinandergekriegt. Es ist ja so, dass wir ihr gelegentlich Märchen erzählen. Märchen, die wir uns selbst ausgedacht haben, und wahrscheinlich stammt diese Sache aus irgendeinem meiner Märchen.«

»Das habe ich mir schon gedacht«, sagte Detlef. »Ich weiß ja, dass du früher zur See gefahren bist und dass du gern allerlei Seemannsgarn erzählst. In der Kneipe hast du uns ja schon manche Kostprobe davon geboten. Aber du solltest dich vielleicht gegenüber der kleinen Lena ein bisschen mehr zurückhalten. Sie kann ja noch nicht unterscheiden, was wahr ist und was nicht, und am Ende kriegt sie ganz falsche Vorstellungen.«

»Ich werde mir Mühe geben«, versprach ich. »Wenn du willst, kannst du dich natürlich gern umsehen, um ganz sicherzugehen, dass wir keine Leiche versteckt haben.«

Unser Sheriff winkte ab. »Nicht nötig«, sagte er.

*

Heiko lag natürlich längst in der Kühltruhe. Uns war klar, dass das nur eine Zwischenlösung sein konnte, zumal wir jetzt mit einer großen Menge von Dorschfilets ansaßen, die ich beim Hochseeangeln erbeutet hatte. Es wird ja immer gesagt, dass es in der Nordsee nicht mehr viele Dorsche gibt, aber das ist nichts als ein Gerücht. Ich habe jedenfalls eine große Menge gefangen, und ich hätte noch ein paar Stunden weitergemacht, wenn sich nicht mein Angelhaken im Wrack irgendeines alten Panzerkreuzers verfangen hätte, und da musste ich Schluss machen.

Dorsch schmeckt ja eigentlich nicht schlecht, aber als wir den fünften Tag in Folge Dorsch zum Mittag und Dorsch zum Abendbrot hatten, fragte Lena, ob wir nicht mal wieder etwas anderes essen könnten. Es war also klar, dass wir Heiko so rasch wie möglich loswerden mussten. Wir konnten ihn nicht einfach ins Meer schmeißen, denn dann würde er selbstverständlich in kürzester Frist wieder irgendwo am Strand landen. Und wir konnten ihm auch kein klassisches Seebegräbnis zuteilwerden lassen, denn für die Bestattung auf See waren nur Urnen zugelassen, und Heiko passte in keine Urne, wenn man ihn nicht vorher verbrannt hatte.

So kam mir die Idee mit dem Friedwald.

»Es gibt keinen Friedwald auf Juist«, sagte Elsa. »Es gibt hier überhaupt keinen Wald.«

Elsa hatte recht. Das war ja einer der Gründe gewesen, weswegen wir nach Juist gezogen waren. Elsa hatte einmal in einer ihrer melancholischen Phasen ihr Auto gegen einen Baum gelenkt. Sie hatte hinterher behauptet, sie sei am Steuer eingeschlafen. Ich war mir nicht so sicher. Damit sich so etwas nicht wiederholte, hatte ich dieses Haus auf Juist gekauft. Es bot gleich doppelte Sicherheit: Nicht nur gab es auf Juist keine Bäume, sondern obendrein auch keine Autos, und wer irgendwie selbstmörderisch veranlagt war, der konnte allenfalls versuchen, mit einem Pferdefuhrwerk in vollem Galopp gegen eine Hauswand zu donnern.

Aber wenn Sie Juist kennen, dann wissen Sie natürlich, dass das mit dem Wald gar nicht wahr ist. Es gibt im Westteil der Insel rings um den Hammersee ein ausgedehntes Waldgebiet, in dem, wie die Naturschützer behaupten, seltene Baumarten vertreten sind und ein regelrechtes Dickicht bilden. Der Biologe Otto Leege hatte den Wald in den 20er-Jahren des vorigen Jahrhunderts angelegt. Der Unterschied zu den meisten Wäldern auf dem Festland bestand in meinen Augen lediglich darin, dass die Bäume nicht allzu hoch wurden. Und dieser Wald war für mein Vorhaben hervorragend geeignet.

»Wir machen uns unseren eigenen Friedwald«, entschied ich.

*

Gesagt, getan. In einem Friedwald werden die Toten üblicherweise in Urnen bestattet. Das schien mir auch in unserem Fall ratsam, um zu verhindern, dass irgendwelche Leichenteile von neugierigen Füchsen oder Hunden ausgegraben wurden. Der Nachteil war natürlich, dass wir, weil wir die Leiche ja nicht verbrennen konnten, eine große Anzahl von Urnen benötigten.

Es gibt im Internet Großhändler für Bestattungsbedarf, bei denen man eine beliebige Menge Urnen bestellen kann. Unglücklicherweise sind die Preise dafür geradezu astronomisch hoch, sodass es fast schon billiger gewesen wäre, uns von Heiko erpressen zu lassen, als ihn in ein paar Dutzend Urnen zu begraben.

»Hast du es schon einmal bei eBay probiert?«, fragte Elsa.

Nein, hatte ich nicht. Aber als ich der Sache auf den Grund ging, stellte ich fest, dass es offensichtlich einen ziemlich großen Markt für Gebrauchturnen gab, die man zu sehr günstigen Preisen erwerben konnte. Als ich die erste Urne bestellt hatte und als gleich darauf derselbe Anbieter die nächste Urne für denselben Preis ins Netz gestellt hatte, begriff ich, dass diese Angebote kein Zufall sein konnten.

Ich suchte den Anbieter auf dem Festland auf, kaufte weitere 20 Urnen. Ich gab mich als Beerdigungsunternehmer aus, und der Mann teilte mir unter dem Siegel der Verschwiegenheit mit, dass es sich dabei um nicht verwendete

Urnen von Seebegräbnissen handelte. Offenbar war eine Seebestattung viel billiger, wenn man nicht darauf bestand, selbst oder gar mit einer Gruppe von Trauergästen mit aufs Meer hinauszufahren, sondern die ganze Prozedur dem Bestattungsunternehmen überließ. Viele Kunden entschieden sich für diese Lösung. Und der Bestatter war natürlich nicht so dumm, überflüssigerweise eine teure Urne in der Nordsee zu versenken. Er öffnete das Behältnis, streute die Asche ins Wasser, und der Fall war erledigt.

*

So schien alles bestens geregelt. Ich machte mich an die Arbeit. In dem Sandboden des kleinen Wäldchens bereitete es nicht allzu viel Mühe, die Urnen zu vergraben. Ich achtete darauf, dass ich deutlich oberhalb des Grundwasserspiegels blieb, denn Leichenteile, die im Wasser liegen, verwesen nicht. Auch musste ich dafür Sorge tragen, dass meine Urnen nicht bei der nächsten Sturmflut freigespült wurden. Ich richtete daher meinen ganz persönlichen Friedwald in dem Gelände südlich der Aussichtsdüne ein. Dort würde niemand die Ruhe des Toten stören.

Somit war für uns alles in Ordnung. Wir zersägten den tiefgefrorenen Heiko in handliche Stücke und packten ihn nach und nach in die Urnen. Jeden Tag eine Urne. Seeurnen lösen sich besonders schnell auf. Innerhalb weniger Tage oder Wochen würden sich die Urnen zersetzen, und danach würde es nur noch wenige Monate dauern, bis auch von ihrem Inhalt nichts mehr übrig blieb. Insekten gibt es ja in unserem Wäldchen genügend. Jetzt war auch wieder genügend Platz in der Kühltruhe, sodass wir nicht mehr jeden Tag Fisch essen mussten.

Nur Lena war inzwischen sehr unzufrieden. »Du bist abends immer weg«, sagte sie. »Und wenn du zurückkommst, schlafe ich schon. Wir können gar nichts mehr zusammen spielen.«

»Es dauert nicht mehr lange«, sagte ich. »Bald bin ich abends wieder zu Hause, und alles wird wieder so wie früher.«

»Es wird wirklich Zeit, dass diese Geschichte aufhört«, sagte Elsa, nachdem sie Lena ins Bett gebracht hatte. »Die Kleine ist schon ganz unglücklich. Sie hat vorhin gesagt, dass keiner sie versteht, keiner für sie Zeit hat und sie niemanden hat außer ihrer Prinzessin in dem Schloss draußen auf dem Meer.«

»Aber sie hat doch dich«, sagte ich. »Du bist doch den ganzen Tag da!«

»Das reicht ihr nicht aus«, sagte Elsa.

*

Ich hatte das gar nicht ernst genommen, aber das war ein Fehler. Als ich von der Beerdigung meiner letzten Urne zurückkam, war etwas Unerwartetes passiert. Lena war in einem unbeobachteten Moment einfach weggelaufen. Natürlich hatte Elsa zunächst einmal im ganzen Haus nach ihr gesucht, und selbst als sie sie nirgendwo finden konnte, hatte sie immer noch gezögert, die Polizei einzuschalten. Und dann hatte es schließlich an der Haustür geläutet, und draußen stand unser Sheriff, klatschnass, und er hatte Lena auf dem Arm.

»Sie ist einfach ins Wasser hineingelaufen«, sagte er. »Es ist ein reiner Zufall, dass ich das gesehen habe. Ich bin gleich hinterhergerannt und hab sie rausgezogen.«

Lena weinte. »Ich wollte doch zu meiner Prinzessin«, sagte sie. »Sie hat mir Zeichen gegeben. Sie hat geleuchtet mit allen Lichtern von ihrem Palast, und ich wollte zu ihr hin.«

»Das darfst du nicht tun«, sagte Elsa ganz sanft. »Lena, das darfst du bitte nicht wieder tun. Ich habe mir so große Sorgen gemacht.«

»Es ist ja alles gut gegangen«, sagte Detlef.

Das war der Augenblick, in dem ich nach Hause kam. Zum Glück hatte ich den Spaten gleich draußen in den Schuppen gestellt, sonst hätte ich jetzt einiges erklären müssen. So brauchte ich nur die Geschichte mit der Prinzessin zu erklären.

Detlef nickte. »Da ist übrigens noch eine andere Sache«, sagte er, »über die ich gern mit euch sprechen möchte. Wir haben vorhin einen Anruf bekommen von einer Frau Presseck. Ihr Mann sei nach Juist gefahren und nicht wieder zurückgekommen.«

Ich zuckte mit den Achseln. »Das kommt immer wieder vor«, sagte ich, »dass irgendwelche Männer einfach verschwinden.«

»Ja, natürlich. Aber da ist mir die Geschichte wieder eingefallen, die die kleine Lena im Kindergarten erzählt hat, von dem Mann, der hier gelegen haben soll. Da habe ich gedacht, dass ich doch zur Sicherheit lieber noch einmal nachfrage.«

Lena sagte gar nichts, sah nur von einem zum anderen. Sie hatte offenbar das Gefühl, dass sie jetzt besser nichts sagen sollte. Elsa und ich haben natürlich gelacht und wiederholt, dass hier kein Mann auf dem Fußboden gelegen habe. Und dann haben wir darauf bestanden, dass Detlef das Haus wirklich vom Dachboden bis zum Keller durchsucht hat. Selbst in die Kühltruhe hat er geguckt, die war inzwischen ziemlich leer. Keine Spur mehr von Heiko.

»Nein«, musste Detlef zugeben, »das wäre auch gar zu unwahrscheinlich gewesen. Aber als Polizist bin ich natürlich verpflichtet, solchen Dingen auf den Grund zu gehen.«

Ich nickte. »Wenn dieser – wie hieß er doch noch gleich?«

»Heiko Presseck.«

»Wenn dieser Heiko Presseck wirklich hier auf Juist gewesen sein sollte, dann muss er doch bei der Fahrt zur Insel erfasst worden sein, wegen der Kurtaxe …«

»Er ist nicht erfasst worden«, erwiderte der Kommissar.

»Dann ist ja alles in Ordnung«, sagte Elsa.

Detlef überlegte. »Es kann natürlich sein …«

Ich hielt den Atem an.

»Es kann natürlich sein, dass der Mann versucht hat, heimlich mit einem Boot auf die Insel zu kommen, und dass er dabei ertrunken ist. Die Fischer haben jedenfalls ein zerfetztes Schlauchboot gefunden, das ganz offensichtlich beim Kontakt mit einer Sandklaffmuschel aufgeschlitzt worden ist. Der Mann hat dann wohl versucht, zu Fuß zur Insel zu kommen, aber die Ebbeströmung hat ihn vermutlich ins Meer hinausgerissen, und dann ist der ertrunken.«

»Tragisch«, sagte Elsa.

»Ach, so tragisch nun auch wieder nicht«, befand der Polizist. »Ich habe mich eine Weile mit seiner Frau unterhalten. Ihr Mann scheint ein ziemliches Arschloch gewesen zu sein. Sie hat nicht angerufen, weil sie ihn wiederhaben wollte, sondern weil sie Gewissheit haben wollte, dass sie ihn endlich los ist.«

»Jetzt trinken wir einen Tee zusammen«, schlug ich vor. »Und morgen mieten wir uns ein Boot, und dann fahren wir mit Lena zusammen nach draußen auf die Nordsee, damit sie endlich einmal sieht, was es mit den geheimnisvollen Lichtern über dem Meer auf sich hat. Dort wohnt nämlich keine Prinzessin.«

»Doch!«

»Nein, wirklich nicht.«

HEUTE ABEND

ANGELA ESSER

Das kleine Mädchen öffnet die winzige Schachtel, die ihr die Patentante überreicht hat. Ein Geschenk nur für sie allein. Vor lauter Aufregung zappelt sie hin und her. Hüpft. Fast fällt ihr dabei die Schachtel herunter. Beruhigend legt ihr die Tante die Hand auf die Schulter. Lächelt. Nimmt das dünne Stofftuch heraus, legt es auf den Tisch und nickt. Vorsichtig faltet das Mädchen das Tuch auseinander und blickt auf eine Kette, die im Sonnenlicht funkelt. Kleine goldene Kugeln, die sich an die Kettenglieder schmiegen. In der Mitte ein Anhänger in der Form eines Herzens.

»Ein goldenes Herz soll dir Glück bringen!«, sagt die Tante.

Das Mädchen schlägt die Hände vor ihren Mund. Noch nie hat sie so etwas Schönes gesehen. Außer den Ohrringen ihrer Mutter vielleicht. Ungläubig schaut sie die Tante Ida an, die eigentlich nicht ihre Tante ist, sondern eine Freundin ihrer Großmutter.

»Ja, diese Kette gehört jetzt dir. Für dich beginnt mit deinem ersten Schultag eine neue, eine andere Zeit. Mögest du Freude am Lernen haben und dich diese Kette daran erinnern, dass ein wunderbares Leben vor dir liegt, dass nur du in Händen hältst.«

Das kleine Mädchen versteht nicht. Ja, auf das Lernen in der Schule freut sie sich schon lange. Aber wie kann man ein Leben in der Hand halten?

»Dein Leben beginnt, meines wird bald enden«, fährt die Tante fort, »und ich möchte, dass du etwas mit auf deinen Lebensweg bekommst, das dir in schwierigen Momenten helfen wird. Mir nützt es nichts mehr.« Sie geht vor dem Mädchen in die Knie und nimmt die kleinen Hände in die ihren. »Merke dir: Jede einzelne Kugel und auch das Herz haben ein Geheimnis.«

»Dziś wieczorem?«

Das Mädchen an der Kasse lacht und nickt den Jungen, die am Ausgang stehen, zu. »Do zobaczenia dziś wieczorem.«

Bis heute Abend.

Luzia legt ihre Einkäufe auf das Laufband. Sie spricht kein Polnisch, aber *dziś wieczorem* versteht sie. Heute Abend.

Worte, die in ihrem Gehirn eingebrannt sind. Seit unendlich langer Zeit. Worte aus dem anderen Leben. Dem Kinderleben, in dem Soldaten in ihr Haus kamen und alles mitnahmen, was sie gebrauchen konnten. Brot, Butter, Geschirr. Immer und immer wieder. Bilder der Erinnerung. Nicht so oft wie früher, aber sie waren da. Jederzeit.

Wie die Männer verächtlich auf sie herabschauten, sie beiseite schoben und unerlaubt in der guten Stube rauchten.

Wie sie ihrer Mutter über die Haare strichen. *Dziś wieczorem.*

Wie sie laut lachend das Haus verließen.

Wie die Mutter sie mit den Kleinen in dem engen Erdloch unter dem Stall am Abend versteckte. Sie den Rauch und den Schweiß noch riechen konnte, wenn sie wieder nach oben durften.

Wie die Mutter die Kleider glattstrich, sich die Nase putzte und dabei die Tränen wegwischte.

Luzia schaut auf die Uhr. Heute Abend. Wahrscheinlich verabredeten sich die jungen Leute gerade. *Dziś wieczorem.*

Gemeinsam den sonnigen Herbstabend am Meer genießen, abseits der Touristen, die in der Strandbar oder an der Promenade einen Aperol Sprizz tranken.

Auf ein Bier. Zusammensitzen. Reden. Unter sich sein. Heimat fühlen in der Fremde.

Sie wird ins Inselkino gehen. Egal, welcher Film dort gezeigt wird. Mit einem Glas Wein in einer der letzten Reihen sitzen. In dem wunderbar altmodischen Lichtspielhaus mit den bequemen Sitzen, den Tischen und Lämpchen. Ihr Lieblingskino. Wenn sie auf die Insel kommt, muss sie dorthin. Immer wieder.

Sie hört, wie das Mädchen an der Kasse mit dem Kunden vor ihr redet. Auflacht, den Kopf schüttelt und anfängt, ihre Waren über den Scanner zu ziehen. Luzia liest das Namensschild an der Bluse. Janina. Sie lächelt. Wie ihre Enkelin.

Luzia betrachtet das Mädchen genauer. Die blonden Haare, die zu einem Zopf geflochten sind. Die blauen Augen, die langen Wimpern. Und dann sieht sie das Halskettchen.

… und kann den Blick nicht mehr abwenden.

Kleine goldene Kugeln, die in die Kettenglieder eingearbeitet sind, in der Mitte ein Herzchenanhänger.

»In jeder Goldkugel ist ein funkelder, sehr wertvoller Stein, den du brauchen wirst, wenn du in Not kommen solltest.«

Das Mädchen hört die Worte der Tante, ohne zu begreifen. Aber es wiederholt alles. Lautlos.

»Geh dann zu einem Juwelier, hörst du? Einem jüdischen Juwelier. Erzähle von dem Dorf, von mir, und dass du den Stein einlösen musst. Das Geld wird dir helfen. Doch möge die Kette dich immer schützen und du nie in Not geraten.« Nervös schaut die Alte zum Fenster. »Schluss jetzt, die Wände haben Ohren.«

Luzia schaut zu einer Wand, sucht die Ohren und findet sie nicht. Verwundert blickt sie Tante Ida an. Und Geld? Sie hat noch nie Geld gehabt. Der Vater hatte immer welches, wenn er vom Markt zurück kam und die Ochsen verkauft waren. Aber das ist lange her. Jetzt ist er im Krieg, hat die Mutter gesagt. Er ist Soldat. Sie will nicht, dass der Vater Soldat ist. Nicht so ist wie die, die abends immer ins Haus kommen.

Die Tante küsst das Mädchen auf die Stirn, schaut es ernst an. Flüstert. »Aber lerne, mein Kind: Häng dein Herz nicht an Dinge!«

Sie nimmt das Mädchen ein letztes Mal in die Arme und schickt es nach Hause.

Unmöglich. Luzia stockt für einen kurzen Moment der Atem. Das kann unmöglich ihre Kette sein. Die Augen mussten ihr einen Streich gespielt haben. Zu viele Gedanken in die Vergangenheit, die sie auf Juist hat. Gedanken an die Vertreibung, die langen Märsche in der Hitze, die Fahrt im Viehwaggon, die Ankunft mit dem Schiff hier auf der Insel, die vielen unbekannten Menschen.

Die Angst, die Traurigkeit, der Hunger von damals.

Viel zu viele suchten damals eine neue Heimat.

Sie muss sich irren. Dieses Mädchen trägt eine Kette, die ihrer ähnlich sah. Nicht mehr und nicht weniger.

»Woher kommen Sie?« Luzia fährt zusammen. Die Frage war aus ihrem Mund gekommen. Schroff. Ohne Vorwarnung. Was denkt sie sich nur?

Das Mädchen schaut lächelnd auf.

»Aus Polen«, antwortet sie und nennt ihr den Endbetrag. Luzia drückt ihr einen Schein in die Hand. Starrt wieder auf die Kette. Nimmt das Wechselgeld, dreht sich um und geht zum Ausgang. Läuft gedankenverloren die Straße entlang, blickt ab und an zurück, als ob sie erwartet, dass das Mädchen aus dem Laden ihr nachkommt.

Was war nur in sie gefahren? Das Mädchen muss sie für eine senile Alte halten. Für verrückt. Und was für eine dumme Frage. Natürlich ist das Mädchen aus Polen. Wie so viele, die auf der Insel arbeiten. Und nicht nur hier. Überall in Deutschland.

In der Gastronomie, in Pflegediensten, im Baugewerbe. Die Unsichtbaren.

Ohne die alles zusammenbrechen würde.

Aber sie wollte doch nur wissen, aus welchem Dorf, welcher Stadt sie kam. Vielleicht …

Sie schüttelt den Kopf. Unsinn.

Selbst wenn das Mädchen ihr eine Stadt genannt hätte, mit dem Namen könnte sie wahrscheinlich nichts anfangen. Nur den polnischen Namen ihres Heimatdorfes kannte sie. Und den von drei Nachbardörfern. Und wenn sie einen davon gesagt hätte?

Sie verstaut die Einkäufe in ihrem Hotelzimmer. Läuft hin und her. Kann nicht aufhören, an die Kette zu denken. Und das Mädchen. Sie muss noch einmal mit dieser Janina reden.

Sie schließt ihr Zimmer ab, eilt zum Ausgang und bleibt nicht wie sonst kurz an der Fisch-Skulptur vor dem Hotel stehen, die sie so mag. Ihre Gedanken kreisen nur um die Kette. So viele Flohmärkte und Antikläden, die sie unbewusst nach ihr abgesucht hatte.

Und jetzt findet sie sie hier auf Juist.

Noch nie hat sie so viele Menschen auf einmal gesehen, noch nicht einmal in der Kirche zum Weihnachtsfest. Alle sprechen leise, laufen geduckt. Ziehen Karren mit sich, auf denen sich Koffer, Kleider, Kinder stapeln. Die Füße tun ihr weh, obwohl sie noch gar nicht lange gelaufen sind. Sie kommen an ihr so vertrauten Häusern vorbei. Häuser, die jetzt leer sind. Häuser, aus denen Soldaten ihnen mit einem Bier lachend zuwinken. Häuser ihres so großen Dorfes. Plötzlich sieht sie Trudi am Straßenrand stehen, wie sie aufgeregt auf sie zuläuft und sie in den Arm nimmt.

»Ich darf hier bleiben. Die Polen brauchen meinen Vater«, sagt sie, und ihre Stimme hört sich an wie ein freudiges Quietschen. »Ich schreibe dir. Ganz bestimmt.« Trudi drückt sie noch einmal. »Und ihr kommt ja auch bald zurück.« Sie nimmt Luzia bei der Hand und läuft ein Stück mit.

Trudi ist Luzias beste Freundin, aber sie weiß, dass viele Trudi nicht mochten und sie mieden, wo es nur ging. Auch ihre Mutter. Sie hatte ihr sogar verboten, mit der Freundin zu spielen. Hatte gesagt, dass Trudi alles und alle verrät. Vor allem unsere alte Ida. Aber Luzia mochte Trudi und verstand nicht, was sie von der Tante Ida hätte verraten können.

Zusammen singen sie leise das Lied, das sie so oft schon zusammen gesungen haben. Ganz leise, nur sie zwei. Noch einmal umarmt Trudi sie ganz fest. Reißt sich dann von ihr los und läuft auf das freie Feld neben der Staße. Ohne einen Blick zurück.

Luzia wartet, bis niemand mehr an der Kasse steht, und geht auf das Mädchen zu. Entschuldigt sich für ihre unhöfliche Art. Vorhin. Fragt sie, ob sie sie zu einem Mittagessen einladen darf. Das Mädchen zögert erst, schaut dann auf die Uhr und nickt. Kurze Zeit später sitzen sie im Sonnenschein vor dem »Juister Fischkehuus«. Aber selbst der Duft von frisch gebratenem Fisch lässt Luzia keinen Appetit verspüren. Sie ist viel zu aufgeregt.

»Allzu lange kann ich nicht bleiben«, sagt Janina. »Ich muss noch nach meiner Großmutter schauen, bevor ich wieder ins Geschäft gehe.« Sie stockt. Luzia nickt ihr aufmunternd zu. Lächelt.

»Meine Großmutter ist pflegebedürftig. Im Moment wohnt sie bei einer alten Freundin. Einer Polin, die einen Juister geheiratet hat. Im Loog führen sie eine kleine Ferienunterkunft. In den Semesterferien bin ich hier und helfe, so gut ich kann, deswegen muss ich auch gleich los.«

»Was studieren Sie?«, fragt Luzia.

»Medizin, aber ...« Janina wischt die ungesagten Worte mit einer Handbewegung fort und schaut gedankenverloren auf den Hafen, »das ist unwichtig.«

Die Semesterferien sind schon lange zu Ende, das weiß Luzia von ihrer Enkelin. Das Mädchen arbeitet weiter in dem Geschäft, um die Pflege der Großmutter bezahlen zu können. Luzia atmet tief durch.

»Ein Frage würde ich Ihnen gerne stellen.« Sie schaut

Janina direkt an. »Würden Sie mir sagen, woher Sie diese schöne Kette haben?«

Janina hebt erstaunt den Kopf und greift unwillkürlich an ihren Hals. »Sie meinen diese Kette?«

»Ja.«

»Meine Großmutter hat sie mir gegeben, nachdem meine Mutter gestorben ist. Sie soll mir Glück bringen. *Gdzie serce tam i szczęście*. Wo Herz, da auch Glück.« Janina lächelt. »Altes polnisches Sprichwort.«

»Wissen Sie, woher Ihre Großmutter die Kette hat?« Janina schüttelt den Kopf.

»Ich habe eine ähnliche Kette besessen«, sagt Luzia, »sie aber verloren und würde sie mir gerne nachkaufen. Wenn es Ihnen nichts ausmacht, hätte ich eine ungewöhnliche Bitte«, fährt sie fort, »dürfte ich Sie zu Ihrer Großmutter begleiten? Ich würde sie fragen, bei welchem Juwelier sie das Schmuckstück hat anfertigen lassen.«

»Juwelier?« Das Mädchen lacht auf. »Meine Großeltern haben bestimmt nichts bei einem Juwelier machen lassen. Unsere Familie hat kein Geld für so etwas. Aber Sie können gerne mitkommen und sie fragen.«

Gemeinsam brechen sie auf und laufen Richtung Loog. Vor einem kleinen Haus bleibt Janina stehen. Winkt Luzia zu dem Seiteneingang neben einem Holzschuppen.

»Das Zimmer ist nicht sehr groß, aber mehr können wir uns nicht leisten. Ich bin froh, dass meine Großmutter hier ist und mit jemandem über früher reden kann. Über die alte Heimat. Und dass ich auf der Insel arbeiten kann, um für sie zu sorgen.«

Luzia geht durch die Türe und steht mitten im Zimmer. Zwischen zwei Betten, einem Schrank und einem kleinen

Tisch, auf dem ein Wasserkocher und eine Tasse stehen. Es riecht nach dem Kräutertee, der vor sich hin dampft. Sie dreht sich zur Seite und sieht eine alte Frau mit einer karierten Decke in einem Rollstuhl sitzen. Luzia will sie begrüßen, streckt die Hand aus und hält abrupt inne. Sie kennt dieses Gesicht, diese Augen, die spitze Nase. Auch wenn das Gesicht voller Falten und Runzeln ist. Sie weiß, wen sie vor sich hat und will es nicht glauben.

»Trudi …«, entfährt es ihr.

»Mein Herz, Mama! Mein Herz! Ich habe mein Herz verloren!«

Das kleine Mädchen fasst sich noch ein Mal voller Schrecken an den Hals. Sie hat es verloren. Ihre goldene Kette mit den kleinen goldenen Kugeln und dem Herzchenanhänger. Abrupt reißt sie sich von der Hand ihrer Mutter los. Schlängelt sich hektisch an den anderen Menschen vorbei, die mit ihnen gemeinsam im Trek laufen. Sie muss zurück zum Haus. Die Kette liegt in der Kammer. Bestimmt ist sie da. Dort, wo sie ihre ganzen Kleider übereinandergezogen hat. Sieben. Genauso alt ist sie. Sieben Jahre. Und nur ihre Kette hat sie mitnehmen dürfen. Nicht ihre Bücher. Nicht ihre Stoffpuppe. Nicht ihre Hefte.

Aber vielleicht hat sie die Kette auch an der Treppe verloren. Wo ihre Mutter ihr eine Strickjacke übergezogen hat, bevor sie losmussten. Dabei war es doch so heiß. Viel zu heiß für die ganzen Kleider und die Jacke. Aber sie durften nur mitnehmen, was sie am Leib tragen konnten. Ohne ihre Kette will sie nicht von hier weggehen. Ihr soll sie doch immer Glück bringen. Das hatte Tante Ida ihr bei der Einschulung gesagt und war kurz darauf verschwunden. Bis heute hat sie niemand wiedergesehen.

Sie schluchzt. Sieht nicht, dass sie direkt auf einen Soldaten zuläuft.

Ein Gewehrkolben trifft sie. Am Arm, an der Brust, im Bauch. Sie hört, wie er sie anschreit. Die Sprache versteht sie nicht. Tränen vermischt mit Blut laufen ihr über das Gesicht. Fremde Menschen, die sie schnell zurück in die Reihen ziehen. Ihr den Staub aus den Kleidern klopfen. Ein Stück Stoff auf die Wunde drücken. Über den Kopf streicheln und sie an den anderen vorbei zurück zur Mutter und den kleinen Geschwistern schieben.

Die Frau im Rollstuhl zuckt zusammen. Sie blickt zwischen ihrer Enkelin und Luzia hin und her. Öffnet den Mund.

»Babka«, sagt Janina leise und beugt sich zu der Großmutter, »darf ich dir jemanden vorstellen?«

»Ich weiß, wer die Frau ist.«

Erschrocken über die laute Stimme der Großmutter, weicht Janina einen Schritt zurück. »Babka …?«

»Du sollst nicht stehlen, hat der Pfarrer immer gepredigt. Weißt du noch, Luzia?«

Luzia antwortet nicht. Sie versucht, sich zu erinnern. An den Tag der Vertreibung. An die letzte Umarmung von Trudi. Fühlt wieder das kurze Zwicken am Hals. Von dem sie dachte, das wäre ein Kleiderknopf.

Und sie denkt an das Lied, das sie zusammen gesungen haben.

Der Zaun der wird geflochten
o herzensliebstes Trudchen mein
Willst du mir helfen flechten
so komm und flicht mit ein.

Wie oft hatte sie hier auf Juist am Meer gestanden und

dieses Lied gesungen. Der Freundin aus der alten Heimat dieses Lied geschickt. An die Freundin, die sie bestohlen hat.

»Einmal Dieb, immer Dieb, hat er zu mir gesagt, der alte Pfarrer. Doch deine Strafe wirst du bekommen.« Die alte Frau zieht die Decke auf ihren Beinen zurecht. »Und er hat mich bestraft, der alte Herrgott. Alle bestraft. In Polen mussten wir bleiben. Wurden behandelt wie der letzte Dreck. Nichts waren wir. Hast du gehört, du? Nichts.« Sie atmet schwer. »Den Namen haben sie uns genommen. Deutsch durften wir nicht mehr reden und ihr«, sie zeigt mit ihrem knochigen Finger auf Luzia, »ihr habt uns vergessen. Einfach vergessen.«

Luzia schließt die Augen und lässt den Kopf sinken. Sie weiß, dass Trudi nicht verstehen wird. Nichts verstehen wird.

Niemand hat sie vergessen.

»Ja, die Kette habe ich dir gestohlen«, sagt Trudi, »weil ich sie wollte. Ich habe sie dir nicht gegönnt. Einmal Dieb, immer Dieb.« Sie macht eine kurze Pause. »Gib sie ihr zurück«, fährt sie fort, ohne die Enkelin dabei anzublicken. »Von falschen Freunden will ich noch nicht einmal etwas gestohlen haben. Und jetzt geh.«

Luzia geht zur Tür, blickt zurück, während Janina ihr die Kette in die Hand drückt.

Sie geht die Straße zurück. Nimmt die vielen Fahrrad fahrenden Touristen wahr wie Bilder eines Films. Läuft an den Geschäften vorbei. Sieht Kinder mit gefüllten Eistüten. Schmeckt den Sanddorn auf ihrer Zunge. Sie läuft am Hafen vorbei zum Flughafen. Läuft zum Kalfamer, ans Ostende der Insel. Sie hat Durst, Hunger und die Füße schmerzen. Wie damals. Sie hat es nicht vergessen. Sie hebt eine Muschel auf und hätte sich am liebsten darin verkrochen. Für immer. Doch sie läuft weiter. Am Strand entlang. Sieht, wie die Sonne wie ein Feuerball im Meer versinkt. In der Hand hält sie immer noch die Kette.

Vielleicht wäre damals ihre Mutter in dem kalten Winter nicht auf der Insel gestorben, wenn sie einen der Steine aus den Kugeln zu Geld hätte machen können.

Vielleicht hätten sie als Geschwister zusammen bleiben können, und sie wüsste heute, wo sie sind.

Vielleicht hätte Trudi, wenn sie von den Diamanten gewusst hätte …

Vielleicht, vielleicht, vielleicht.

Sie geht an der alten Schule vorbei, in der jetzt das Dorfgemeinschaftshaus ist. Denkt an den Stuhl, den sie mitbringen musste, damit sie in dem mit Vertriebenen- und Inselkindern überfüllten Raum sitzen durfte. Erinnert sich an den Blechnapf, in den das Essen gefüllt wurde. Das laute Löffelgeklapper.

Sie geht ins Kino, trinkt ein Glas Rotwein. Denkt an die Einweihung, zu der alle Insulaner eingeladen worden waren, auch ihre neue Schulklasse, die sie seit der Vertreibung besuchte. Erinnert sich an den Film, den sie damals gesehen haben: »Bambi«. Das Kino war ihre schönste Erinnerung an Juist.

Sie geht an den Strand, vorbei an dem Hotel »Pabst«, in dem sie wohnt. Denkt an ihre Mutter und die Geschwister und wie froh sie damals waren, darin untergebracht zu werden. Erinnert sich daran, wie sie dort erfahren haben, dass der Vater gefallen ist. Sie hatte nicht verstanden. Wer fällt, steht einfach wieder auf. So wie sie. Aber Vater steht nicht mehr auf, hatte die Mutter gesagt.

Morgen wird sie zur Gedenktafel an der Mauer der Friedhofskapelle und zu dem kleinen Grabstein ihrer Mutter gehen. Ihr von der Kette erzählen.

Der Strand liegt verlassen vor ihr und sie setzt sich in einen Strandkorb. Sie hofft, dass das Meeresrauschen alle Gedanken aus ihr herausspült.

Sie denkt an die alte Ida, die im KZ umgebracht wurde.

Sie denkt an all die Menschen, die heute auf der Flucht sind.

Sie denkt an all den Hass.

Sie wünscht sich Antworten, aber das Meer ist ruhig.

Plötzlich hört sie Stimmen, die näher kommen.

Lachen. Stille. Streit.

Eine Frau, die nach Hilfe ruft. Immer lauter.

Luzia springt auf und sucht in der Dunkelheit nach der Frau. Sie zwingt sich zur Ruhe. Holt das Handy aus der Jackentasche und wählt die Notrufnummer. Zittert. Schaltet die Taschenlampe an.

Sie ist alt. Sollte warten, bis Hilfe kommt.

Sie kann nicht. Versucht, im Sand vorwärtszukommen.

Die Rufe sind verstummt. Stattdessen hört sie einen Mann.

»Dreckige Polenschlampe. Ihr seid doch hier, um zu ficken. Zu was anderes kann man euch doch nicht gebrauchen. Erst schöne Augen machen und dann kneifen. So nicht, du Fotze, so nicht.«

Wie versteinert bleibt sie stehen. Sie sieht, wie der Mann die Frau mit einem Schal würgt. Kein Mann, fast noch ein Junge. Und sie sieht Janina. Wie sie versucht, den Schal am Hals zu lösen. Strampelt. Dann das Aufblitzen eines Messers. Luzia schreit auf.

Der Junge dreht sich zu ihr um.

»Was willst du? Misch dich nicht ein, sonst bist du als Nächste fällig.«

Luzia rennt auf ihn zu, versucht, ihn wegzustoßen. Riecht den Alkohol aus seinem Mund.

Das Messer bohrt sich in ihren Arm. In die Brust. Den Bauch.

Sie krümmt sich zusammen. Fällt. Spürt den kalten Sand.

Hört Rufe in ihrem Kopf. Schreie. Gebrüll.

Für einen Moment öffnet sie die Augen. Janina ist bei ihr.

»Sie haben ihn.« Janinas Stimme ist nur ein Krächzen.

»Hör«, flüstert Luzia. Schlägt die Augen auf und sieht, wie Janina weint. Spürt, wie ihr jemand etwas auf den Bauch drückt. »Hör«, wiederholt sie leise. Und Janina geht nah an ihren Mund.

»Nimm«, keucht sie und hustet Blut. Flüstert ein paar Worte in Janinas Ohr und drückt ihr die Kette in die Hand.

»Wo Herz, da auch Glück!«

AUF JUIST GEHT MAN
UNGERN ÜBER LEICHEN

REK FEUER UND FLAMME

Wenn das Blut am Kopf nicht gewesen wäre, hätte man glauben können, dass der Mann schläft. Aber er war tot und starrte mit seinen schmalen Augen in den sternenklaren Nachthimmel über Juist. Zweifellos ein Japaner, wie man an der Spiegelreflexkamera, den weißen Shorts und der wattierten, blauen Weste mit eingesticktem Anker erkennen konnte.

Fast wären die drei bierbeseelten Männer über den Toten gestolpert, der im Dunkeln vor ihnen lag. Seit Jahrzehnten fuhren sie auf die Insel, früher mit ihren Eltern, dann mit ihren Freundinnen und seit Kurzem mit ihren eigenen Familien. Juist war ihre zweite Heimat, und die kannten sie wie ihre Hosentaschen.

Aber noch nie waren sie über einen Toten gestolpert. Nie.

Nicht auf Juist und auch nicht in Niedersachsen, wo sie Streife fuhren, hatten Roland, Eric und Kalli irgendwann zufällig eine Leiche entdeckt.

… und jetzt fanden sie hier eine auf ihrer Lieblingsinsel.

Ausgerechnet auf Juist.

In dem so hart erkämpften Kurzurlaub.

Ein ganzes Jahr hatten sie auf diese Tour zu dritt gespart.

Sie ihren Frauen abgetrotzt. Wollten mal für ein paar Tage eine Auszeit, ein paar gemütliche Runden Boule auf der Insel spielen, ein oder zwei Bierchen dabei trinken. Und nun das. Am letzten Urlaubstag.

Roland kniff die Augen zusammen und hoffte, dass er sich das alles nur einbildete. Ein Bier zu viel intus hatte. Aber als er die Augen wieder öffnete, lag der Japaner immer noch da und starrte unbeirrt in den Himmel.

»Ist jetzt nicht wahr, oder?«, er beugte sich über die Leiche, die mitten auf der Strandstraße lag.

»Der ist tot!«, stellte Kalli fest. »Soll auch bei Japanern vorkommen. Trotz des ganzen rohen Fischzeugs, das angeblich so gesund ist. Wahrscheinlich hatte der einen Herzinfarkt.«

»Schwachsinn«, kommentierte Erik die Schnelldiagnose seines Boulebruders, »doch nicht auf Juist.«

»Dann hat ihn jemand überfahren.«

»Hier? Mit was denn? Auto geht ja wohl schlecht.«

»Doch, geht«, beharrte Kalli. »Ich weiß ganz genau, dass dieser Okidoki-Sowieso ein Auto hat.«

»Mann, der ist Arzt! Was meinste denn, was der dann gemacht hat? Fahrerflucht?« Erik musste grinsen.

»Pferdefuhrwerk?«, Kalli ließ nicht locker.

»Die haben schon längst Feierabend. Um die Zeit fährt keiner mehr von denen hier rum.«

»Fahrrad?«

»Dann würde hier noch jemand liegen, weil der vor Schreck auch tot umgefallen wäre«, erwiderte Erik, »außerdem würde man noch mehr sehen als das bisschen Blut am Kopf.«

Aber man sah nichts.

Keine Schramme. Nichts.

Und auf ein Gewaltverbrechen deutete auch nichts hin.

Kein Messerstich. Kein Einschussloch. Keine Würgemale.

Sagte zumindest Erik.

»Einfach liegen lassen«, meinte Roland und zündete sich eine Zigarette an.

»Mitten hier im Ort? Vor der ›Spelunke‹? Da drin«, Erik zeigte auf die Kneipe, aus der sie vor ein paar Minuten gekommen waren, »da drin sitzt der ganze Heimatverein und ist bester Laune. Wenn die rauskommen …«, er verstummte.

Stimmen, die langsam näher kamen. Hektisch blickten sich die drei nach allen Seiten um.

Sahen nichts.

Außer dem Blinken des Leuchtturms.

Knappe drei Minuten später saßen sie auf einer Parkbank vor dem Schiffchenteich und bewachten den Japaner, der unter der Bank sicher verstaut war, während die Mitglieder des Heimatvereins gut gelaunt nach Hause zogen.

»Und jetzt?«, fragte Kalli.

»110. Was sonst?«, antwortete Roland.

»Auf keinen Fall«, zischte Erik, »das können wir der Tanja nicht antun. Kaum fängt die hier an, hat die auf einmal eine Leiche am Hals. Wie sieht denn das aus?«

Die beiden anderen nickten. Sie hatten die neue Oberkommissarin vor ein paar Tagen kennengelernt und einen Kaffee mit ihr getrunken. Nette Kollegin.

»Wir rufen den Arzt«, schlug Kalli vor.

Die beiden anderen schüttelten energisch den Kopf.

»Kannst du dir das ganze Tamtam vorstellen, das danach folgt? Der ruft nicht nur Tanja an, sondern alarmiert sonst wen. Holt womöglich den Heli und danach ist ganz Juist auf den Beinen«, erwiderte Eric.

»Ok, dann legen wir ihn …«, Kalli überlegte und drehte seinen Kopf nach einer Weile zu den anderen. »Was haltet ihr von der Friesenstraße? So in der Höhe von dem Einkaufsladen und dem Haus Charlotte. Da müssen wir ihn nicht so weit schleppen.«

»Toll«, höhnte Eric. »Wenn die ersten Leute morgen Brötchen holen gehen, bekommen sie zum Frühstück eine Leiche serviert.«

Damit schlossen sie auch das Erlebnisbad aus, da waren die vielen Frühschwimmer. Und im Januspark die Frühsportler.

»Ich hab's!«, rief Kalli. »Wir versenken ihn im Hammersee.« Begeistert von seiner Idee sprang er auf und stellte sich erwartungsvoll vor die beiden anderen.

»Super Idee!«, antwortete Eric, »Und dann sitze ich eines Tages mit meinen Kindern vorm Fernseher, schau Nachrichten, in denen berichtet wird, dass man eine Leiche gefunden hat, weil der See, in dem er lag, versandet ist. Und dann rutscht mir raus: Schitte, jetzt haben sie den gefunden.«

»Ich geh mal Bier holen«, sagte Roland.

Die beiden anderen beschlossen, einen Platz zu suchen, an dem niemand auf Juist in seiner Ruhe gestört werden würde und alle weiterhin das Gefühl hatten, auf einer Zauberinsel zu sein.

Der Strand war tabu, genauso wie die Dünen. Da durfte man nichts abladen. Am Hafen hätten sie den Fähr- und am Flugplatz den Flugbetrieb blockiert.

Das »Haus des Kurgastes« schlossen sie aus, da könnten Touristen den toten Japaner – wie die bunte Frieda, den rostigen Seestern, die Strandlooper, die Badefrau oder die steinerne Krabbe – vielleicht für ein neues Kunstwerk halten.

Der Goldfischteich war den Insulanern heilig, in der Jugendherberge waren zu viele Kinder. Ins Watt ging auch nicht, da wäre der Wattführer für immer traumatisiert gewesen. In eines der Telefonhäuschen ging auch nicht, da würde der Japaner nie gefunden werden.

»Also dann hinter die Domäne Bill aufs Billriff, da landen ja auch jede Menge tote Robben«, schlug Kalli vor.

»Dann kann ich nie wieder einen Rosinenstuten essen, ohne an den da zu denken«, sagte Erik und zeigte mit dem Finger unter die Bank.

»Und wenn wir ihn zu dem stinkenden Finnwal im Kalfamer legen?«

»Die Verwesung von dem wird regelmäßig dokumentiert. Wenn der da auch noch liegt, bringt das wahrscheinlich deren ganze Forschung durcheinander.«

»Wir bringen ihn einfach nach Norderney.«

»Hast du ein Schiff?«

»Ok, dann ins Loog zu diesem Pendelanker.«

»Und wie bringen wir den dahin?«

»Wir holen uns so einen Kofferkarren von Hafen und dann los.«

»Nee«, mischte sich Roland ein, der mit drei Bier zurückgekommen war, »den mag ich irgendwie und will den da nicht …«

»Was haltet ihr von der Bienenstation?«, unterbrach ihn Kalli.

»Geht gar nicht«, empörte sich Erik, »ich nehm hier immer Honig mit.«

»Ich hab's«, rief Kali, »wir bringen den zur Müllstation. Da kann sich dann Ole drum kümmern. Dem fällt bestimmt was ein.«

Aber Ole oder einer von den anderen Müllmännern, da waren sich die drei sicher, würde völlig korrekt die Polizei rufen, und so waren sie wieder am Anfang ihrer ganzen Überlegungen angekommen.

So sehr sie sich auch bemühten, es wollte ihnen kein Ort für eine Leiche auf Juist einfallen. Doch als die Sonne schon langsam über dem Meer aufging, hatte Erik eine Idee.

»Drei Mann in einem Boot?«, fragte er in die Runde.

»Logo, REK Feuer und Flamme – wie immer«, sagte Kalli.

»Logo, REK Feuer und Flamme – das sind wir«, sagte Roland.

… und die Sache war beschlossen.

Sie ließen Roland bei dem Japaner und seinem Bier, holten aus dem Hotel ihre Koffer und organisierten den Rest telefonisch und im Internet. Keine Stunde später saßen sie erst im Töwerland-Express, dann im Zug nach Osnabrück.

»Wer drin ist, ist drin«, stellte Erik kurze Zeit später fest, während sie dem Anschlusszug nach Berlin nachschauten.

Als am Abend an der Endhaltestelle Berliner Ostbahnhof ein toter Japaner gefunden wurde, hatte man bereits zwei Stunden später eine 30-köpfige Untersuchungskommission gebildet. Am nächsten Morgen schon würde man die Täter präsentieren. Alles deutete auf die armenische Mafia hin.

In Berlin waren eben Profis am Werk.

JENNY IST LIVE

NADINE BURANASEDA

23:53 Di 31. Dezember   📶 78 %

#juist #inselliebe #beachparty
Silvester Livestream mit JenNYfromtheBlock
Aktuell 347 Zuschauer
Abonnieren 149.007

Live Chat
Top Chat

Nacht. Meeresrauschen. Der Strand ist in Dunkelheit getaucht. Fünf Gesichter, nur durch Handydisplays erhellt.

JENNY [*rückt die übergroßen rosafarbenen Ohrenschützer aus Fell auf ihrer brünetten Mähne zurecht und richtet die Smartphonekamera ganz auf sich selbst*]: Hi, ich bin's, eure Jenny. Ich hoffe, ihr könnt mich alle sehen. Ich bin heute mit meinen Besties unterwegs auf Juist, wie ihr sicher *nicht* erkennen könnt

Bianca B. hi

Bianca B. gut siehst du aus

[*lacht*]. Okay, egal. Wir sind hier am Strand und frieren uns die Ärsche ab. Aber was soll's? Sag mal Hallo, Jojo [*leuchtet ihm ins Gesicht*].

JOJO [*stimmbruchkieksig*]: Hallo.

CHRISSY [*kreischt und hüpft auf und ab, ihre weiße Pudelmütze, unter der ein paar blonde Strähnen hervorschauen, hüpft mit*]: Hallo!

JENNY: Max?

MAX [*streicht sich eine dunkle Locke aus dem Gesicht und streckt die Zunge raus*]: Hallo!

NIKLAS [*schaut über den Rand seiner Brille*]: Hi.

JENNY: Was soll ich sagen? Schon wieder ein Jahr vorbei. Wahnsinn! Was macht ihr Silvester so?

JOJO [*lässt seine Zahnlücke aufblitzen*]: Ey, wie spät isses überhaupt?

CHRISSY: Noch vier Minuten.

MAX: Krass. Wie schnell der Abend rum war.

CHRISSY: Also, ich könnte langsam wieder ins Warme.

MAX: Quatsch. Jetzt doch nicht. Mach schon mal den Schampus auf, Nick.

Ole Hi
Ghost hi
San Dra Hi Jenny

Peanut bin neu hier. Hi

why_not Mein Silvester. Hab in der Ecke gehockt u gekotzt beste Leben 😄
Ole Ja genau breiern bis der Arzt kommt.
why_not YOLO Mann

JOJO: Dann wird dir auch wärmer, Schatz [*zieht Chrissy zu sich heran und küsst sie unbeholfen*].

Ein Korken knallt. Max versucht, den Sekt, der aus dem Flaschenhals schäumt, mit dem Mund aufzufangen.

JENNY: Meine Alten hielten das für eine gute Idee, mich auf die Insel zu schleppen. Zum Glück bin ich nicht allein [*schwenkt die Kamera zu den anderen*].
MAX [*brüllt*]: Kartoffelsaaalaaaaaat!
JENNY [*macht ein Duckface*]: Nächstes Jahr will ich Ski fahren. Mindestens. Oder in die Karibik. Sag doch auch mal was, Nick.
NIKLAS [*reicht die Flasche an Max weiter*]: Was denn?
MAX [*äfft ihn nach*]: Was denn?
CHRISSY [*tritt auf der Stelle und lässt ihre Pudelmütze wieder tanzen*]: Nick ist schüchtern.
NIKLAS [*schweigt*]
MAX [*nimmt einen großen Schluck*]: Hier, Nickikraus, mach dich mal locker [*gibt ihm die Flasche zurück*].

Bianca B. die Jacke hab ich auch

Peanut Napflixen meine eltern sind eiern und haben mich nicht mitgenommen
Bianca B. @Peanut sei froh verpasst du eh nix Jenny schau ich am Liebsten

Peanut Ihr seit ein süßes Paar. In welcher Klasse geht ihr?

Ghost OMG wie er sie warmhält. Cuteeeeee!

Peanut Viel Spass! trinkt einen für mich mit

Ole der langweiligste Stream den ich je gesehen hab...

JENNY: Wir verpassen noch die ganze Show.

MAX: Welche Show?

JENNY: Na, das Feuerwerk.

JOJO: Apropos: Wer hat die Böller dabei?

NIKLAS: Max.

MAX: Ich? Ne, ich dachte, du hättest sie eingepackt.

JOJO: Na toll …

JENNY: Wenigstens haben wir den Alk nicht vergessen [*nimmt Niklas die Flasche ab, der nicht getrunken hat, macht einen tiefen Zug und lässt sie anschließend kreisen*].

JOJO [*trinkt*]: Keine halbe Minute mehr.

CHRISSY [*kreischt*]: Noch ein Jahr, dann sind wir fertig mit der Schule. Ich fass es nicht.

JENNY [*schreit in die Kamera*]: Zehn …

ALLE [*im Chor*]: … neun, acht, sieben, sechs, fünf, vier, drei, zwei, eins …

JENNY [*wirft der Kamera eine Kusshand zu*]: Frohes neues Jahr, ihr Lieben!

Im Hintergrund setzt vereinzelt Feuerwerk ein.

Bianca B. dann schau ihn dir nicht an

why_not was? hat irgend wer was gesagt?

Bianca B. Grüß mich!

Bianca B. wär so gern dabei ihr Goldstücke!

San Dra HAPPY NEW YEAR Süße! 🌴

CHRISSY [*euphorisch*]: Frohes Neues!

JOJO: Prostata!

NIKLAS [*legt den Kopf schief, schweigt*]

MAX [*grölt*]: P-a-r-t-y!

JOJO [*holt die nächste Sektflasche aus dem Rucksack*]: Nachschub.

Erneutes Sektkorkenknallen.

JENNY: Mann, spritz mich nicht voll, Jojo.

CHRISSY [*kichert*]: Das kann er gu...

MAX: Warte, ich kümmere mich darum [*will Jenny den Sekt vom Gesicht lecken*].

JENNY [*gluckst*]: Hör auf, Max – das kitzelt!

NIKLAS [*will dazwischengehen, entscheidet sich jedoch anders*]

In der Ferne bellt ein Hund. Nach wie vor erleuchten glei-ßende Feuerwerkkaskaden den Nachthimmel und tauchen die Szenerie in bunte Farben.

JENNY [*lächelt zuckersüß in die Kamera und zwinkert*]: Ach ja, bevor ich's vergesse: Ihr findet

why_not büschen wenig Pyro da bei euch oder? 🚀

Bianca B. guten Rutsch!

Ghost Viel Glück!

Peanut Fröhliches neues jahr!!! 🎇

Ole lasst knallen!

Bianca B. bist ja doch noch da

Ole Nix besseres zu tun

Bianca B. auf einmal...

Ghost hast du eigentlich auch einen Freund Jenny? Bist so ne hübsche

why_not reißt nicht gleich die ganze Insel ab Leute

Ole naaaa, habt ihr schon zsm geknallt?

mich hauptsächlich auf Instagram und Twitter, Hashtag *Jenny from the block*. Lasst mir ein Like da. Und nicht vergessen: Abonniert meinen Kanal, wenn ihr meine Videos mögt. Danke! Ich liebe euch alle!

MAX: Amen.

CHRISSY [*quengelt*]: Also, ich hab genug vom Meer. Lasst uns woanders weiterfeiern. Der Wind ist ganz schön eisig. Mir fallen gleich die Flossen ab.

JOJO [*trinkt*]: Geh'n wir in die »Spelunke«.

JENNY: Da isses immer so brechend voll. Und heute bestimmt ganz besonders.

CHRISSY [*gähnt*]: Dann in die »Welle«. Da könnten wir in fünf Minuten sein. Gepflegt ein paar Cocktails schlürfen.

MAX: Ne, lieber noch 'n bisschen Action.

CHRISSY [*verdreht die Augen*]: Genau, Mann.

MAX [*blickt sich suchend um*]: Wir gehen schwimmen!

JENNY: Schwimmen? Im Meer? Aber sonst geht's dir gut.

MAX: Klaro.

Bianca B. Max ist ein Ehrenmann stimmt's?

Ole klar und ich bin der Weihnachtsmann 🐵

Peanut wer von euch kommt noch aus Dortmund?

MOSQUITO Hey, Jenny, dir und deiner Familie ein gesundes und glückliches neues Jahr! Wann sehen wir uns?

Bianca B. Ist es eigentlich sehr windig bei Euch?

Ghost Ne sie trägt den Scheitel jetzt auf der anderen Seite 😁 😁 😁

Ole Protz Lady 💅

CHRISSY: Spinnst du? Das überlebt doch kein Mensch bei dieser Scheißkälte. Ich erfrier ja jetzt schon [*klappert demonstrativ mit den Zähnen*].

MAX: Du bist ja auch 'ne Frostbeule. Mädchen halt, lauter Memmen.

JENNY [*lacht*]: Das ist jetzt nicht dein Ernst, Max!

MAX [*baut sich gespielt bedrohlich vor ihr auf, reckt das Kinn*]: Wieso? Glaubst du mir nicht?

JOJO [*trinkt einen weiteren Schluck und rülpst lautstark*]: Also, ich bin dabei.

CHRISSY [*reißt ihm die Flasche aus der Hand*]: Was? Du hast sie nicht mehr alle!

JOJO: *Mir* ist nicht kalt. Außerdem machen das ständig Leute.

CHRISSY [*trinkt*]: Wer sagt das?

JOJO [*tippt auf seinem Smartphone herum und hält es anschließend triumphierend hoch*]: Das Internetz.

CHRISSY [*beäugt das Display*]: Aber nur alte Leute. Die sind eh schon scheintot.

JOJO: Red keinen Scheiß.

Sophia Müller Also du machst echt coole Videos aber wenn du ein bisschen langsamer reden würdest und dir Kamera nicht soooo schnell bewegen würdest dann würden sie mir noch besser gefallen #nohate

San Dra guckst du hier: https://de.m.wikipedia.org/ wiki/Winterbaden

San Dra aber ohne Neopren?

Ole Neopren is was für Weicheier

CHRISSY: Ja klar, weil das irgendwer macht, musst du das jetzt auch machen?

JOJO [*zuckt mit den Schultern*]

MAX [*umarmt Jojo torkelnd*]: No risk, no fun.

CHRISSY: Und wenn ich sage, spring von der Brücke, springst du dann von der Brücke, oder was?

JOJO: Kommt auf die Brücke an [*lacht*]. Und wie viel Alkohol du mir bietest.

CHRISSY [*warnend*]: Jojo …

JOJO: Was? Sonst stellst du dich nicht so an, Schatz.

JENNY [*flüstert in die Kamera*]: Ich glaub eh nicht, dass sich die Jungs das trauen.

MAX [*provozierend*]: Was ist mit dir, Nickikraus?

NIKLAS: Was soll mit mir sein?

CHRISSY: Hör auf, Max!

MAX: Wassn? Ist er kein Mann?

CHRISSY: Lass meinen Bruder in Ruhe!

MAX: Sonst was?

CHRISSY [*schweigt beleidigt*]

JENNY: Frieden, Leute! Wir wollen doch nur 'n bisschen Spaß hier haben. Stimmt's, Nick?

Ole wenn ihr das tatsächlich macht rasier ich mir den Schädel!

San Dra das tut auch richtig weh oh Mann ☺

Ole und die Sackhaare

why_not welche Sackhaare Alter? ☺

Ole Und ich flamm mir die Augenbrauen weg

Peanut Hahahaha ich lach mich wech 😂😂😂

Sophia Müller Lass die in Ruhe die ist vergeben

Bianca B. das wüsst ich aber oder Jenny? Die hat keinen Festen Freund

Sophia Müller Ich dachte Max.

Bianca B. neee obwohl er ein ganz süßer ist

NIKLAS: Stimmt.

MAX [*boxt ihm in die Seite*]: Meine Rede. Also, was ist jetzt?

NIKLAS: Ich geh nach Hause.

JOJO: Was?

MAX [*skandiert*]: F-e-i-g-l-i-n-g! F-e-i-g-l-i-n-g!

CHRISSY: Echt, du bist das Allerletzte!

JOJO: Ja, es reicht, Max.

MAX [*lauter*]: F-e-i-g-l-i-n-g! F-e-i-g-l-i-n-g!

NIKLAS: Ich bin müde, Leute.

MAX [*brüllt*]: F-e-i-g-l-i-n-g! F-e-i-g-l-i-n-g! F-e-i-g-l-i-n-g! F-e-i-g-l-i-n-g!

JENNY [*blickt Max und Jojo an*]: Was ist mit euch?

MAX [*greift sich den Sekt*]: Ich zieh den Schwanz nicht ein. No way!

JOJO: Ich auch nicht.

CHRISSY [*haucht in die hohlen Hände, um sich zu wärmen, kleine Atemwolken steigen auf*]: Jetzt mal im Ernst, es ist viel zu kalt für so 'ne bescheuerte Aktion.

JOJO: Du kannst mich ja danach heißmachen, Schatz.

CHRISSY [*grinst*]: In deinen Träumen.

Sophia Müller Ja bestes boyfriend material. Die würden aber gut zusammen passen.

Bianca B. Auf jeden

Ole Banalverkehr ☺

hanna unicorn mein bruder hat an sylvester geburtstag und ich hab manchmal angst an sylvester

Bianca B. hast du eig ein neues iphone?

NIKLAS [*wendet sich ab*]: Also, dann.

JENNY: Echt jetzt? Du gehst wirklich?

NIKLAS: Ja.

JENNY: Okay.

CHRISSY: Dann schlaf schön, Brudi.

MAX: Wenn wir dich nachher nicht wecken, Alter.

JENNY: Wieso?

MAX: Wenn ich mich schon für dich in die Fluten stürze, hab ich wohl ein Recht darauf, dass du mich auch 'n bisschen heißmachst, oder?

JENNY [*schießt die Schamesröte ins Gesicht*]: Wieso für mich?

MAX [*leert die zweite Flasche und wirft sie im hohen Bogen in den Sand*]: Na, siehst du hier noch 'ne andere Single-Lady?

JENNY: Hör schon auf …

NIKLAS [*kommt zurück und streift wütend seine Jacke ab*]

CHRISSY: Nick, was tust du da?

MAX: Noch nicht kapiert? Er will Jenny klarmachen. Niklas ist verliebt! Niklas ist verliebt!

NIKLAS [*zieht seine Brille aus und Pullover und T-Shirt über den Kopf*]

Ole seid Ihr bald fertig oder wollt Ihr alles tot quatschen? laaaangweiiiiliiiig!

Bianca B. lass sie doch!

why_not wenn die so weiter machen dann stehen die morgen noch da im nirgendwo Digga

Ole Genau

Peanut Wie alt seit ihr? Ich bin 10. im Sommer wird ich 11

Leon K. Richter Hat sich Jenny keinen Silvesterkuss gewünscht?

Ole Kauf euch was richtiges zum saufen

JENNY: Deine Lippen sind ja ganz blau, Nick.

NIKLAS [*steigt aus den Sneakern*]: Geht schon.

JENNY [*filmt den Kleiderhaufen*]

CHRISSY: Du musst das nicht tun. Max ist ein dämlicher Schwätzer, das weißt du.

MAX [*entkleidet sich ebenfalls*]

CHRISSY: Ihr seid echte Spinner!

JOJO [*ist bereits halbnackt und lacht irre*]

JENNY [*überdreht*]: Ich find's lustig.

MAX: Du gehörst trotzdem mir, Honey!

NIKLAS: Das werden wir ja sehen.

Die drei Jungs stehen jetzt nur noch in Shorts da. Niklas läuft als Erster los. Es klatscht unter seinen nackten Sohlen, als er ins Wasser rennt. Die anderen beiden folgen ihm.

CHRISSY [*ruft ihnen hinterher*]: Okay, aber ihr kommt nach zwei Sekunden wieder raus, verstanden? Mum bringt mich um, wenn sie das sieht.

DietChannel64 Manche sollten die Finger vom Alkohol lassen. Hat eh zu viele Kalorien.

Ole Essen trinken extra Kauen!

Ghost Jenny ist mein Lieblings youtuber

Peanut das Vidio ist super

Ghost Ich trage deinen merch Jenny wehrend ich das gucke!

Sophia Müller Mal so eine Frage an Chrissi sind das deine echten Wimpern ?

Max landet im Wasser und kreischt. Jojo zögert einen Moment, dann wirft er sich nach ein paar ausholenden Schritten auch in die heranrollenden Wellen.

JENNY [*bekommt einen Lachanfall*]

CHRISSY: Geht nicht so weit rein!

JENNY [*gluckst*]: Dafür liebe ich die Jungs.

CHRISSY [*murmelt*]: Ich könnt sie eher ohrfeigen.

JENNY [*reißt sich zusammen und spricht in die Kamera*]: Klickt die Glocke, Leute, dann verpasst ihr kein Video mehr von mir.

CHRISSY [*kneift die Augen zusammen*]: Leuchte mal da rüber, ich kann sie nicht mehr sehen!

JENNY [*schwenkt Richtung Wasserlinie*]

CHRISSY: Gott sei Dank, da sind sie.

Die drei sind bis zum Hals im Wasser. Max winkt ihnen ungelenk zu. Jojo macht sich bereits auf den Rückweg.

JENNY: Wie ist das Wasser?

MAX [*brüllt*]: Herr… Herrlich!

Leon K. Richter Ich habe gestern meine FREUNDIN gefragt ob wir zusammen sein könnten und sie hat ja GESAGT!

Sophia Müller Max hat echt was drauf. Wenn Jenny ihn nicht haben will … 🖤 🖤 🖤

Ole fette Action!
why_not voll der beef

Ghost ich hol mal Popcorn

why_not Max schreit wie meine schwester 😄

Ghost hamma

MOSQUITO Die Jungs sollten langsam rauskom-

JENNY: Haha.
CHRISSY: Ich bekomm schon vom Zugucken 'ne Lungenentzündung. Außerdem habt ihr gar keine Handtücher dabei. Die »Welle« können wir jetzt vergessen.

Jojo kämpft sich an Land. Er keucht und prustet. Wasser tropft ihm aus den Haaren. Schlotternd schlingt er die Arme um seinen Oberkörper.

CHRISSY [*springt von ihm zurück*]: Mach mich bloß nicht nass, sonst töte ich dich!
JOJO [*Frost verklebt ihm die nassen Wimpern, kleine Eiszapfen bilden sich in seinen blonden Haarsträhnen*]: Scheiße, das kribbelt auf der Haut. Und meine Füße spür ich gar nicht mehr [*langt, auf und ab tänzelnd, nach seinen Klamotten*].
JENNY: Max? Nick? Kommt endlich raus!
MAX [*brüllt gegen die Wellen an, Meerwasser klatscht ihm unaufhörlich ins Gesicht*]: Wawa-wawawawa … I-i-ich halt's n-n-noch w-w-was aus. Nickikraus?
NIKLAS [*antwortet nicht*]

men. Die Strömung kann gefährlich sein. Und dazu die niedrigen Temperaturen. Das ist kein Spaß mehr, Jenny!

why_not de luxe

Leon K. Richter Respekt. Macht ihr sowas öfters?

Fortnite is my life Geiles Video, mach weiter so!

why_not die Mädchen sollen auch mal 😽
Ole 🏊 🏊

Peanut boahhh dat war mal ne abkühlung hahahaha

MAX [*spuckt Wasser*]: Wo steckst du?

CHRISSY: Nick! Nick!

JENNY: Niklas!

JOJO [*inzwischen wieder angezogen, das Gesicht krebsrot*]: Eben war er noch vor mir.

MAX [*schwimmt mehrfach um die eigene Achse und schlägt mit der flachen Hand auf die Wasseroberfläche*]: Ich seh ihn nicht mehr.

JENNY: Scheiße, Scheiße, Scheiße!

JOJO [*stülpt sich die Kapuze seiner Jacke über den Kopf und zieht sie stramm*]: Also, noch mal geh ich da nicht rein. Das könnt ihr vergessen!

CHRISSY: Du bist ein richtiges Arschloch, weißt du das?

JOJO [*befreit ein Ohr von der Kapuze*]: Was?

CHRISSY: Ich sagte: Du bist ein richtiges Arschloch!

JOJO [*vergräbt die Fäuste tief in den Taschen seiner Winterjacke*]: Was kann ich dafür, dass dein Bruder nicht schwimmen kann?

CHRISSY: Nick kann schwimmen, du Vollpfosten!

JOJO [*aufgekratzt*]: Er übertreibt bestimmt wieder und paddelt rüber nach Norderney.

Bianca B. Reicht ein Handtuch 🛁

Emily Erdbeer wer hat auch Silvester Depressionen?! ☹

Ole Du

why_not Jeder der gerne Feuerwerkskörper zündet und feiert ...

Peanut @Ole jetzt musst du dir den kopf abrasieren 😂 😂 😂

why_not läuft bei euch 👍

Ole kein Stress Leute. ird schon wieder auftauchen der Nick.

JENNY [*erstickt*]: N-i-c-k! Wo steckst du!

MAX [*ruft ihnen zu*]: Er ist weg, Mann!

CHRISSY [*aktiviert die Taschenlampenfunktion ihres Handys*]: Kann nicht sein. Eben war er doch noch da.

JENNY [*zunehmend verzweifelt*]: N-i-c-k!

Zwei dünne Strahlen verlieren sich rasch in der Dunkelheit, ein dritter gesellt sich dazu, als Jojo ebenfalls die Taschenlampe an seinem Handy einschaltet. Die schwachen Lichtkegel mäandern über die Wellen, die sich langsam zurückziehen.

CHRISSY [*hakt sich bei Jenny unter*]: Vor einer Sekunde hab ich ihn noch gesehen.

MAX: Verfickte Scheiße, ich hab 'nen verfluchten Krampf [*rudert mit dem Armen, um sich über Wasser halten zu können*].

JOJO [*grölt*]: Sauf nicht ab, Mann!

CHRISSY [*an Jenny gewandt*]: Das ist ein Albtraum. Was, wenn Nick nicht mehr zurückkommt?

why_not der war gut 😁

Sophia Müller Macht mal Licht an ich seh nichts

Ghost dein Gesicht …
Peanut ? ? ?
Peanut Jenny hat richtig tränen in den Augen

Celine_2005 ch wünsche Allen ein Frohes neues Jahr! 🎉

Bianca B. alles Fake

Ole FAKE

MAX [*macht ein paar Schwimm-züge, brüllt panisch*]: Ich kann mein Bein nicht mehr bewegen.

JENNY [*wütend*]: Hör auf mit dem Theater, Max! Es dreht sich nicht immer alles um dich, Mann!

MAX [*verzieht das Gesicht und wird immer wieder abgetrieben*]

JOJO: Was is? Willst du da Wurzeln schlagen?

MAX [*krault unter größter Anstrengung, bis er festen Boden unter sich spürt*]: Meine Füße! Als hätte ich die ins Gefrierfach gerammt!

CHRISSY [*legt die Hände trichterförmig an den Mund*]: N-i-k-l-a-s!

MAX [*genervt*]: Der prankt uns doch, Leute! Wie soll der denn untergehen? Nick ist keine drei Meter rausgeschwommen.

JENNY [*leuchtet von ihm nach hinten aufs Meer*]: Aber er ist nicht da. Oder siehst du ihn irgendwo, du Schlaumeier?

CHRISSY: Das ist echt nicht mehr lustig.

JENNY [*hysterisch*]: N-i-c-k! Komm jetzt raus da!

Ghost Ja gut geschauspielert

Sophia Müller Hollywood lässt grüßen.

Hää? Moinsen

Peanut Die verarschen uns bloss 😂😂😂

Ole FAKE FAKE FAKE

why_not überragend

Bianca B. Dein Blick die ganze Zeit

JOJO [*springt auf und ab*]: Da! Da ist ein Kopf!

MAX [*läuft die letzten Meter, dreht sich um, läuft weiter*]: Blödsinn, das bildest du dir nur ein, Mann [*sammelt mit steifen Gliedern seine Kleidung auf*]. Das ist maximal so 'ne verdammte Robbe, die sich hierher verirrt hat [*zieht sich, am ganzen Leib zitternd, an*].

CHRISSY: Wir müssen Hilfe holen!

JOJO: Und wen willst du anrufen? Hier gibt's ja nicht mal Autos.

CHRISSY: Ich geh nicht eher weg, bis Nick wieder da ist, verstanden?

JOJO: Jaja, ist ja gut, Schatz.

MAX [*kämpft mit seinen Socken*]: Wahrscheinlich ist er längst zurück an Land und lacht sich über uns kaputt.

JOJO: Genau. Eingewrapt auf der Couch. Mit 'nem Hopfensmoothie in der Hand.

MAX [*grinst breit*]: Lass das Bier weg, dann stimmt's.

CHRISSY [*wählt eine Nummer*]: Ja, hier ist Christiane Lehmann. Wir brauchen Hilfe. Mein Bruder Niklas ist verschwunden. Im Wasser. – Ja, ganz drin-

---

Kevin krass Hab immer noch Böller

Ghost ich finde den Prank zu heftig das geht zu weit

Peanut wem tut die Jenny noch so Leid?

Ole Nicer prank 👍
Sophia Müller Wie sie die ganze Zeit an ihren Haaren rum spielt.

Kevin krass Rakete

Celine_2005 Wer liegt grat auch im Bett?

gend. – Ja, wir sind am Strand. –
Auf welcher Höhe? [*Zu Jojo*] Wo
sind wir hier?
JOJO: Keine Ahnung, Schatz.
MAX [*deutet auf ein hell erleuch-
tetes großes Gebäude im Hinter-
grund*]: In der Nähe vom »Kur-
haus«, schätze ich.
JENNY [*schluchzt*]
CHRISSY [*wieder ins Telefon*]:
Ja, ein paar Hundert Meter vom
»Kurhaus«. – Ja, ich bin ganz
sicher. – Bitte beeilen Sie sich!
Mein Bruder ist sechzehn. –
Okay, ich bleibe dran.
JOJO [*an die anderen gewandt*]:
Ihre Eltern werden uns eigen-
händig erwürgen.
MAX: Jetzt warte erst mal ab.
Nickikraus steht gleich vor uns
und lacht uns in die Fresse.
JENNY [*verzweifelt*]: Das glaub
ich nicht. So was würde er nie-
mals tun. Nicht Nick. *Niemals!*
MAX: Der heilige Niklas, sichi.
Er ist scharf auf dich, das ist dir
klar, oder etwa nicht?
JENNY [*schweigt*]
CHRISSY [*laut*]: Seid mal lei-
ser, Leute, ich versteh rein gar nix
[*entfernt sich zwei, drei Schritte
von der Gruppe*]!

Sophia Müller #Glocke-
aktiv

Leon K. Richter Boah,
wenn ich so geprankt
werden würde, würde ich
nicht so cool bleiben wie
der Max.

why_not ich würd den
sofort wegklatschen 🐱
Peanut Ja zahl es dem
Nick Heim Jenny
Peanut das macht mann
nicht

Ghost Lauch 😊

MOSQUITO Wissen eure
Eltern Bescheid?

Sophia Müller Das ist
gestellt Leute

Max [*will Jenny in den Arm neh-men*]

JENNY: Lass mich!

MAX [*hebt beide Hände*]: Ist ja gut. Wollte nur nett sein.

JENNY: Du bist an allem schuld!

MAX: Ich? Ey, wieso das denn?

JENNY: Na, wer hatte die hirn-verbrannte Idee und wollte unbedingt schwimmen gehen?

MAX: Jetzt mach mal halblang. Nick ist alt genug.

JENNY: Manchmal frag ich mich, ob *du* alt genug bist.

MAX: Ja, lass deinen Frust ruhig an mir aus.

JOJO: Das hat doch keinen Sinn, Alter. Das bringt ihn auch nicht wieder.

JENNY [*schreit*]: N-i-k-l-a-s! Es tut mir so leid! Komm bitte zurück! Das war alles nicht so gemeint, Nick!

MAX: Es kommt bestimmt gleich Hilfe.

CHRISSY [*hält die Hand über den Handylautsprecher*]: Die Feuerwehr ist unterwegs.

JENNY [*mit weit aufgerissenen Augen*]: Was? Die Feuerwehr? Ich versteh gar nichts mehr.

CHRISSY: Und die Polizei.

Bianca B. #heimzahlen

Ghost aaaaaw ich krieg voll Gänsehaut

Tobias Seidlinger LOL WIE GEFAKET!

Peanut ich liebe deine Videos die sind so lustig und spannend 👀

Celine_2005 das muss rache geben ☺ Pranke Nicklas zurück. Sag ihm das du nicht mehr mit im befreundet sein willst. dann wenn du die Reak-tion siehst gehst du ins Badezimmer und machst dir Wasser Bomben. Auf die Wasserbomben schreibst du dann das es ein Prank ist und du ihn lieb hast aber wenn er es nicht merkt das sag es ihm ps: natürlich musst du

MAX: Na also.

JOJO: Echt jetzt?

JENNY [*weint und bricht auf dem feuchten Sand zusammen, der Bildausschnitt verdunkelt sich*]

CHRISSY [*aus der Ferne*]: Die schicken vielleicht 'nen Heli.

JENNY [*kreischt hysterisch*]: O mein Gott, o mein Gott, er ist *tot*!

MAX: Jetzt beruhig dich erst mal. Ihm ist nichts passiert [*will ihr aufhelfen*].

JENNY [*schlägt seine Hand weg, doch die Kälte treibt sie trotzdem hoch*]: Nein-nein-nein-nein-nein-nein-nein!

JOJO: Eben, die unternehmen doch jetzt was, dass sie ihn finden.

MAX [*lässt von Jenny ab und blickt hoch zum nachtschwarzen Himmel*]: Ich glaub, ich hör den Heli schon.

Alle Köpfe drehen sich in besagte Richtung.

JOJO: Siehst du, Jenny, ich hab's ja gleich gesagt.

CHRISSY [*streckt sich und winkt mit der freien Hand, das Telefon noch in der anderen,*

---

du die Bomben auch werfen. LIKEN DAMIT SIE DAS SIEHT!

Ghost wie süß wie sie sagt »Es tut mir so Leid«!

Peanut ja wie süss sie sich aufregt

MOSQUITO Ruhe bewahren, Kinder!

Sophia Müller Die arme, wie die da hockt.

why_not porno

hektisch nach oben]: Hier sind wir! Hier sind wir!

Hinter ihnen über den Dünen taucht ein Rettungshubschrauber auf. Der Suchscheinwerfer durchschneidet messerscharf die Finsternis und erfasst Augenblicke später die zwei Mädchen und Jungen, die sich im Wind der Rotorblätter ducken. Der Abwind zerrt an ihren Haaren und Kleidern.

JENNY [*bläst es fast die Ohrenschützer vom Kopf, bekommt sie nur im letzten Moment zu fassen*]
JOJO [*hält sich die Ohren zu, Rotz läuft ihm aus der Nase*]
MAX [*lotst den Hubschrauber mit ausholenden Gesten Richtung Meer, die dunklen Locken werden ihm aus dem Gesicht geweht, er kann kaum atmen*]
CHRISSY [*reißt das Telefon ans Ohr, sagt allerdings kein Wort*]

Der Helikopter senkt sich herab. Die Wellen werden niedergedrückt und bilden einen schäumenden Kreis. Gischt spritzt an den Rändern auf und hüllt die vier in einen salzigen Sprühne-

Peanut ich weine fast voll Sünde

San Dra Ich mag dich supa gerne aber das du das noch filmst …

Ole voll das opfer

Ahmed Ali ich glaube bei ausländer wäre das anders verlaufen hahha

Celine_2005 Hey Jenny du bist sooo di beste ytberin der welt ich gucke dich schon so lange du bist sooooo nett sympatisch cool Mein größter Traum,Wunsch ist di zu treffen OMG es wäre ein Traum Mach so weiter hast 1000000000 abos

bel. Der Scheinwerfer tastet über das aufgewühlte Wasser, findet jedoch kein Ziel. Einen Wimpernschlag später steigt der Hubschrauber auf, dreht ab und fliegt eine große Schleife, um die Suche weiter seewärts fortzusetzen.

CHRISSY [*spricht wieder mit dem Notruf, ist aber nicht zu verstehen*]

JOJO [*brüllt*]: Krass!

MAX [*nickt stumm und schaut ängstlich zu Jenny*]

JENNY [*ihr Blick ist ohne Leben, sie filmt hinüber zum Helikopter, der immer kleiner wird*]: Nick …

JOJO: Lasst uns nach Hause gehen, hier können wir eh nichts mehr tun.

MAX [*ist im Begriff, Niklas' Kleidung einzusammeln, vorsichtig greift er nach seiner Brille, die obenauf liegt*]

JENNY [*stößt einen markerschütternden Schrei aus*]

CHRISSY [*sieht zu ihr hinüber*]: Was ist los, Süße?

Jenny bricht in Tränen aus. Sie lässt die Hand mit dem Selfie-

verdient weiter so weiter so weiter so!!!!!!!!!

Celine_2005 sind deine Haare gefärbt? die farbe will ich auch

Ole der kommt nicht mehr wieder Leute Wetten?
Peanut Du bist ekelhafft

Ole Dummfall

why_not der treibt bestimmt auf ner Scholle zum Nordpol 👀

stick sinken und läuft los. Die Aufnahme wackelt im Rhythmus ihrer Schritte. Sand knirscht unter ihren Schuhen. Alles verschwimmt. Hell und Dunkel wechseln sich ab. Immer wieder ist ihr hysterisches Schluchzen zu hören, vermischt mit den Stimmen der anderen, die sie zurückhalten wollen. Irgendwann ändern sich die Geräusche. Ihre Sohlen hallen erst auf Holzbohlen, dann auf Asphalt wider. Schwarze Häusersilhouetten ragen vor ihr auf. In einigen Fenstern ist das Flimmern eines Fernsehers zu erkennen. Sie keucht, kämpft sich weiter durch die Nacht. Im nächsten Moment ertönt Motorengeräusch, das sich ihr rasch nähert. Die Reifen eines Löschfahrzeugs sind für Sekundenbruchteile im Handylicht zu sehen. Eine Sirene jault auf. Jenny leuchtet nach vorne, hetzt weiter und weiter. Dann hält sie abrupt inne, ringt nach Atem. Sie ändert die Richtung und setzt sich erneut in Bewegung, diesmal deutlich langsamer.

JEMAND RUFT: Ist alles in Ordnung? He! Kann ich dir helfen?

Ghost deine Reaktion so sweet und hilflos
Ole ich seh nix mehr der sound ist grottig ☺

MOSQUITO Alles gut bei dir, Jenny? Ruf mich mal an, wenn du das liest!
MOSQUITO Jenny?
MOSQUITO Mach mir ernsthaft Sorgen, Süße!
MOSQUITO Ich ruf deine Eltern an, ja?

Peanut ☹ ☹
Ghost Jenny wo bis du?

why_not ich geh penn

JENNY [*antwortet nicht und beschleunigt ihre Schritte*]

Eine Gruppe grölender Jugendlicher kommt ihr entgegen. Jenny weicht aus, schluchzt auf und hastet weiter. Niemand scheint ihr Beachtung zu schenken.

JENNY [*stolpert*]: Scheiße!

Sie leuchtet in die Dunkelheit. Vor ihr manifestiert sich schemenhaft eine mehrere Meter hohe Metallkonstruktion mit einer Aussichtsplattform, die an eine im Strom treibende Boje erinnert. Jenny hält darauf zu und betritt kurz darauf die Treppenstufen. Jeder Schritt hallt metallisch durch die Silvesternacht. Stahlstreben erscheinen im verwackelten Bildausschnitt. Im Hintergrund ist das Wattenmeer nur zu erahnen. Endlich bleibt sie stehen und filmt sich wieder selbst. Ihr Gesicht ist gerötet und von einem Schweißfilm überzogen. Die Ohrenschützer muss sie unterwegs verloren haben.

JENNY [*ihre Brust hebt und senkt sich schwer, ihre Stimme*

hanna unicorn mir wurde nicht gesagt das es mir gutgeht also fühle ich ich jetzt nicht gut ☹

Leon K. Richter Hab ich was verpasst? Musste mal pinkeln ... ☺

MOSQUITO Wo bist du? Ist das der Sportboothafen da hinten?
MOSQUITO Hör mal, ich hab deine Eltern erreicht. Geh einfach nach Hause, es wird alles gut. Hörst du?

San Dra Ja geh nachhause Jenny
Peanut jenny?????

tränenerstickt]: Es … es tut mir wahnsinnig leid [*weint*]. Der Hass richtet sich gegen mich, nicht gegen die Menschen, die ich liebe. Ich … ich hasse mich selbst. Das war schon immer so. Diese Nacht hat alles verändert. Ich habe mein Leben verpfuscht. Ich … ich kann nicht mit der Schuld leben. Nick [*schluchzt*]. Egal, wo du jetzt bist: Ich hab dich lieb! Ehrlich! Du … du bist immer etwas Besonderes für mich gewesen [*stockt*]! Jetzt habe ich alle enttäuscht. Besonders euch da draußen [*Make-up-Schlieren überziehen ihr Gesicht*]. Das alles ist meine Schuld. Es tut mir unendlich leid, das müsst ihr mir glauben, unendlich leid! Mama, Papa, ich liebe euch. Seid nicht traurig … Auf Wiedersehen!

Die Kamera fährt nach unten, filmt Jennys Boots. Sie bewegt sich jetzt schnell auf das Geländer zu, beginnt zu klettern. In der nächsten Sekunde schwenkt das Handy gen Nachthimmel, um dann in die Tiefe zu fallen. Der Bildschirm wird schwarz.

Celine_2005 mega coole show Jenny!

Sophia Müller Der Heli hat mich komplett zerstört

why_not was hat die genommen? das will ich auch 😄

MOSQUITO Wo willst du hin, Süße?
Ghost Was ist das für 1 Life? 😞

Hää? laber

Emily Erdbeer was für ein Spass!

Celine_2005 so true
Kevin krass WTF!!!!!!!!!!!!!
Peanut omg omg omg 😞
San Dra kann icht sein
Bianca B. mach keine Witze Jenny!!!

IM HINTERGRUND RUFT
JEMAND: O mein Gott! Nein!
Sie ist gespr…!

CONNECTION IS LOST

Sophie Müller OMG
Ole Heilige scheisse
Celine_2005 raste aus
why_not RIP 💀
Leon K. Richter Nicht dein Ernst!
MOSQUITO JENNY?
hanna unicorn wo du jetzt bis isses bestimmt schöner
Chrissy123 Jenny? Ich bin's. Warum bist du einfach vom Strand abgehauen? Egal. Sie haben Nick gefunden. Gottseidank! Sie bringen ihn jetzt in ein Krankenhaus. Es geht ihm gut. Erzähl dir später alles. Du hast das beste verpasst, echt. Wo steckst du?
Chrissy123 Jenny?
Chrissy123 Jenny?!?
why_not epic
Chrissy123 JENNY???
why_not die steht nicht mehr auf
why_not tja
Ole lassen Sie mich arzt ich bin durch

👍	👎	➡	🚩	≡+
179	32	Teilen	Melden	Speichern

✋ HEILEWELT

SANDRA LÜPKES

✉️ ✧ *MEP*

So, das wäre geschafft! Die Testphase hat begonnen. Das System läuft. Die ersten Buchungen sind schon da. Die ganze Welt, ach, was sag ich: Das ganze Universum will nach Juist. Ein Riesending! Denkt an das Nougat! Und – Achtung – wichtige Farbänderung: Wir brauchen Flicka schwarz-weiß gescheckt, die Mähne eine Spur zotteliger als im Pre! Aber sonst: Alles wie immer, nur besser!

✋ *heilewelt/23-07-2048*

Habe mich kurzfristig umentschieden: statt planethopping in der Strawberrygalaxy98 mache ich richtig Urlaub. Du glaubst nicht, wo: auf Juist! Yes, really, diese kleine, etwas unscheinbare Insel in der südlichen Nordsee unserer lieben Mutter Erde, auf der wir Jahr für Jahr unsere Schulferien verbrachten, Ewigkeiten her …

So schön die Grenzenlosigkeit des Universums auch ist, mir war nach der fast vergessenen Melange aus muffigem Wattenmeer, Pferdeapfelaroma und verdunsteter Sonnencreme. So was kriegst du in exakt dieser Mischung nirgendwo sonst in die Nase. Geruchserinnerungen sind besser als beamen, sie transportieren dich in Sekundenschnelle an jeden Ort, in jede Dekade, in jeden Gemütszustand, und zwar ganz ohne Nebenwirkungen. Die Kombination mit krümeligem Sand zwischen den Zehen und dem Geschmack nach süßem, sahnigen Tee ist authentische Sinnlichkeit in Reinform. I love it! Und ich liege im Trend. Wenn das Unerreichbare plötzlich zur Pauschalreise wird, besinnt man sich wieder auf das Naheliegende. Und – hey – die Anreisedauer von knapp zehn Minuten ist nicht zu toppen!

Gerade balanciere ich auf der backsteinroten Friedhofsmauer, vorbei am Ponyverleih, wo noch immer Flicka und Pascha gelangweilt schnaubend auf pferdeverrückte Urlauberkinder warten, die sie für nur zwölf Mark die Stunde bis zur Schwarzen Bude und zurück schleppen. Kein Scherz, sie haben auf Juist wieder die gute alte Währung eingeführt, aus Nostalgiegründen. Mit Eichenlaub und Bundesadler auf der Münze. Am Minigolfplatz gibt's Dolomiti für 80 Pfennige, nur ohne Zucker und Farbstoffe, man will es sich ja nicht mit der Foodsecurity verderben. Und der Nougatbruch im kleinen Pavillon in der Strandstraße schmilzt nach wie vor auf der Zunge wie sonst nichts zwischen Xenox und Erde. Soll ich dir welchen mitbringen? Dunkel oder hell? Mit Marzipan, Nüssen, beidem oder pur? Es ist der Wahnsinn!

Einzig störend sind die zahlreichen Monitore an den Häuserwänden. Am Wasserturm prangt eine gigantische Werbefläche, die Plasmabildschirmauflösung so hoch und grell, dass man die Sonnenbrille aufsetzen muss. Reminder, was auf keinen Fall vergessen werden darf für die Rundumerinnerung: Rosinenstuten an der Domäne Bill, Toast Hawaii am Flugplatz, Bockwürste mit Kartoffelsalat auf der Frisia, wo sonst. Das steht jetzt fett und breit auf meiner To-do-Liste.

Zwischendurch blinkt regelmäßig der Inselslogan:
»JUIST – alles wie immer, nur besser!«

Recht haben sie. Denn bei aller Liebe zum Althergebrachten hat die Kurverwaltung es sich nicht nehmen lassen, Möglichkeiten zum Freeclimbing und Ski alpin zur Verfügung zu stellen, ganz in der Nähe der Goldfischteiche, wo selbstredend nur noch Kois ab 50 Metern Länge unterwegs sind. Dank Soundoptimierung hört man trotz Brimborium stets das ewige, schaukelnde, beruhigende, perfekte Meeresrauschen.

Vor dem Abendessen gehe ich noch ein wenig Bungeejumpen im Januspark, hab ich seit Ewigkeiten nicht gemacht. Melde mich bald wieder. Viele liebe Inselgrüße – haben wir früher immer auf die Postkarten geschrieben, weißt du noch? Postkarten! Aus Papier! Man musste Briefmarken draufkleben. Das haben sie natürlich nicht übernommen. Die Postkarten werden gebeamt. Das Porto einfach abgebucht.

CU

📫✧ *MEP*

Mayday! Mayday! Studie zu Molekularverdichtung führt zu alarmierenden Ergebnissen. Scans der Probanten lassen auf negative Rückschritte schließen. Testphase abbrechen! Sofort!

Message destroyed after reading

🖐 *heilewelt/24-07-2048*

Moin! Obwohl, wir haben schon kurz nach Mittag und ich laufe noch im Pyjama herum. Bin eben erst aufgewacht. Entschleunigung – das Modewort hat sich die Insel vor 30 Jahren auf die Fahne geschrieben, aber dass ich heute

Morgen verschlafen habe, fühlte sich eher wie eine Vollbremsung an. Ich habe es gewagt, meinen Wecker auszustellen. Mein Hotelzimmer zeigt zur östlichen Wattseite hin, ich kann bis Norddeich schauen, wo die schnuckeligen Windräder sich gemächlich drehen, als wäre nichts passiert. Also hab ich die Gardinen aufgelassen, um mich einfach mal wieder von der Morgensonne wecken zu lassen. Doch trotz blendenden Wetters hat es nicht funktioniert. Die Sonne scheint mich irgendwie vergessen zu haben. Es wurde nicht hell im Zimmer. Der halbe Tag ist um. Ich überlege, die Timeline zurückzuschieben, aber das kostet extra. Also nur noch schnell diese Nachricht an dich, dann werde ich mich anziehen und zum Kurplatz gehen.

Stell dir vor, auch den Schiffchenteich gibt es noch, umringt von glücklichen Kindern und Müttern und Vätern. Selbstverständlich ist der Pool um einiges vergrößert worden, sodass auch ein paar Windsurfer ihre Runden drehen, zwei kleinere Segeljachten habe ich ebenfalls gesichtet. Denn welches Kind begeistert sich heute noch für batteriebetriebene U-Boote, die ständig absaufen, oder Segelschiffchen aus Holz?

Mit etwas Glück ergattere ich noch ein schattiges Plätzchen unter den monumentalen Eichen am Rande des Kurwaldes, der sich neben dem Segelschuppen breitmacht. Ich liebe diesen Ort, er ist sehr urwüchsig, obwohl ich mich nicht erinnern kann, dass wir als Kinder dort gespielt hätten.

Merkst du es? Ich bin viel unterwegs auf unserer Insel. Die Wege sind schön kurz hier, und es läuft sich wie auf Wolken. Fühle mich wie mit 17, als wir das letzte Mal hier gewesen sind. Bevor die Sache mit dem Meeresspiegel so aus dem Ruder gelaufen ist.

Wish you were here!
CU

📧 ✧MEP

11.000 Besucher seit Start. Ernste Auffälligkeiten der Hirnscans bei allen in den Simulationskabinen liegenden Probanten. Dringend die Dosis ändern! Und auf keinen Fall neue Buchungen annehmen, bevor wir den schwerwiegenden Fehler beheben und die Instrumente weiter entwickeln konnten. Bitten um Rückmeldung. Jederzeit erreichbar.

Message was not delivered.

🖐 heilewelt/25-07-2048

Erinnerst du dich noch an den Wattführer? Der schwingt noch immer die große Messing-Bimmel, läutet die Leute zusammen, berichtet den Gästen, wie stark der Wind weht und wie warm das Wasser ist und wann die Badezeit beginnt. Es gibt kein schlechtes Wetter, nur die falsche Kleidung – den Witz hat er damals schon gerissen. Allerdings zündet die Pointe nicht mehr so richtig.

Das Wetter ist unfassbar gut. Seit einer Woche nur Sonne und strahlend blauer Himmel, die Möwen, die davor kreisen, sehen fast kitschig aus. Und sie kichern und gackern wie alberne Kinder.

Wie viele unserer Urlaubstage sind damals buchstäblich ins Wasser gefallen? Dauerregen im Juli, Sturmwarnung im August, wir die ganze Zeit gelangweilt in der Ferienwohnung und haben Uno gespielt.

Trotz der Schönwettergarantie, mit der die Kurverwaltung seit Neuestem wirbt, hab ich mir also vorsorglich ein paar dicke Pullover eingepackt, regenfeste

Schuhe und das Ölzeug. Doch alles liegt seitdem unbenutzt im Koffer. Wozu auch, bei 24 Grad im Schatten? Dazu weht eine leichte Brise, und zwar immer aus der richtigen Richtung. Egal, ob man mit dem ausgeliehenen Hollandrad zum Hammersee unterwegs ist oder entgegengesetzt zum Kalfamer, bislang wurde ich stets von sanftem Rückenwind angeschoben. Zu schön, um wahr zu sein.

Den Rest des Tages sitze ich am Strand, in meiner selbst geschaufelten Sandburg, deren Rand mit dem Lineal und deren Eingang mit Herzmuschelmosaik geschmückt ist, und schaue stundenlang einfach nur aufs Meer. Meine Gesichtsfarbe müsstest du mal sehen! Als Kinder hatten wir immer verbrannte Schultern und einen dunkelrot gerösteten Nacken, weil man am Strand immer die Sonne im Rücken hatte. Und stell dir vor, bei mir pellt sich jetzt die Nase! Wieso Nase? Mannomann, ich sag dir, die Sonne ist auch nicht mehr das, was sie mal gewesen ist.

Gestern hab ich den Wattführer darauf angesprochen. Warum die Sonne plötzlich über dem Meer steht. Er hat gelacht und gesagt: »Jau, dat is moi, wa?«

Und ich meinte, ja, schon praktisch, weil man ja lieber im Gesicht den Schokoladenteint hat als nur hinten, wo es keiner sieht.

Da hat der Wattführer noch breiter gegrinst. »Wat de MEP so drauf hat, is'n dickes Ding!«

Ich hab genickt, weil ich nicht zugeben wollte, kein Wort verstanden zu haben. Nicht wegen des Dialekts, der ist ja extra touristenfreundlich einfach nur plattgehauenes Hochdeutsch. Sondern weil ich von der MEP noch nie was gehört hab. Du?

Muss ich mal recherchieren. Später. Erst mal Urlaub.
CU

📧✧*MEP*

Wie unsere intensive Evaluation ergeben hat, funktioniert die Molekularverdichtung in der Simulation, doch leider ist sie nicht so ohne Weiteres auf Menschen, Tiere, Pflanzen und Mineralien übertragbar. Klartext: Von dieser Testphase geht eine ernsthafte Gefahr für die ganze Menschheit aus. Die erste Marge an Urlaubern haben wir quasi schon verloren und mussten sie unauffällig entsorgen. Da es von Ihrer Seite bislang keine Reaktion gab, sehen wir uns gezwungen, andere Maßnahmen zu ergreifen.

Message was not delivered.

✋*heilewelt/27-07-2048*

Rate mal, wer noch immer vor dem Rathaus steht? Richtig: Fisch Fiete mit dem roten Verkaufswagen! Ich sag nur: Krabbenbrötchen! Boah! Wie damals stellt man sich an einer langen Menschenschlange an. Bis man dran ist, steigert sich der Schmacht durch den Anblick der geräucherten Schillerlocken und Pfeffermakrelen. Laut meiner Rechnung müsste Fisch-Fiete schon über 100 Jahre alt sein. Der rothaarige, knollennasige Mann im Matrosenhemd sieht aber keinen Tag älter aus als zu der Zeit, als wir bei ihm den Heringssalat fürs Frühstück in der Ferienwohnung gekauft haben.

»Bei der Kurtaxe, die ihr zahlt, muss so was drin sitzen«, war Fisch-Fietes Kommentar zu meiner Erkenntnis. Auch er hat von der MEP gesprochen. Und gelächelt. So freundlich und breit, ich weiß nicht genau, war der nicht früher eher ein Muffkopp?

Mit dem Fischbrötchen in der Hand habe ich mich auf die weiß getünchte Holzbank gesetzt, die einen per Laufband direkt an den Hauptbadestrand befördert. Und dann hab ich die Suchmaschine gefragt. Was es im Galaxy-Wide-Web über die MEP zu lesen gibt. Musst du auch mal machen.

MakeEverythingPossible –
Molekularverdichtung als strategischer Lösungsansatz
- *im Umweltschutz*
- *in der Dritten Welt*
- *im Gesundheitswesen*
- *in der Friedenssicherung*
- *in Wirtschaftsfragen*

Es folgen umfassende Erläuterungen über die Manipulation von Molekülen und Neustrukturierung elementarer Verbindungen und ihren praktischen Nutzen. Aber ich bin zu faul, mich wirklich damit zu beschäftigen. Lieber ein Zimt- oder Sanddorneis schlecken, Lenkdrachen steigen lassen, ein bisschen Straßentennis.

Unglaublich, aber ich werd' hier wieder zum Kind.

Wir betrachten es als eine besondere Herausforderung, die Brücke zwischen dem Flair der Vergangenheit und dem Perfektionismus der Zukunft zu schlagen, stand da noch.

Jep! Über die Brücke will ich gerne latschen. Am liebsten in meinen Marienkäfer-Holzclogs.

Der Trend geht hin zum innerirdischen Ferienerlebnis. Hab ich's nicht gesagt? Ich liege im Trend!

Unser erstes Projekt ist ein voller Erfolg: Die Insel Juist, bekannt für ihre charmante Natur und unschlagbare Übersichtlichkeit, ist ein grandioses Erinnerungsklischee für Jung und Alt. Die MEP hat keine Kosten und Mühen gescheut, mittels Molekularverdichtung dem ungleich größeren Anspruch der modernen Menschheit gerecht zu werden, ohne diese heile Welt zu verändern.

Soll ich wirklich weiterlesen? Nö!

Tschau mit V!

Hihi!

CC: ✉✧MEP/FW: superadvisor@holiday_security !!!

Zu Ihrer Kenntnisnahme: Folgende Mail haben wir heute an alle maßgeblichen Behörden geschickt, höchste Priorität. Noch haben Sie die Möglichkeit, alles abzubrechen und das Schlimmste zu verhindern!!!

Sehr geehrte Damen und Herren!

Die MEP hat bei uns mehrere Transformatoren zur Molekularverdichtung bestellt, um sie im Tourismussektor einzusetzen. Aus Sicherheitsgründen überprüfen wir die Personen, die an unsere Geräte angeschlossen wurden, minutiös. Da das Verfahren noch nicht ausreichend getestet wurde, ist es nur bedingt für menschliche Organismen zugelassen. Es war uns nicht bewusst, dass die MEP diesen Testlauf so rigoros ausdehnen würde. Als uns die alarmierenden Veränderungen der angeschlossenen Personen aufgefallen sind, haben wir die MEP umgehend in Kenntnis gesetzt, jedoch bislang keine Reaktion erhalten.

Aus diesem Grunde haben wir Sie eingeschaltet und bitten um dringende Klärung des Sachverhaltes! Weitere Informationen gern im direkten Gespräch.

✋*heilewelt/30-07-2048*

Wie get es dir? Mir get es gut. Der Ualaub is schön.

HDGDL

≡▶◇*superadvisor@holiday_security !!!*

Sehr geehrte Damen und Herren,

herzlichen Dank, dass Sie so zeitnah geantwortet haben.

Gern erläutere ich die konkreten Gefahren bei dem uns vorliegenden Fall:

Es geht um die ostfriesische Insel Juist, die vor 20 Jahren im Zuge des gestiegenen Meeresspiegels untergegangen ist. Die MEP bietet seit einigen Tagen Pauschalreisen dorthin an. Dazu bedient sie sich sogenannter Erinnerungsklischees, die sie aus den Hirnscans der Kunden gewinnt. Die Betroffenen glauben, an Bord der Fähre zu gehen. In Wahrheit werden sie beim sogenannten Ablegemanöver in Sekundenbruchteilen betäubt und liegen verkabelt in platzsparenden Schubladen, der Urlaub wird lediglich simuliert. Eine aus Sicht des Umweltschutzes hervorragende Möglichkeit, da keine CO_2-Belastung durch Langstreckenflüge oder Feinstaub aus Schiffsmotorendiesel. Darüber hinaus hat die MEP noch den Effekt eingebaut, das Wunschdenken der Kunden in die Gestaltung des Urlaubes miteinfließen zu lassen, sodass kleine Unannehmlichkeiten, die man früher in Kauf nehmen musste, eliminiert werden. So scheint die Sonne stets von vorn (außer morgens, wenn man ausschlafen kann) und weht der Wind stets im Rücken.

Leider mussten wir nach wenigen Tagen feststellen, dass diese wunschlose Glücksempfindung irreparable Auswirkungen auf die angeschlossenen Personen hat. Diese fallen dadurch nämlich automatisch auf das Niveau eines Säuglings zurück. Präziser formuliert: Sie verblöden innerhalb kürzester Zeit. Nur dann sind die menschlichen Gehirne in der Lage, die vollkommene Glückseligkeit auszuhalten.

Doch leider verfügen wir nicht über die Möglichkeiten,

die Testpersonen in einem solch desolaten Zustand unbeschadet aus den Schubladen zu holen. Sie wären nicht in der Lage, sich selbst zu versorgen, würden bestenfalls herumkrabbeln und Plapperlaute von sich geben.

Schon zu Beginn unseres Jahrhunderts haben Forscher herausgefunden, dass ein erholsamer Urlaub den IQ des Menschen nach nur drei Wochen um dramatische 20 Punkte senkt. Und bei unserem Verfahren ist die Wirkung noch viel verheerender. Wir wissen gar nicht mehr, wohin mit der verdorbenen Kundschaft, und machen uns ernsthaft Sorgen, dass die MEP diese Geschäftsidee weiter ausweiten und die Menschheit sich schon bald völlig zurückentwickeln wird. Bereits jetzt haben mehr als 100.000 Personen die Pseudoreise nach Juist gebucht. Daher ersuchen wir Sie dringend, dem Treiben ein Ende zu bereiten.

Automatische Antwort von superadvisor@holiday security!!!
RE: Ihre Nachricht vom heutigen Tage
Herzlichen Dank für Ihre Nachricht. Leider können wir Ihr Anliegen nicht sofort behandeln, da sich zurzeit alle unsere Mitarbeiter im Urlaub auf der Insel Juist befinden. Wir melden uns, sobald wir von dort zurückgekehrt sind. Bis dahin wollen wir Ihnen ein ganz neues, unschlagbar günstiges Ferienerlebnis vorstellen:
Fahren Sie doch auch mal nach Juist!
Mehr Infos unter gww.MEP.earth
Alles wie immer, nur besser!

WIE MIT GRIMMGEM UNVERSTAND

Autor: Johann Daniel Falk (1768–1826)
Melodie: Carl Loewe (1796–1869)

Wie mit grimmgem Unverstand
Wellen sich bewegen!
Nirgends Rettung, nirgends Land
vor des Sturmwind Schlägen!
Einer ist, der in der Nacht,
Einer ist, der uns bewacht:
Christ Kyrie,
komm zu uns auf die See!

Wie vor unserm Angesicht
Mond und Sterne schwinden!
Wenn des Schiffleins Steuer bricht,
wo nun Rettung finden?
Wo sonst als nur bei dem Herrn?
Seht ihr nicht den Abendstern?
Christ Kyrie,
komm zu uns auf die See!

Einst, in meiner letzten Not,
laß mich nicht versinken!
Sollt ich von dem bittern Strom
Well auf Welle trinken,
reiche mir dann liebentbrannt,

Herr, Herr, deine Glaubenshand!
Christ Kyrie,
komm zu uns auf die See!

Nach dem Sturme fahren
wir sicher durch die Wellen,
lassen, großer Schöpfer,
dir unser Lob erschallen,
loben dich mit Herz und Mund,
loben dich zu jeder Stund.
Christ Kyrie,
ja dir gehorcht die See.

In der evangelischen Inselkirche auf Juist gibt es ein Glas-
fenster, das eindrücklich dieses beliebte norddeutsche Kir-
chenlied »Wie mit grimmgem Unverstand« illustriert.

DIE AUTORINNEN UND AUTOREN

Christina Bacher, geboren 1973 in Kaiserslautern, lebt heute nach Lehr- und Wanderjahren in Köln. Seither betreibt sie »Bachers Büro«, eine Schmiede für Texte aller Art. Neben der Arbeit als Chefredakteurin beim Straßenmagazin DRAUSSENSEITER schreibt sie regelmäßig Artikel für diverse andere Medien. Neben der Kinderkrimireihe »Bolle und die Bolzplatzbande«, mit der sie seit vielen Jahren auf Lesereise geht, schreibt sie auch Krimis für Erwachsene. Sie ist Stipendiatin des Kölner Kulturamts im Scriptorium der Antoniterkirche, außerdem Mitglied der »Mörderischen Schwestern« und beim SYNDIKAT. www.bachers-buero.de

Nadine Buranaseda, Jahrgang 1976, ist gebürtige Kölnerin mit thailändischen Wurzeln väterlicherseits. Sie studierte Deutsch und Philosophie und wurde im Hörsaal entdeckt. 2005 veröffentlichte sie ihren ersten Krimi – einen Jerry-Cotton-Roman, dem mehr als ein Dutzend folgten. Mit »Seelengrab« und »Seelenschrei« erschienen 2010 und 2012 ihre psychologischen Ermittlerkrimis. Sie war für den Agatha-Christie-Krimipreis nominiert und Stipendiatin von »Tatort Töwerland« sowie der Konrad-Adenauer-Stiftung. Nach zweieinhalb Jahren als feste Lektorin bei Bastei Lübbe hat sie sich nun mit »typo18 – für gute texte« als Lektorin und Autorencoach selbstständig gemacht und arbeitet parallel an einem Thriller. www.nadineburanaseda.de und www.typo18.de

Jürgen Ehlers, geboren 1948, ist Geowissenschaftler und Krimiautor. Für seine Story »Weltspartag in Hamminkeln« wurde er mit dem Friedrich-Glauser-Preis ausgezeichnet. Sein Spezialgebiet sind historische Kriminalromane und Thriller. Zuletzt erschien »Im Haus der Lügen« (KBV, 2019), der siebte Band der Kommissar-Berger-Serie. Die Geschichte spielt in den Jahren 1947 bis 1955. Die Anregung zu »Ein Friedwald für Juist« lieferten verschiedene Urlaubsaufenthalte auf Juist und anderen Inseln.

www.juergen-ehlers-krimi.de

Angela Eßer wurde in Krefeld geboren und studierte Theaterwissenschaft in München. Sie ist Autorin, Herausgeberin von Krimi-Anthologien, veranstaltet Krimi-Kochkurse, betreut Krimi-Festivals, ist Initiatorin von »Bloody Cover« und war langjährige Sprecherin des SYNDIKATs, der Autorenvereinigung deutschsprachiger Kriminalliteratur. Ihre Kurzgeschichte »6 Uhr 23 – Guten Morgen, München« war für den Friedrich-Glauser-Preis in der Sparte Kurzkrimi nominiert und ihre »Menüthek: Krimi« wurde mit dem österreichischen Kochbuchpreis »Prix Culinaire« ausgezeichnet.

Zusammen mit ihrer Autorenkollegin Elke Pistor organisiert sie »SKRIVA – literatur werkstatt köln« sowie das »Barcamp Literatur München«. 2018 erhielt sie das Stipendium der Insel Juist »Tatort Töwerland« und hat sich sofort mit Haut und Haaren in die Insel verliebt.

www.angelaesser.de

Anja Feldhorst, geboren 1965 im Auto auf der Fahrt ins Saarbrücker Krankenhaus, seit 1984 in Berlin und seit 2013 in der Prignitz; studierte Politologie, Psychologie,

Evangelische Theologie und Erziehungswissenschaften; jobbte im Gesundheitswesen in San Francisco und Berlin, als Taxifahrerin, Möbelpackerin und Blumenverkäuferin. Seit 1997 arbeitet sie als Autorin, Dozentin für kreatives Schreiben und Lektorin. Sie coacht Autor*innen und leitet Kurse rund um spannende Figuren, lichtet den Nebel um die Erzählperspektiven und gibt Frischlingen und alten Hasen alles mit, was sie für das Romanschreiben brauchen – in Onlinekursen und in der analogen Welt.

Sie hat zahlreiche Krimikurzgeschichten und einen Kriminalroman veröffentlicht. Der zweite ist in Arbeit. Hin und wieder treibt sie sich als Terry Byrnes auch in den Untiefen des Fantasy-Genres herum. Sie ist Mitglied bei »Mörderische Schwestern e. V.« und dem VS – Verband deutscher Schriftstellerinnen und Schriftsteller.

www.anja-feldhorst.de

Christiane Franke lebt gern an der Nordsee, wo ihre bislang 19 Romane und ein Teil ihrer kriminellen Kurzgeschichten spielen. Mit ihren Büchern stürmt sie regelmäßig nicht nur die regionalen Bestsellerlisten, die letzten drei Bände der heiteren Neuharlingersieler Krimireihe um den Dorfpolizisten Rudi, den Postboten Henner und die Lehrerin Rosa, die sie gemeinsam mit Cornelia Kuhnert für den Rowohlt Verlag schreibt, eroberten sich bereits Plätze auf der Spiegel-Bestsellerliste.

Franke war außerdem 2003 für den Deutschen Kurzkrimipreis nominiert und erhielt 2011 das Stipendium der Insel Juist »Tatort Töwerland«.

www.christianefranke.de

Peter Godazgar geboren 1967, aufgewachsen in Hückel-hoven, lebt in Halle (Saale). Fast 20 Jahre war er Redakteur bei einer Tageszeitung, wechselte dann die Seiten und ist nun stellvertretender Pressesprecher der Saalestadt. Nebenher schreibt er Romane und Kurzkrimis. Die sind immer eher lustig als blutig; zweimal brachte ihm das eine Nominierung für den Friedrich-Glauser-Preis ein. Das schöne Juist lernte er – wie vermutlich die allermeisten Krimiautor*innen – durch eine Teilnahme am Festival »Tatort Töwerland« kennen.

www.peter-godazgar.de

Carsten Sebastian Henn, geboren 1973, ist nicht nur einer der einflussreichsten Weinjournalisten Deutschlands, sondern schreibt mit den Julius-Eichendorff-Romanen auch die erfolgreichste Weinkrimiserie im deutschsprachigen Raum. Der WDR nannte ihn »Deutschlands König des kulinarischen Krimis«.

Seine Liebe zum Wein begann früh: Als Schüler nahm der gebürtige Kölner im Chemie-Unterricht die alkoholische Gärung durch und kam bei einem Klassenausflug an die Ahr auf den Geschmack. Als er 18 wurde, fuhr er mit seinem alten VW Käfer in alle deutschen Weinbaugebiete, betrank sich mit Federweißem und schlief unter freiem Himmel in den Weinbergen. Später studierte er Weinbau in Australien und erwarb einen uralten Riesling-Weinberg an der Mosel. Sein eigener Wein stammt aus Sankt Aldegund an der Terrassenmosel und heißt wegen seiner verwegenen Steillage »Piratenstück«.

www.carstensebastianhenn.de

Susanne Kliem wurde am Niederrhein geboren und hat mit acht Jahren zum ersten Mal auf Juist die Pferde gefüttert. Seitdem ist sie der Insel verfallen. Heute lebt sie mit ihrer Familie in Berlin. Sie ist gelernte Buchhändlerin und arbeitete als Pressereferentin für Fernsehserien von ARD und ZDF sowie für das größte deutsche Theaterfestival »Theater der Welt«. Seit 2009 schreibt sie Krimis. Zuletzt erschienen von ihr 2017 der Psychothriller »Das Scherbenhaus« und 2019 der Roman »Lügenmeer« bei C. Bertelsmann.
www.susannekliem.de

Tatjana Kruse, Jahrgangsgewächs aus süddeutscher Hanglage, lebt und arbeitet in Schwäbisch Hall, der Stadt zur Bausparkasse. Ihre Spezialität sind Krimödien, das Kind der Liebe aus Krimi und Komödie, unter anderem ihre Reihen um die Schnüffelschwestern oder den stickenden Exkommissar Siggi Seifferheld. Als Töwerland-Stipendiatin durfte sie ihrerzeit Juist kennenlernen und ist seitdem schwer verliebt in die schönste Sandbank der Welt.
www.tatjanakruse.de

Gunnar Kunz wurde 1961 in Wolfenbüttel (Niedersachsen) geboren, je nach Lesart in der Kulturstadt, in der Lessing seinen »Nathan« schrieb, oder im »Zonenrandgebiet«, wo Fuchs und Has' sich Gute Nacht sagten. Viele Jahre arbeitete er als Regieassistent (und in anderen Funktionen) an Theatern Deutschlands, ehe er sich schließlich 1997 als Autor selbstständig machte. Seine Veröffentlichungen umfassen Romane, Kurzgeschichten, Kinderbücher, Theaterstücke, Musicals, Hörspiele und Liedertexte (in Deutsch und Englisch).
www.gunnarkunz.de

Sandra Lüpkes hat fast ein Vierteljahrhundert auf Juist gelebt. Gemeinsam mit dem Buchhändler Thomas Koch entwickelte sie 2004 die Idee vom »Tatort Töwerland«. Inzwischen lebt Lüpkes in Berlin, es gibt zahlreiche Drehbücher und Romane aus ihrer Feder. Im März 2020 erscheint ihr zeitgeschichtlicher Roman »Die Schule am Meer«, der zur Zeit der Weimarer Republik auf Juist spielt.

www.sandraluepkes.de

Gisa Pauly war als Lehrerin tätig, bis sie 1993 aus dem Beruf ausstieg. Seitdem arbeitet sie als freie Schriftstellerin. Über 30 Bücher hat sie veröffentlicht, besonders erfolgreich ist ihre Sylt-Krimi-Reihe um Mamma Carlotta, die italienische Schwiegermutter des Kriminalhauptkommissars Wolf, die bis jetzt 13 Bände umfasst. Ab Band 5 stürmten sie alle die Spiegel-Bestsellerliste, ebenso wie ihre Italien-Romane. Anfang des Jahres wurde sie von den Lesern der Fernsehzeitschrift RTV zur beliebtesten Autorin des Jahres 2018 gewählt.

www.gisapauly.de

Elke Pistor, Jahrgang 1967, studierte Pädagogik und Psychologie. Seit 2009 ist sie als Autorin, Publizistin und Medien-Dozentin tätig. 2014 wurde sie für ihre Arbeit mit dem Töwerland-Stipendium ausgezeichnet und 2015 für den Friedrich-Glauser-Preis in der Kategorie »Kurzkrimi« nominiert. 2018 gründete sie gemeinsam mit Angela Eßer »SKRIVA – literatur werkstatt köln« und organisiert mit ihr auch das »Barcamp Literatur München«. Elke Pistor lebt mit ihrer Familie in Köln.

www.elkepistor.de

Till Raether wurde 1969 in Koblenz geboren und wuchs in Berlin auf. Er studierte Nordamerikanistik und Geschichte und war stellvertretender Chefredakteur von »Brigitte«. Seine Kriminalromane über den hypersensiblen Kommissar Adam Danowski erscheinen bei Rowohlt und waren zweimal für den Glauser nominiert, »Blutapfel« wurde im Auftrag des ZDF mit Milan Peschel in der Hauptrolle verfilmt. Er lebt mit seiner Familie in Hamburg. www.tillraether.de

REK Feuer und Flamme steht für »Rollendes Einsatzkommando« und ist ein eigens für diese Juist-Anthologie entstandenes Autoren-Trio, bestehend aus Michael Rossié (Idee, www.sprechertraining.de), Angela Eßer (Text, s. o.) und Thomas Koch (Korrekturen, www.juist-buch.de). Die Idee zu der Geschichte entstand, nachdem eine Gruppe von Männern – die »Boule-Brothers« – eigens nach Juist anreiste, um Boule-Partien gegen die Insulanerinnen und Insulaner zu spielen. Allerdings wurden sie – wenn auch nur ganz knapp – geschlagen. So ist diese Geschichte Andreas, Frank, Holger, Ludger und Volker gewidmet. Und natürlich auch allen, die an diesem Duell teilgenommen haben und für ihr Leben gerne Boule spielen.

Su Turhan studierte Neuere Deutsche Literaturwissenschaft in München und eignete sich als Autodidakt Geheimnisse des Filmemachens an. Gefühlt führt er seit seiner Geburt in Istanbul Regie und schreibt Drehbücher für unterschiedliche Genres. ARD/BR verfilmen zwei Romane seiner »Kommissar Pascha«-Reihe um den bayerisch-türkischen Ermittler Zeki Demirbilek. Mit der Bewerbungszeile »Ich bin schreibender Pfeifenraucher, als ein solcher würde ich gut auf Juist passen« empfiehlt er sich für das »Tatort Töwerland«-Krimistipendium. Umgeben von Möwen und Meer, Strand, Sonne und Helikopterlandeplätzen schreibt er an einem Ecktisch in Zimmer 321 im Hotel Friesenhof mehrere Kapitel an dem siebten Paschakrimi »Tödliche Auszeit«. Auf einem Inselspaziergang ereilt den passionierten U-Bahnfahrer die hanebüchene Idee, die zur vorliegenden Kurzgeschichte führte.

Su Turhan ist verheiratet, Vater von zwei Kindern und lebt leider ohne Juister Sandstrand in München-Giesing.

www.suturhan.de

Regula Venske, Dr. phil., lebt als freie Autorin in Hamburg. Seit April 2017 ist sie Präsidentin des PEN-Zentrums Deutschland, dessen Generalsekretärin sie zuvor von 2013 bis 2017 war. Wichtigste Veröffentlichungen sind unter anderem »Das Verschwinden des Mannes in der weiblichen Schreibmaschine«, »Pursuit of Happiness oder Die Verfolgung des Glücks«, »Die alphabetische Autorin«, »Marthes Vision« sowie zahlreiche Kriminalromane, Erzählungen, Kurzgeschichten und Essays. In Vorbereitung ist ein Band über »Mein Langeoog«, der auch eine Liebeserklärung an Juist enthalten wird.

www.regulavenske.de

Jan Zweyer wurde 1953 in Frankfurt am Main geboren. Mitte der 70er-Jahre zog er ins Ruhrgebiet, studierte erst Architektur, dann Sozialwissenschaften und schrieb als ständiger freier Mitarbeiter für die »Westdeutsche Allgemeine Zeitung«. Er war viele Jahre für verschiedene Industrieunternehmen tätig. Heute arbeitet Zweyer als freier Schriftsteller in Herne.

Nach zahlreichen zeitgenössischen Kriminalromanen beschäftigt er sich in jüngster Zeit mit historischen Themen. Insgesamt hat Zweyer mittlerweile 20 Bücher veröffentlicht.

www.jan-zweyer.de

*Weitere Titel finden Sie auf den
folgenden Seiten und im Internet:*

WWW.GMEINER-VERLAG.DE

© May_Lana / shutterstock.com

Syndikat
Tod unterm Schwanz
Kurzgeschichten
310 Seiten; 12 x 20 cm
Klappenbroschur
ISBN 978-3-8392-2609-4
€ 14,00 [D] / € 14,40 [A]

Hannover hat viel zu bieten: Expo, Firmen von
Weltrang, Eilenriede und Maschsee, Dada und
die Nanas. Aber neben so viel Schönem gibt es
auch die dunklen Seiten. Und da präsentiert sich
Hannover als Stadt der unbegrenzten Möglichkeiten: Vom Massenmörder Fritz Haarmann bis
zum dreisten Raub des goldenen Kekses. Schon
Gerhard Schröder sagte einst: »Mein New York ist
Hannover!« Beste Voraussetzungen also für über
20 namhafte Autorinnen und Autoren des SYN-
DIKATS, um die Region kriminell zu erkunden.

GMEINER SPANNUNG

WWW.GMEINER-VERLAG.DE
Wir machen's spannend

Für immer und ewig

© WebAusrüstung / Pixabay

Anja Eichbaum
Inselaffäre
Kriminalroman
476 Seiten; 12 x 20 cm
Paperback
ISBN 978-3-8392-2576-9
€ 14,00 [D] / € 14,40 [A]

Partystimmung auf Norderney. Ein Fotoshooting junger Cosplayer sorgt für Aufsehen. Nichts, worüber sich Inselpolizist Martin Ziegler Sorgen machen würde, wäre nicht zeitgleich die Hochzeit von Pensionsbesitzerin Daniela, bei der er Trauzeuge ist. Zum Glück ist auch die Polizeipsychologin Ruth Keiser eingeladen. Denn es gibt einen mysteriösen Todesfall im Schrebergarten. Dabei ahnt Martin noch nicht, dass dies erst der Auftakt zu viel Schlimmerem ist …

GMEINER SPANNUNG

WWW.GMEINER-VERLAG.DE
Wir machen's spannend

Tödliche Gefahr

Claudia Rimkus
Rabeneck
Kriminalroman
407 Seiten; 12 x 20 cm
Paperback
ISBN 978-3-8392-2588-2
€ 13,00 [D] / € 13,40 [A]

Nach lebensgefährlichen Ermittlungen beschließt
Charlotte Stern, sich künftig aus Kriminalfällen her-
auszuhalten und ist probeweise in die Senioren-WG
ihrer Freunde eingezogen. Dort erreicht sie ein Anruf
von ihrem ehemaligen Kollegen Hannes Bremer. Im
Internat Rabeneck ist eine Lehrerin ermordet und
ein Kind entführt worden. Charlotte soll im Internat
undercover als Vertretungslehrerin eingeschleust
werden, um Informationen zu sammeln. Schon bald
wird sie dort Zeugin einer weiteren Entführung und
dadurch selbst zur Zielscheibe der Verbrecher …

GMEINER SPANNUNG

WWW.GMEINER-VERLAG.DE
Wir machen's spannend

Traumreise

© Marco2811 / stock.adobe.com

Kurt Geisler
Endstation Öresund
Kriminalroman
312 Seiten; 12 x 20 cm
Paperback
ISBN 978-3-8392-2570-7
€ 13,00 [D] / € 13,40 [A]

Auf einer Kieler Marinewerft wird ein U-Boot am
Ausrüstungskai gekapert, welches zunächst spurlos
verschwindet und später kurzzeitig einem Ostsee-
fischer ins Netz gerät. Schließlich taucht es ab und
verfolgt ein Kreuzfahrtschiff. Während in Kiel die
Ermittlungen wegen Kompetenzgerangel immer
mehr ins Stocken geraten, überschlagen sich auf
der stürmischen Ostsee im Öresund die Ereignisse,
als die Entführer das Kreuzfahrtschiff bedrohen.

GMEINER SPANNUNG

WWW.GMEINER-VERLAG.DE
Wir machen's spannend

DIE NEUEN Lieblingsplätze